Treffpunkt Teufelsbrück

Sabine Vesper ist in Hamburg geboren und studierte dort deutsche Literatur, Sprachwissenschaften und Kunstgeschichte. Seit 1990 arbeitet sie freiberuflich als Poesiepädagogin und schreibt mit Kindern, Jugendlichen und Erwachsenen. Im Emons Verlag erschien ihr Kriminalroman »Endstation Ochsenzoll«.

SABINE VESPER

Treffpunkt Teufelsbrück

KRIMINALROMAN

emons:

Bibliografische Information der Deutschen Nationalbibliothek
Die Deutsche Nationalbibliothek verzeichnet diese Publikation in der Deutschen Nationalbibliografie; detaillierte bibliografische Daten sind im Internet über http://dnb.d-nb.de abrufbar.

MIX
Papier aus verantwortungsvollen Quellen
FSC® C083411

Umschlaggestaltung: Tobias Doetsch
Druck und Bindung: CPI – Clausen & Bosse, Leck
Printed in Germany 2012
ISBN 978-3-89705-915-3
Originalausgabe

Mein Dank gilt Andreas, meinem »Muser«,
und Astamaya, Donnerschlägerin der Kraft.

Du bist es

Du bist die Sucht, der Müll, die Tonne,
die Hölle und der Pferdefuß.
Du bist die Nacht, das Eis, die Sonne,
die Rose und der Abschiedskuss.
Du bist der Geist, das Fleisch, das Schlaue,
der Teufel und das ewige Licht.
Du bist das Nichts, die Schrift, das Blaue,
der Engel und das Ass, das sticht.

Rio Reiser

Kriminelle Energie

Genau an der Stelle, an der er sich breitbeinig platzierte und mit Daumen und Zeigefinger eine Zigarette aus der Packung zog, hatte sehr früh am Morgen ein Rotmilan mit seinem scharfen Schnabel eine Maus zerlegt und Stück für Stück verschlungen. Er hatte sich hier am östlichen Rand der Stadt ein Revier erobert und war beinahe jeden Morgen, bevor die großen Laster fuhren, am Himmel zu sehen, wenn er die künstlich geformte Landschaft überflog, um nach Beute auszuspähen. Und er machte reichliche Beute, der Milan, in der offenen grünen Hügellandschaft, die aus Bauschutt und anderen Müllbergen entstanden war.

Aber Armin Jerzembek, der morgens erst um sieben auf den Recyclinghof fuhr, sah selten in den Himmel über seinem Arbeitsplatz, bevor er auf Tour ging. Sein Steißbein machte sich schmerzhaft bemerkbar, deshalb ging er ein paar Schritte weiter, setzte sich auf das Trittbrett seines Abpumpwagens und zündete mit dem Einwegfeuerzeug, das er bereits in der Hand hielt, seine erste Zigarette an. Er beugte sich vor, legte seine Ellenbogen auf den Oberschenkeln ab und inhalierte einen tiefen, kräftigen Zug, den er genussvoll und langsam wieder ausatmete. Jetzt konnte der Tag beginnen. Der heiße Tee wärmte ihn von innen, und seine Anspannung löste sich wohltuend mit jedem weiteren Zug aus der Zigarette auf.

Auf diesen Moment freute er sich jeden Morgen, und allmählich fand er sich damit ab, dass er auf ihn warten musste. Die Magenkrämpfe waren einfach zu schmerzhaft gewesen, deshalb hatte er sich das Rauchen vor dem Frühstück abgewöhnt, auch wenn er dafür in Kauf nehmen musste, dass Nelly ihm wegen seiner chronisch schlechten Laune aus dem Weg ging. Aber was sollte er machen! Eigentlich war er kein Typ, der morgens frühstückte, war er noch nie gewesen. Sein Hunger regte sich erst gegen Mittag. Trotzdem packte er brav und begleitet von den spöttischen Kommentaren seiner Kollegen jeden Morgen seine Thermosflasche Tee und die Brotbox aus, denn den Tag ohne Zigarette zu beginnen, war für ihn nicht denkbar.

Er brauchte das Nikotin, um seine Nerven glatt zu halten. Sein

Job brachte eine Menge Stress mit sich, vor allem wenn er durch die Kontrollen musste. Armin sog einen tiefen Zug ein. Matthiesen, sein Boss, hatte ihn gestern Abend, kurz vor Feierabend, abgefangen und gesagt, dass er für den Rest dieser Woche einen Beifahrer hätte.

»Du erklärst ihm die Tour, was er machen muss. Wie, was, wo. Na, du weißt schon. Kannst ihm vertrauen, der ist gecheckt.«

Das wollen wir doch stark hoffen, dachte er jetzt. Ich zahl schließlich das Haus und den Van ab, und in den Knast geh ich bestimmt nicht mehr. Wo bleibt der Kerl?

Seine Kopfhaut juckte, und er hätte sich gern gekratzt, aber seine feinen, streng nach hinten gekämmten Haare, denen er mit viel Gel Halt gab, würden ihm dann albern vom Kopf abstehen.

Ein dunkelblauer Passat älteren Baujahrs knirschte über den sandigen Platz. Armin nahm einen letzten Zug, schnippte die Kippe im hohen Bogen weg und richtete sich langsam auf.

Ungefähr mein Alter, höchstens fünfzig, schätzte er, als der Fahrer ausstieg und auf ihn zukam.

»Ich bin der Neue. Manfred Wiese!«

Whiskeytrinker, dachte Armin. Er hörte es an der heiseren Stimme. Er hatte selber eine.

»Bevor es losgeht, ziehst du dich um!« Armin zupfte am Latz seiner dunkelgrünen Hose mit Firmenlogo. Im Knast hatte er gelernt, seine persönlichen Gefühle für sich zu behalten, und er hielt es auch jetzt so. »Das ist unser Container.« Er deutete die Richtung mit dem Kopf an. »Im Regal findest du Firmenklamotten. Such dir 'ne passende Hose und Jacke. Beeil dich.«

Bisschen steif, fand er, als er seinem neuen Kollegen hinterhersah. Armin zündete sich seinen zweiten Glimmstängel an, steckte das Feuerzeug in die Hosentasche und schürzte die Lippen. Er dachte an Nelly und daran, wie sie jetzt lebten. Im eigenen Haus, wie die Spießer. Er grinste. Und das bleibt hoffentlich so, dachte er grimmig und schüttelte sein Bein aus.

Sein linkes Knie machte sich bemerkbar. Mittags würde es warm werden, dann ging es, aber noch war es kühl. Er runzelte die Stirn und trat den Zigarettenstummel aus. Der Neue machte ihn unruhig. Man hörte ja immer wieder von eingeschleusten Spitzeln und Razzien, aber bisher hatten sie Glück gehabt.

»Glück! Quatsch. Erstklassige Organisation. Kannst dich auf deinen Chef verlassen!« Armin schniefte, obwohl seine Nase frei war, als er die Stimme seines Chefs im Ohr hatte. Nee, ich verlass mich auf gar keinen, dachte er, zertrat die Kippe gründlich auf dem Sandboden, öffnete die Fahrertür und zog sich auf den Sitz.

Er hatte sich sogar eine Schirmmütze gegriffen. Bei der Frisur auch besser so. Armin beobachtete ungeniert, wie der große, beinahe hagere Neuling gemächlichen Schrittes auf den Abpumpwagen zuging. Der Schwung, mit dem er sich auf den Beifahrersitz hob, zeigte ihm, dass er sich mit Lastkraftwagen auskannte.

»Wenn du den Job willst, schneid dir die Haare. Und immer lange Ärmel über die Tattoos. Wir wollen nicht auffallen. Klar?« Armin wartete einen Moment ab, bevor er nachschickte: »Das kommt vom Boss!«

»Klar.« Der Neue sah geradeaus. Gut, dachte Armin mit einem Seitenblick auf dessen holzschnittartiges Profil. Aufrührer können wir nicht brauchen.

»Du machst gute Kohle, wenn du kapierst, worum es geht«, sagte er und drehte den Schlüssel in der Zündung.

Armin hatte sich während der Fahrt zu ihrem ersten Kunden auf den Verkehr konzentriert und dabei wohlwollend registriert, dass dieser Manfred Wiese während der gesamten Tour kein dummes Zeug gequatscht oder ihn mit dämlichen Fragen gelöchert hatte. Und auch jetzt, als sie vorfuhren, um ihren Auftrag zu erledigen, blieb er, wie in den Sitz eingenäht, ruhig auf seinem Posten.

Gut so, dachte Armin und fuhr das Seitenfenster herunter.

»Hallo, Mike!«

Der Wachmann am Tor der Aluminiumwerke winkte ihn, wie nicht anders erwartet, kollegial lächelnd durch aufs Firmengelände. Sobald sie außer Sicht waren, ließ Armin seine hochgezogenen Mundwinkel fallen und wandte sich dem Neuen zu.

»Wir fahren jetzt zum Klärbecken und pumpen den Schlamm ab. Ist sogenannter Sonderschlamm, hochtoxische Brühe. Wenn der Wagen voll ist, regeln wir die Papiere. Begleitpapiere von der Umweltbehörde. In den Begleitpapieren steht, dass wir Sonderschlamm transportieren und berechtigt sind, ihn zu recyceln. Teures Zeug. Die Aluwerke zahlen Matthiesen einen Haufen Geld, damit das Gift aufwendig gereinigt und wieder umweltverträglich gemacht wird. Aber das Verfahren wird nur alle Jubeljahre angewendet, wenn Kontrollen anstehen. Was wirklich läuft, ist, dass der Boss aus Sonderschlamm Altöl macht.« Armin grinste.

Der Neue hatte stirnrunzelnd eine »Wie denn das?«-Miene gezogen.

»Da staunst du, was?«, blökte Armin und schlug sich mit der flachen Hand gegen die Stirn, bevor er weitersprach. »Der Chef macht natürlich auf dem Papier Altöl draus. Der Sonderschlamm ist viel billiger als Industrieschlamm. Die passenden Begleitscheine mit Unterschrift und Stempel kriegt er von der Umweltbehörde, von geschmierten Beamten. Wie im Knast! Den Schlamm trocknet Matthiesen zu Staub und mischt ihn mit Bauschutt oder Kompost und verkauft das Zeug als Baumaterialien oder Dünger. Je nachdem. Kapiert? Auf die Tour sahnt er fette Gewinne ab.«

Der Neue griente, und Armin freute sich, dass sein Vortrag ankam. Er kratzte sich am Hinterkopf, ohne es selbst zu bemerken, bevor er zum wichtigsten Punkt seiner Einweisung in ihre Aufgaben kam.

»Recycling von Sondermüll ist wie ein Lottogewinn, wenn man die richtigen Beziehungen hat. Und die hat Matthiesen. Ich bin schon zehn Jahre in der Firma.« Armin sah den Neuen bedeutungsvoll an. »Wir gewinnen jeden Monat mit. Cash auf die Hand. Aber Schnauze halten, verstehst du? Schnauze halten ist oberstes Gebot.«

Manfred Wiese nickte ein bedächtiges »Ist schon klar«-Nicken, und Armin schniefte die Nase hoch. Ist schon lange gut gegangen, dachte er, hoffentlich bleibt es dabei. Er fuhr den Abpumpwagen rückwärts ans Klärschlammbecken heran und schaltete die Zündung aus. Als er vom Fahrersitz aufs Trittbrett rutschte, hörte er, wie sein Beifahrer ebenfalls ausstieg. Als er den Saugschlauch ausrollte und sich vorbeugte, um ihn an der Vorrichtung des Beckens zu befestigen, bemerkte er, dass sich einige Haarsträhnen von seinem Hinterkopf gelöst hatten und wahrscheinlich wie die Schwanzfedern eines Zaunkönigs hochstanden.

»Nächste Woche lass ich mir 'ne Glatze rasieren«, knurrte er dem Neuen zu, der, wie es sein sollte, neben ihm stand und jede seiner Handbewegungen studierte.

»Wieso weißt du das alles? Ich mein, wie es läuft. Ist doch gar nicht nötig, wenn der Boss die Papiere fälscht und wir den Dreck nur fahren«, sagte er plötzlich, beugte sich vor und sah Armin schräg von der Seite fragend an.

Schlaues Kerlchen. Armin musterte das Gesicht des anderen und richtete sich auf, nachdem er geprüft hatte, dass der Schlauch fest saß. Hoffen wir, dass er wirklich gescheckt ist, dachte er und beantwortete die noch offene Frage.

»Kommt auch vor, dass wir das machen müssen. Nicht nur Begleitscheine ausfüllen oder umschreiben, auch Zollpapiere oder Registrierscheine. Kommt auf die Ladung an und wohin wir sie bringen.«

Armin spreizte kurz seine Finger, was so viel heißen sollte wie »So ist es«, und schaltete die Pumpe an.

»Du kannst doch schreiben«, rief er gegen den einsetzenden Lärm an und legte zur Untermalung seiner doppeldeutigen Anfrage ein übertrieben skeptisches Gesicht auf.

Die Antwort seines Kollegen kam prompt und aus tiefer Überzeugung. »Wie 'n Buchhalter.«

Er hat's begriffen, dachte Armin, er sah es an der Energie, die dem Neuen aus den Augen funkelte. Kriminelle Energie. Matthiesen hatte mal wieder den Richtigen rausgepickt. Armin war jetzt beruhigt. Er warf dem Kollegen die Autoschlüssel zu

»Du fährst zurück! Ich kümmer mich, wenn wir hier fertig sind, um die Buchhaltung.«

Der Bote

Es läutete an der Tür, und Harry Albrecht, auf dessen zerklüfteter Stirn ein kalter Schweißfilm lag, hielt unwillkürlich den Atem an. Bis zu diesem Moment hatte er noch mit sich gerungen, hatte er zugleich befürchtet und gehofft, dass seine Frau vor dem Kurier von ihrem Yogakurs nach Hause käme. Mit einem verrenkten Rücken oder gezerrten Bändern.

Meine letzte Chance umzukehren, dachte er, wohl wissend, dass er sich selbst belog. Er lauschte, wartete, ob sich ein Schlüssel im Schloss drehte, aber als alles still blieb, zuckte er mit den Schultern. Was, fragte er sich, konnte er dafür, dass er noch nie erwischt worden war. Alles, was er in seinem Leben anpackte, verlief reibungslos. Das war schon immer so gewesen.

Harry Albrecht horchte in sich hinein. Wie lächerlich, dachte er plötzlich, ausgerechnet von Helen zu erwarten, dass sie mich aus dieser Zwangslage befreit!

Er stand vor der weit geöffneten Tür seines Arbeitszimmers, und während eine Schweißperle langsam seitwärts von der Schläfe über seine Wange rollte, wurde er plötzlich sehr ruhig. Seine Befürchtungen hatten sich aufgelöst wie ein Brühwürfel in der Suppe. Er würde es tun, er verstand jetzt selbst nicht mehr, wieso er noch mit einem Ausweg geliebäugelt hatte.

Erleichtert hob er die Hand, mit der er das weiße Stofftaschentuch umklammert hielt, tupfte Stirn und Wange trocken und atmete tief durch. Er war bereit, den angekündigten Umschlag in Empfang zu nehmen.

Es läutete ein zweites Mal. Entschlossen verließ er sein zum Garten gelegenes Arbeitszimmer und eilte, für seine Körperfülle erstaunlich behände, durch die geräumige Diele, zur Haustür. Harry Albrecht wusste nicht, wen sie schickten und ob der Kurier tatsächlich einer war oder nur so aussah. Er wusste auch nicht genau, wer »sie« waren. Er kannte nur einen von ihnen von Angesicht und mit Namen. Er kannte nur den, der ihm mitteilte, was er zu tun hatte.

Seine Anspannung wuchs, als der junge Mann vor seiner Haustür tatsächlich wie ein Italiener aussah. Auf den zweiten Blick konnte er allerdings ebenso gut Türke, Grieche oder ein dunkelhaariger Deutscher sein. Harry schaute ihm scharf in die Augen, doch der professionell gekleidete Fahrradkurier blieb bei seiner Routine.

»Können Sie sich bitte ausweisen? Die Sendung darf nur an den Adressaten persönlich ausgehändigt werden.«

Harry zog seine Krokodillederbrieftasche aus der Innentasche seiner Hausjacke und zeigte dem Kurier den Ausweis.

»Danke sehr!«

Der Bote hielt ihm ein elektronisches Gerät entgegen, und Harry quittierte den Erhalt des Umschlags. Selbst wenn diese Spur jemals verfolgt werden sollte, ist sie wertlos, beruhigte er sich endgültig und schloss die Haustür, ohne auch nur daran zu denken, dem Kurier oder wer immer das war, ein Trinkgeld zu geben.

Mit kurzen Schritten ging er zurück in sein Arbeitszimmer und ließ sich in den Schreibtischstuhl fallen. Der körpergerechte Stuhl schwankte unter seinem kleinen, wenn auch gewichtigen Körper ein wenig hin und her. Die schaukelnde Bewegung beruhigte ihn, und er ließ seinen Blick über den dezent beleuchteten, immergrünen Garten wandern.

Allein bei dem Gedanken, sein Stadthaus in Othmarschen jemals aufgeben zu müssen, erhob sich seine Willensstärke wie ein kräftig auffrischender Wind. Entschlossen griff er zum Brieföffner und schlitzte den Umschlag mit einem Handstrich auf. Das weiße Blatt Papier war gefaltet. Harrys Augen verfolgten aufmerksam Ziffer für Ziffer einer Handynummer. Darunter standen ein Name und eine Adresse. Er war nicht überrascht, ihn zu lesen.

Wie verabredet ging er zum offenen Kamin und warf Umschlag und Briefpapier hinein. Die Flammen verzehrten beides sofort. Mit ruhiger Hand notierte er sich die mittleren vier Ziffern der Handynummer in sein kleines persönliches Notizbuch und trat an die geschlossene Terrassentür. Den Provider kannte er, und die letzten vier Ziffern konnte er sich gut merken, sie entsprachen dem Geburtstag seiner Tochter.

Ja, dachte er, strich mit seinem Blick flüchtig über das ebenmäßige Grün des englischen Rasens und glitt in Gedanken ab. Allein schon ihretwegen muss ich weitermachen. New York. Sie hatte es fast geschafft, ihre Galerie in Manhattan stand kurz vor dem Durchbruch. Er vertraute ihrer Nase. Sie würde ihre Künstler groß herausbringen. Spätestens in zwei Jahren würde sie auf eigenen Füßen stehen. Harry Albrecht war froh, dass er allein war. In seinen Augen schwamm salzige Flüssigkeit. Maxi. Nur sie allein, sein kleines Mädchen, war imstande, ihn dazu zu bringen, sentimental zu werden. Maximiliane. Sein Gesicht nahm einen seltenen verklärten Ausdruck an, als er an seine große, schöne, blonde Tochter dachte, den einzigen Menschen auf der Welt, der ihm wirklich nahestand.

Verschämt trocknete er sich mit seinem fleischigen Handrücken die Wangen und kehrte in die Gegenwart zurück. Er war zu weit gegangen. Punkt. Kein weiterer Kommentar. Wozu auch, jetzt gab es kein Zurück mehr. Er stieß seinen Atem kräftig aus und beobachtete, wie ein Falter das noch fahle Licht einer der kugelrunden Solarlampen abtastete. Wie die Ratten, dachte er, sie haben ihren Müll wie Ratten begleitet. Von Neapel nach Hamburg. Mit dem ersten großen Geschäft sind sie gekommen und geblieben. Sie haben sich eingenistet und ihre Kreise gezogen.

Er wälzte unbewusst seine Zunge und kaute darauf herum, als er sich an sein erstes Callgirl erinnerte. Sie hatten das Geschäft begossen. Mit Strömen von Champagner. Auf dem Kiez. Harry Albrecht grunzte laut auf, als die Szenerie vor seinem inneren Auge vorbeiflimmerte. Er hatte sich wie ein Gewinner gefühlt, wie ein Champion.

Die Stadtreinigung hatte italienischen Müll im Wert von vier Komma fünf Millionen Euro verbrannt, und er hatte den Deal eingefädelt. Jedenfalls hatte er das damals geglaubt. Harry lachte trocken auf und holte aus dem Schränkchen neben dem Büffelledersofa die Flasche Kognak und einen Schwenker heraus. Heute wusste er es besser. Sie hatten sich ihn ausgesucht. Sie hatten herausgefunden, dass er zum Amigo-Sumpf gehörte, und gewusst, dass er der richtige Drahtzieher war, um ihnen den Weg zu bahnen, auf dem sie ihren Giftmüll vergolden konnten.

Mit dem Glas in der Hand starrte er sekundenlang in die Flammen, dann goss er es halb voll und setzte sich.

Die Hausjacke war ein guter Kauf. Er strich mit der Hand über den weichen Flanellstoff.

Was will ich eigentlich, dachte er. Mir geht es gut. Ich kann mir Frauen leisten. Superweiber. Meine Frau lässt sich vorzeigen, und mein Töchterlein bekommt von ihrem Daddy, was sie will.

Harry Albrecht schob seine Unterlippe vor, öffnete den Mund, legte den Rand des Schwenkers darauf, neigte den Kopf nach hinten und schüttete den Kognak in seinen Rachen. In seinem Bauch glühte ein warmes Feuer. Entspannt füllte er das Glas auf und lehnte sich im Sofa zurück.

Er war jetzt drüben, auf der anderen Seite, da, wo das Gewissen keinen Einfluss hatte. Die Entscheidung war getroffen. Harry atmete tief ein und stieß kurz darauf den erhitzten Atem durch die Nase aus. Die Bilanzen des Unternehmens »Stadtreinigung Hamburg« sehen ausgezeichnet aus, und das wird auch so bleiben, solange ich Amtsleiter der Umweltbehörde bin, dachte er. Was soll's, wenn ich es nicht mache, macht es ein anderer.

»Sterben müssen wir alle mal«, flüsterte er, hob das Glas und goss den Kognak in einem Zug hinunter. Das starke und zugleich sanft brennende Aroma füllte seine Mundhöhle aus, und in seinem Gesicht spiegelte sich tiefer Frieden.

Durch das Treppenhaus schlurften Schritte. Man hört, dass es eine schwere Person ist, dachte er. Ein Schlüsselbund fiel. Stille. Schlüssel klimperten, Metall schabte, und eine Haustür wurde aufgeschlossen. Ein menschliches Ächzen, als wenn jemand schwer trüge. Krank oder alt oder beides. Dann klappte leise eine Haustür. Er lauschte.

Herr Wolnyczak atmete leise und ruhig. Dass er das anfassen mag! Dass er all die Leute mit ihren Krankheiten anfassen mag!

Erik van Dürrkamps lag nur mit Boxershorts bekleidet auf dem Massagetisch in Joe Wolnyczaks Wohnzimmer und dachte, was er immer dachte, wenn er seinen Heiler besuchte. Er sprach diese Gedanken nie aus, aus Scham und aus der Befürchtung heraus, dass dieser Mann vielleicht in seinem tiefsten Innersten lesen konnte, was mit ihm los war.

Aber wie sollte er, er selbst wusste ja noch nicht einmal, was ihn so über alle Maßen zurückhaltend sein ließ. Erik van Dürrkamps spürte, dass er an gefährlichen geistigen Abgründen entlangspazierte, und wanderte mit seinen Gedanken lieber weiter. Er seufzte leise, ohne es selbst zu bemerken.

Seine Frau, sie berührte ihn schon lange nicht mehr. Nicht mit Händen und auch sonst nicht. Und trotzdem lebten sie noch zusammen. Sie wusch und bügelte seine Wäsche, hielt das Haus und den Garten in Schuss, und … Erik van Dürrkamps zwang sich, seinen Gedanken zu Ende zu bringen. Und, und er hatte Angst vor ihr, vor ihrem verachtenden Blick und ihren unberechenbaren Wutausbrüchen. So, endlich, jetzt war es heraus.

Er hatte reichlich Deo aufgelegt, trotzdem spürte er, wie sich in seinen Achselhöhlen ein dünner Schweißfilm bildete. Gleich war die Zeit um. Er hatte inzwischen ein Gefühl dafür, wie lange Herr Wolnyczak brauchte. Und jedes Mal in dieser stillen Zeit auf der Liege gelangte er beinahe wie von selbst zu Erkenntnissen über sein Leben. Phänomenal. Ich hab Angst vor meiner eigenen Frau! Erik van Dürrkamps hatte plötzlich den Eindruck, als würde dieser Satz wie ein verglühender Stern durch seinen gedanklichen

Kosmos direkt auf ihn zufliegen. Um einen Einschlag in seine Gefühlswelt zu verhindern, überlegte er schnell, was er sagen konnte.

»Ist es denn besser geworden?«

»Wenig.« Wolnyczak hielt seine Hände auf die von Schuppenflechte betroffenen Hautpartien an Dürrkamps Steißbein. »Du kannst dich jetzt wieder anziehen«, brummte er wenig später und verließ für einen Moment den Raum.

Erik van Dürrkamps wusste, dass Herr Wolnyczak gleich mit zwei Bechern heißem Tee wiederkommen würde, und setzte sich auf das Sofa, sobald er angekleidet war. Er mochte diesen Mann, und obwohl seine Schuppenflechte nur wenig Besserung zeigte, fühlte er sich doch merklich wohler, wenn er sich hatte behandeln lassen. Die Adresse von Joe Wolnyczak hatte er über einen Kollegen bekommen. Professor Heine aus der Umwelttechnik. Heine war der Einzige an der TU, der von seiner Schuppenflechte wusste. Er hatte Prostatakrebs und war über seine Cousine, die an Leukämie erkrankt war, zu Herrn Wolnyczak gekommen.

Heine hatte Wolnyczak in höchsten Tönen gelobt. »Ein Urgestein. Aber pass auf, er wäscht dir den Kopf, wenn du mit ihm sprichst. Mich jedenfalls hat er geheilt«, hatte Heine gesagt.

Herr Wolnyczak betrat mit dem Tee das Wohnzimmer, und van Dürrkamps musste innerlich lächeln, weil er sich jedes Mal, wenn er hier war, wie in einer Parallelwelt fühlte.

Herr Wolnyczak trug sein schwarzes Haar nach indianischer Art lang und durch ein Stirnband gebändigt. Sein durch Aknenarben gezeichnetes Gesicht wirkte meist unbewegt, obwohl seine recht große Adlernase ihm ein insgesamt kühnes Aussehen gab.

Und das Wohnzimmer! Verglichen mit seinem eigenen Wohnstil wirkte es armselig. Eine alte braune Cordgarnitur, und auch der lederne Massagetisch mit dem merkwürdigen hölzernen Untergestell schien schon älteren Baujahrs zu sein.

Was Herrn Wolnyczak noch von ihm unterschied, war sein offensichtliches Desinteresse an Geld. Jedenfalls nahm er keins für seine Dienste, zumindest keine festen Preise. »Du kannst geben, was es dir wert ist, du kannst es aber genauso gut auch lassen«, hatte er zu Beginn seiner Behandlung gesagt.

Erik van Dürrkamps wusste nicht, ob Herr Wolnyczak mit seiner Spende zufrieden war und ob er sie für angemessen hielt. Sie sprachen niemals über Geld. Er hatte es natürlich versucht, weil er sich sicher sein wollte, dass er es richtig machte, aber dieser Joe Wolnyczak weigerte sich, ihm zu sagen, was er tun sollte.

Erik van Dürrkamps rückte ein wenig beiseite. Wolnyczak setzte sich neben ihn auf seine rot karierte Wolldecke und reichte ihm einen Becher Tee. Im Zimmer verströmte sich ein Duft von Salbei und Rose. Erik van Dürrkamps hielt seine von feinen roten Äderchen übersäte Nase in den heißen Dampf und hätte beinahe Wolnyczaks Frage überhört, da er einem dritten, noch nicht identifizierten Geruch dicht auf der Spur war.

»Was ist das für ein Stress, mit dem du zu tun hast? Solange du wie ein Dampfkessel auf Hochtouren lebst, kann ich immer nur das Feuer ein wenig runterfahren. Deshalb bleibt deine Schuppenflechte.«

Erik van Dürrkamps sah bedrückt an seinen langen, knochigen Beinen hinunter bis zum abgelaufenen Stäbchenparkett, auf dem seine schmalen Füße in braunen ledernen Markenschuhen standen.

»Das geht nicht, ich habe die Mitarbeit an einem großen Projekt zugesagt.« Er lauschte, aber Herr Wolnyczak blieb still. »Die Senatorin der Hamburger Umweltbehörde und ein Ingenieursstab werden in Hamburg eine Müllverwertungsanlage bauen, die keine Gifte mehr in die Umwelt abgibt! Und ich bin der leitende Ingenieurwissenschaftler.«

Erik van Dürrkamps rang um Worte. Er wollte Herrn Wolnyczak nicht belästigen, gleichzeitig aber von ihm verstanden werden.

»Und was geht nicht?« Wolnyczak nahm einen Schluck Tee und versank wieder in Schweigen.

»Dass ich mich aus dem Projekt zurückziehe. Wir kämpfen an vielen Fronten gleichzeitig. Aber wenn die Senatorin tatsächlich durchsetzen kann, dass die Modellanlage gebaut wird, wird sie Schule machen.« Erik van Dürrkamps Augen glitzerten wie perlendes Wasser in der Sonne, als er sich Herrn Wolnyczak zuwandte, doch seine Begeisterungswelle brach jäh zusammen, als er registrierte, dass Wolnyczak seine Gefühle nicht teilte.

»Also so wichtig bist du!«

Erik van Dürrkamps zog seine schmalen knochigen Schultern unmerklich enger zusammen. Er war sich nicht im Klaren darüber, was Herr Wolnyczak meinte. Wahrscheinlich spielt er darauf an, dass ich meine Arbeit sogar über meine Gesundheit stelle, vermutete er. Was sonst könnte er meinen!

»Ich will diese Anlage bauen, koste es, was es wolle, sie wird mein Lebenswerk«, sagte er leise und trank einen Schluck Tee.

Ja, dachte er, was bleibt mir sonst von diesem freudlosen Dasein. Wolnyczak reichte vielleicht sein spartanisches Halbblutleben. Und außerdem hatte der seine Berufung. Und was war mit ihm? Er hatte die Abfallverwertungsanlage, mit ihr konnte er seinem Leben einen Sinn geben.

Erik van Dürrkamps wandte sich zu Wolnyczak und betrachtete dessen Profil. Wolnyczaks Kinn senkte sich sanft zur Brust, dann ruckte sein Kopf wieder hoch. Er war kurz vorm Einschlafen.

Teufelsbrück

Knut Heinrich Petersen stellte sein Glas auf die Fensterbank, sog die kalte, klare Luft, die sich zum Fenster hineinschob, ein und hob seinen Blick zum sternenklaren Himmel. Aber er hatte keinen Sinn für die unendliche Schönheit, die sich ihm ohne jede Berechnung darbot. Er fühlte schmerzhaft, wie Anverdautes seine Luftröhre hochgurgelte, und griff nach dem Glas Kognak, um mit einem großen Schluck seine Magensäfte niederzubrennen.

Harry wird ihn anrufen und ihm den Auftrag erteilen, dachte er. Es ist nur ein Anruf, weiter haben wir nichts damit zu tun.

Petersen schüttelte sich unmerklich und fror beinahe, als ein kalter Wind ihn anhauchte und die Erinnerung an das letzte Gespräch mit seinem Amtsleiter in sein Gedächtnis hob. Teufelsbrück, ausgerechnet am Fähranleger Teufelsbrück hatten sie sich getroffen. Petersen musste noch einen Schluck Kognak hinterherkippen, als ihm die Symbolik ihres Treffpunktes aufging.

Es war ein kühler, windiger Tag gewesen, und Harry hatte einen tief ins Gesicht gezogenen Hut getragen. Petersen starrte in den leeren Kognakschwenker wie in eine Kristallkugel, als er das Bild vor sich sah. Auf dem Ponton wiegte sich sacht das Café Engel, und er hätte gern einen heißen Pharisäer getrunken, aber Harry hatte mit seiner Nase Richtung Blankenese gedeutet.

»Die Senatorin hat heute den Grundstein für eine neue Abfallwirtschaft gelegt. Die Verträge mit der MVB, der MVR und der MVA werden nicht verlängert. Außerdem will sie ein Verbot für den Zwischenhandel mit Sondermüll durchsetzen. Und das ist noch längst nicht alles!«

Petersen war es vorgekommen, als hätte Harry den letzten Satz gegen seine Magengrube geschleudert. Die Senatorin machte also tatsächlich ernst! Wie angezählt war er schweigend neben dem zwei Köpfe kleineren Harry den Elbwanderweg entlanggeschritten.

»Und warum? Atome verschwinden eben nicht.« Harry äffte die Stimme der Senatorin nach. »Keiner weiß, was mit dem ersten Bürgermeister los ist. Er lässt die Senatorin einfach gewähren!

Warner schickt einen Experten nach Japan. Die haben in Kani, weiß der Teufel, wo das liegt, biologische Restabfallbehandlungsanlagen, die mit bakteriellen Fermentationsprozessen arbeiten. Und schon mal etwas von Kryorecycling gehört?« Harry Albrecht spuckte auf den Gehweg, bevor er noch etwas erschöpft hinterherschob: »Müllverbrennung soll drastisch reduziert werden.«

Petersen hörte Harry schnaufen, seine Wut nahm ihm offensichtlich den Atem. »Dieser Wahnsinn muss gestoppt werden. Hamburg kann nicht auf die Einnahmen durch die Abfallwirtschaft verzichten, da stimmen alle Experten der Branche überein!«

Wen Harry genau meinte, wenn er von den Experten der Müllbranche sprach, war für Petersen eine verschwommene Angelegenheit. Harry verfügte als erster Aufsichtsratsvorsitzender der »Stadtreinigung Hamburg« sowie Amtsleiter der Behörde für Umwelt über unzählige Kontakte zur Wirtschaft und bezeichnete auch diverse undurchsichtig operierende Zwischenhändler als Branchenkenner. Das war Petersen durchaus bewusst.

Was er ebenfalls wusste, war, dass Harrys Kontakte auch ins kriminelle Milieu reichten; aber wie weit das ging und wen Harry genau kannte, wusste Petersen nicht.

»Unsere Herren Aufsichtsräte aus der Behörde müssen schnell und geheim zusammenkommen. Es gibt ein Übereinkommen, dass diese Entwicklung im Keim erstickt werden muss.«

Petersen sah in Harrys kleine, von Fettwangen gequetschte Augen und nickte. »Und du willst die anderen wirklich in diese Sache mit einbeziehen?«

Harry blieb stehen, als er antwortete. »Ja, oder ist dir immer noch nicht klar, dass es um die Wurst geht? Wer von der Wurst abbeißen will, muss sie auch verteidigen. Ich werd mit reingezogen, und ich zieh alle anderen auch mit rein. Spätestens seit dem Klärschlammskandal wissen alle, die dabei sind, wofür sie ihr Geld bekommen. Wenn die Warner sich mit ihrem weinerlichen Umweltgeschwafel durchsetzt, können nicht nur wir einpacken. Müll ist ein dreckiges Geschäft, mein Lieber, das weißt du so gut wie ich. Da wird mit harten Bandagen gekämpft. Wir sitzen alle im selben Elbsegler, das sollte in diesen politisch verwahrlosten Zeiten jedem von uns klar sein.«

»Aus mir wird niemand einen Sündenbock machen«, schloss

Harry seine Rede, bevor sie den Rückweg antraten. »Die Herren sind regelmäßig und nicht zu knapp beatmet worden, warum sollten sie also, wenn's brenzlig wird, außen vor bleiben?«

Harry schnaufte und setzte sich wie eine kleine Dampflok wieder in Bewegung. Den kurzen Weg zurück hatten beide geschwiegen. Petersen wusste, dass Harrys Fahrer auf der Höhe des Fähranlegers unerlaubterweise in der Haltebucht für Linienbusse wartete. Es war also alles gesagt.

»Vergiss nicht unseren Freund, den ersten Geschäftsführer.« Mit diesem Ausruf hatte Harry die Wagentür geöffnet, sich auf den Rücksitz geworfen und war davongefahren.

Die Erinnerung an Harrys letzten Satz verklang in seinen Ohren und erlaubte ihm, in einer Sekunde gedankenfreier Stille das schwache Rauschen der Pappeln wahrzunehmen, die die Auffahrt des Anwesens säumten. Ein Windstoß schlug gegen das offen stehende Fenster, dann knirschte der Kies. Endlich.

Gleich würde die schwarze Limousine aus dem Dunkel der Nacht in den Schein der Wegbeleuchtung eintauchen. Petersen schloss erleichtert, wenn auch mit fahrigen Gesten, das Erkerfenster und wandte sich dem dezent beleuchteten Herrenzimmer zu, in dem bereits Voss, Albers und Golombek saßen.

Kolonialstil, so nannte man seine Ausstattung wohl. Braune, nicht zu schwere Ledersessel. Rauchertischchen mit dickwandigen Glasaschenbechern, handgeknüpfte, antike Teppiche auf glatt polierten Schiffsplanken. Das Lüften hatte wenig gebracht. Dicker Zigarrenqualm wallte zur Decke. Niemand sprach, aber hin und wieder führte einer der Aufsichtsräte der Hamburger Stadtreinigung mit kreisenden Bewegungen einen Kognakschwenker zum Mund, und dann bekam die Luft im Raum eine süßliche, beißende Note.

Petersens Blick traf sich kurz mit dem des glasäugigen Antilopenkopfes über dem Kamin. Eyke van Thiessen war Schiffsreeder; was er mit Afrika zu tun hatte, war Petersen unbekannt. Er überlegte, ob der Kopf auch schon damals dort gehangen hatte, als sie wegen der Bestechungsvorwürfe gegen Varenorth hier zusammengekommen waren. Er zuckte mit den Schultern. Es war ihm jedenfalls nicht aufgefallen.

Die Messingklinke der schweren Eichentür neigte sich zu Boden. Harry Albrecht schob seinen ebenso stattlichen wie kurzen Körper in den Raum und ließ sich durch Petersens schlanken Fingerzeig zu seinem Platz dirigieren. Kurz hinter ihm, fast wie sein Schatten, folgte ihm der Geschäftsführer der Stadtreinigung, Ludger Badow. Harry atmete, wie immer, wenn er sich bewegte, laut schnaufend. Golombek hob fragend die Augenbrauen und hielt einen leeren Kognakschwenker hoch. Harry zeigte zwei Finger und wartete, bis ihm Golombek den dreifachen Kognak reichte, dann nickte er seinem Stellvertreter Petersen zu. Sie konnten beginnen.

Die braunen Ledersessel bildeten einen lockeren Kreis. Petersen hatte es so arrangiert. Er wollte ihre Gesichter sehen. Sehen, ob sie verstanden, dass sie nun bis zum Äußersten gehen mussten.

Das Schwierigste war, einen Anfang zu finden. Der Anfang seiner Ansprache, wenn der ihm gelang, würde sich alles Weitere ergeben. Er durfte nicht um den heißen Brei herumreden, aber er durfte auch nicht zu deutlich werden. Er versicherte sich mit einem letzten Blick, sah das auffordernde Nicken in Harrys Augen und wusste, dass er jetzt sprechen musste. Jetzt war es so weit.

Er musste Golombek, Voss, Albers und Badow zu Gedanken führen, die sie nicht aussprechen durften. Alle vier mussten begreifen, nur begreifen, welche nächste Entscheidung zwingend war. Begreifen und schweigen. Sie mussten nur zustimmen. Harry würde dann alles in die Wege leiten. Die Herren sollten Bescheid wissen, ohne jemals ein Wort darüber verloren zu haben.

Und dieser Abend, dieses Treffen, diese flüchtige Entscheidung würde wie ein Stein in einem tiefen, dunklen Wald langsam von Moos überzogen. Ein Stein, an dem niemand jemals Anstoß nehmen würde.

Eifersucht

Die eiserne Gartentür quietschte, dann stakelten Schritte auf den Sandsteinplatten. Frauenschritte. Füße in Hackenschuhen, die zielgerichtet ihren Weg um das eingewachsene steinerne Gartenhaus nahmen.

Kriminalhauptkommissarin Annegret Pries wühlte ihre Arme aus dem rot-schwarz karierten Schlafsack, in dem sie bis zum Kinn eingewickelt in der Spätsommersonne lag, und setzte sich in ihrem Liegestuhl auf. Sie trug nur einen ihrer weißen Baumwollslips und ein kurzärmeliges T-Shirt und hoffte, dass ihr Gehör sie nicht täuschte.

Blinzelnd prüfte sie den Stand der Sonne. Später als fünfzehn Uhr war es bestimmt nicht, die Sonnenstrahlen funkelten noch angenehm warm durch das dunkelgrüne Laub. Trotzdem breitete sich auf ihrer Kopfhaut eine leichte Gänsehaut aus. Der seit Tagen aus Osten kommende Wind strich mit derselben blassblauen Kühle, mit der sich auch der wolkenfreie Himmel zeigte, durch ihr feines Haar.

Während sie weiterhin auf das Näherkommen der klackernden Schritte lauschte, visualisierte sie vor ihrem inneren Auge weiße Plastiksandalen an den Füßen einer dieser leicht übergewichtigen und wochenendlustigen Kleingärtnerinnen. Eine mit Dauerwelle und einer Tasse in der Hand. Eine, die keinen Zucker mehr in ihrer Dose hatte oder der ein Ei fehlte, um einen Kuchen zu backen. Eine, die schon immer mal wissen wollte, wie es bei Josef hinten im Garten aussah, und die sich nun traute, da sie schon seit mehr als einem Jahr beobachtete, dass er mit einer Frau lebte.

Annegret seufzte genervt auf und schaute ergeben zur Hausecke, dann fror ihre Mimik schockartig ein. Nein. Von irgendwoher tauchte das Wort in Annegret auf, blähte sich auf und zerplatzte in unzählige Neins. Nein, nein, nein, nein! Nicht sie! Nein, nicht die mit den bunten Glasohrringen. Freda. Josefs Exgeliebte. Nein!

Irritiert starrte Annegret auf deren Füße. Wenigstens damit hatte sie recht gehabt, ihr kriminalistischer Hörsinn funktionierte. Freda trug hochhackige Pumps. Braune Dinger mit schmalen Riemchen. Selbst ihre Füße sind schön, dachte Annegret und unterdrückte den Wunsch, ihre aschblonden Locken in Form zu zupfen.

»Ich wollte eigentlich zu Josef.« Fredas Blick wanderte über Annegrets verwaschenes T-Shirt hinunter zum halb verhüllten Körper, bevor sie sich verbesserte, »ich meine, zu Herrn Lenz, wohnt er noch hier?«

Sie denkt wohl, ich bin seine Großmutter oder seine Nachmieterin! Annegrets Empörung verlieh ihr die nötige Entschlusskraft, um aufzustehen. Demonstrativ zog sie ihre langen, schlanken Beine aus dem Schlafsack, stieß ein kurzes, beinahe gesungenes »Moment« aus und schritt mit sehr geradem Rücken über die Terrasse in die Datscha.

»Hier setzt du keinen Fuß rein«, murmelte sie erregt, als sie nach Jeans und Strickjacke griff. »Hier nicht!«

Triumphierend schlüpfte sie in ihre roten Holzschuhe und ging wieder hinaus. Jetzt konnte sie sich zu einer Größe von mindestens einem Meter fünfundachtzig aufbauen, und wenn sie ihren Rücken streckte, holte sie womöglich noch einen Zentimeter mehr heraus. Freda stand noch immer zwischen weiß getünchter Hausmauer und Kräutergarten und zerrieb eine späte Lavendelblüte zwischen ihren beringten Fingern.

Annegret trat absichtlich sehr nahe an sie heran und genoss, dass Freda zu ihr aufschauen musste, als sie sie in gespielt lässigem Ton fragte, was sie wolle.

»Ich möchte mit Josef sprechen. Mit Josef Lenz. Wohnt er noch hier?«

Fredas Tonfall war zuckersüß, als sie ihr Anliegen wiederholte, er verfehlte jedoch seine Wirkung, weil Annegret sich gerade klarmachte, dass Josef mit dieser Glasperlentante nichts zu schaffen haben konnte, da sie sonst wissen musste, dass er in Bielefeld war.

»Ja, aber er ist nicht da«, sagte sie schließlich knapp.

Freda wartete, aber Annegret ließ sie zappeln. Sie wusste, dass sie sich mit ihrem Verhalten die Chance verbaute, von dieser blauschwarzhaarigen Kindfrau zu erfahren, was genau sie von Josef wollte. Aber sie mit vorgespielter weiblicher Solidarität an den

Terrassentisch zu bitten, um sie auszuhorchen, ging ihr unüberwindlich gegen den Strich.

»Seien Sie so freundlich und geben Sie mir seine Handynummer. Ich muss ihn wirklich dringend sprechen!«

Sie bittet nicht, sie verlangt. Annegret presste ihre Lippen kurz und heftig aufeinander, bevor sie so herablassend wie möglich mitteilte, dass er den Dienst quittiert habe und deshalb sicherlich nichts für Sie tun könne.

»Es ist nichts Dienstliches. Es ist privat.«

Annegrets linkes Lid begann unkontrolliert zu zucken, trotzdem sah sie, dass Freda überlegte, ob sie ihr Anliegen wie eine Bombe platzen lassen sollte. Aber sie entschied sich dagegen.

»Bitte«, drängte sie schließlich, aber Annegret blieb eisern. Sie müsse sich schon noch einmal herbemühen, sagte sie kühl, sie gebe Josefs private Nummer nicht an Menschen weiter, die sie nicht kenne.

»Endlich.« Die Gartentür quietschte. Annegret sank mit einem Stoßseufzer auf ihren Liegestuhl und schloss die Augen. »Bitte nicht schon wieder«, flüsterte sie und ließ die zwei Tränen, die aus ihren Augen quollen, widerstandslos die Wangen herunterrollen.

»Josef.«

Damals, als dieser irre Paul sie in ihrer Küche niedergestochen hatte, als alle Fäden irgendwie zusammenliefen und auch Josef unerwartet aufgetaucht war und sie gefunden hatte, war der Tag ihres größten Schmerzes gewesen. An diesem Tag, als sie hilflos und verletzt am Boden lag, hatte sie kapituliert und sich ihre Liebe bedingungslos eingestanden.

»Josef.«

Jedes Mal, wenn sie seinen Namen ausgesprochen hatte, war es wie eine verzweifelte Beichte gewesen. Er sollte es wissen, auch wenn sie sich damals schon damit abgefunden hatte zu verbrennen, bis sie begriff, dass er gekommen war, um sie für sich zu gewinnen. Begriff, dass er sie wollte, sie und nicht diese Freda. Auch jetzt tat es wieder weh, wenn sie an ihn dachte.

»Gott, bin ich müde!« Annegret überlegte kurz, ob sie wieder in den Schlafsack kriechen sollte, griff ihn sich dann aber und trottete ins Haus. »Ich bin zu alt dafür«, flüsterte sie, während sie ihre Jeans einfach vor dem Bett zu Boden fallen ließ, »zu alt für diese

Scheiß-Eifersucht, zu alt für misstrauische Gedanken. Zu alt, um mich lächerlich zu machen.«

Die Bettdecke roch muffelig. Und Josef will hier überwintern! Annegrets Blick wanderte durch die mit weiß lackiertem Holz ausgekleidete Einraumdatscha und blieb am runden hölzernen Tisch hängen. Da hatten sie gelegen, die Glasohrringe von Freda, waren sie ihr am Morgen nach ihrer ersten gemeinsamen Liebesnacht wie Dolche ins Auge gestochen.

»Ich will nicht frieren, und ich will nicht eifersüchtig sein«, flüsterte sie und ging vom hörbaren Selbstgespräch zum stillen über. Aber wie geht das? Wie hört man auf, eifersüchtig zu sein? Annegret schloss die Augen, warf sich auf den Rücken und überließ sich der heranrollenden Gedankenflut.

Irgendwann, das war ihre Erfahrung, würde sie aufgeben zu grübeln und sich von einer Blödsinnsphantasie in den Schlaf ziehen lassen.

Einfälle

Die Vorhänge vor der auf Kipp gestellten Balkontür bauschten sich auf und ließen das entfernte Rattern eines vorbeifahrenden Zuges passieren. Josef Lenz' Mundwinkel zuckten heftig, bevor er mit schweißnassem Hinterkopf aufwachte und sich im Zimmer haltsuchend umschaute. Die Matratze war viel zu weich, sein Rückgrat schmerzte.

Mit einem Seufzer des Erkennens stieß er auf und roch Pfifferlinge in Rahmsoße. Bielefeld. Hotel Wiebracht. Die Küche des Hotels war gut wie eh und je. Sonntags waren er und seine Eltern immer ins Wiebracht zum Essen gefahren. Aber Gott sei Dank kannte ihn hier niemand mehr, es war zu lange her.

Er tastete nach seiner Armbanduhr. Gegen halb acht Uhr hatte er sich kurz auf ein Nickerchen hingelegt. Er war nun so weit, die Wandlampe über dem Bett anzuzippen. Halb zehn. Die Erinnerung an seinen Traum kam zurück. Lenz stopfte sich das zweite Kissen unter den Kopf, stieß nochmals auf und griff zum Telefonhörer.

Er hatte im Bett gelegen, zu Hause in seiner Datscha, und sein Herz war in seinem Brustkorb wie ein Singvogel im Käfig hin und her gesprungen. Er hatte interessiert und völlig angstfrei dieser Herzraserei beigewohnt, bis ihn plötzlich eine Stimme gefragt hatte, ob er nun endlich bereit sei zu sterben. Lenz legte den Hörer wieder auf.

Auf dem Nachttisch lagen sein kleiner Notizblock und der Bleistift. Er griff nach beidem und setzte sich auf. Der Tod, eigentlich gibt es ihn nicht. Das Leben, es verlässt irgendwann den Körper. Nur die Körper zerfallen, aber das Leben, schrieb er, das Leben wirkt immer weiter. Er ließ den Stift sinken und gab seiner Erinnerung nach.

Ja, das hatte er damals, als er seine Füchsin überfahren hatte, im wahrsten Sinne des Wortes erfahren. Als er am Straßenrand saß und der gesamte Schmerz seines Lebens wiederauferstand. Da hatte er gesehen, wie zärtlich der Tod war und dass sich selbst im Sterben einer Füchsin die Liebe entfaltete. Ohne diesen Schmerz, da war er sich sicher, wäre er niemals zu sich selbst zurückgekehrt. Lenz wischte sich eine Träne aus dem Augenwinkel, atmete tief durch und griff ein zweites Mal zum Hörer.

Er tippte Annegrets Nummer ein und lauschte auf die Freitöne, während er gedankenverloren auf den Fernseher im braun furnierten Wandschrank starrte. Sechs, sieben.

»Josef?« Annegrets Stimme klang verschlafen.

»Ja. – Ja, ich bin gut angekommen.« War er nicht. Die Bahn war vollkommen überfüllt gewesen, und er hatte die zweieinhalbstündige Fahrt von Hamburg nach Bielefeld stehend hinter sich gebracht.

»Ich liege im Bett und verdaue noch. Pfifferlinge in Rahmsoße mit Kartoffelknödeln.«

Wer hat den Tod erfunden? Alfred Döblin. Das Gedicht. Er würde es zu Hause nachlesen. Lenz notierte schnell seine Gedanken, während er Annegret mit halbem Ohr zuhörte.

Seitdem er den Dienst beim Landeskriminalamt quittiert hatte, schrieb er Gedichte, zumindest versuchte er es. In seinem Notizblock warteten schon einige niedergeschriebene Einfälle, die er bearbeiten wollte. Vielleicht gelangen ihm einige Zeilen über den Tod.

»Aha!« Er legte den Bleistift beiseite und wurde ganz Ohr, da Annegret ihm erzählte, dass Freda bei ihnen im Kleingarten aufgetaucht war und ihn hatte sprechen wollen. »Privat!« Lenz riss den Hörer vom Ohr weg, weil Annegret das Wort fast schrie.

»Ich kann dazu nichts sagen, und ich will auch nicht.« Er lauschte, aber sie blieb still. »Ich wickel hier den Verkauf ab. Wahrscheinlich jedenfalls. – So, und Montagabend bin ich zurück.« Sie blieb immer noch wortlos. »Was soll ich dazu sagen, dass sie aufgetaucht ist! Ich weiß nicht, was sie will! Sie ist nach Kiel zurück, und seitdem habe ich sie nicht mehr gesehen und gesprochen. Vergiss es einfach.« Lenz lauschte. Sie hatte mit kindlich klingender Stimme zugestimmt.

»Ich ruf dich morgen wieder an. – Schlaf gut. – Bis morgen.«

Annegret hatte drei Mal »Ja« gesagt, und bei jedem Ja hatte ihre Stimme fester geklungen. Lenz seufzte und schaltete mit der Fernbedienung den Fernseher ein. Er wollte jetzt nicht nachdenken. Morgen Nachmittag, wenn er mit den Mietern seines Elternhauses zusammensaß, dann würde er entscheiden, ob er es verkaufen wollte oder nicht. Morgen. Und Freda. Er verzog seinen Mund. Er würde schon noch früh genug erfahren, was sie von ihm wollte.

Schwarzer Mann

Als sie den Motor ausschaltete, kam es Annegret vor, als sei sie plötzlich in einer Blase der Stille gefangen. Sie rieb ihre Hände und schaute über die unbefahrene Straße hinweg auf das Privatgrundstück. Zwischen hochgewachsenen Baumgruppen und dichtem Buschwerk ragten Ausschnitte von roten Ziegeldächern, Mauern und Glasfassaden hervor. Die Heizung hatte auf der Fahrt hierher ihr Auto angenehm aufgewärmt, und sie blieb noch einen Moment sitzen, um ihren Gedanken nachzuhängen. Die lange Nacht hindurch hatte sie ein einziger Satz gequält, und Annegret richtete ihre Antennen aus, um ihn zu empfangen und sich ihrem Schmerz auszusetzen, aber die Frequenz blieb stumm. Sie seufzte schwermütig und räkelte sich in den jungen Strahlen, die die noch tief stehende Sonne schickte, um ihren Rücken zu entspannen.

Um fünf hatte ihr Handy geklingelt, hatte Münze ihr die Adresse der noblen Reihenhaussiedlung durchgegeben. Rissen. Höhe Falkensteiner Ufer. »Du kannst auf dem Seitenstreifen direkt gegenüber vom Privatweg parken.«

Das Klingeln hatte sie erlöst, sie aus ihrer gedanklichen Fixierung befreit. Annegret atmete tief durch. Da war er wieder, der Satz, diese Überzeugung, dass sie es nicht ertragen würde, wenn er sich mit ihr träfe! Immer wieder war dieser eine Satz trotz ihrer zusammengepressten Kieferknochen in ihr Innerstes vorgedrungen und hatte dort sein Gift versprüht.

»Ich will es nicht, ich will nicht, dass Josef sich mit ihr trifft!« Annegret schlug ungeschickt mit der Hand gegen das Lenkrad. Entnervt drückte sie ihre Lippen auf den schmerzenden Handgelenkknöchel. »Ich will es nicht, aber er wird es tun«, quetschte sie widerwillig zwischen Mund und Hand heraus und fühlte sich zu ihrer eigenen Verwunderung ein wenig erleichtert, nachdem sie der Tatsache ins Gesicht geschaut hatte.

Ja, sie nickte sich selbst zu und stieg aus. Ja, er wird es tun, und ich werde damit fertig werden müssen. Sie war jetzt bereit, den Leichenfundort aufzusuchen.

Es war gleich das erste Reihenhaus auf dem eingezäunten parkähnlichen Grundstück, und Annegret konnte, als sie es auf dem Weg zum Eingang umrundete, durch eine große Panoramascheibe Fechner im weißen Plastikanzug ausmachen. Ein Kollege der Spurensicherung öffnete ihr die Tür und führte sie in den Wohn- und Essbereich. Jetzt stand sie auf der anderen Seite der halb mit einem Vorhang zugezogenen Fensterfront und sah den Holzbohlenweg, der zwischen der Siedlung und einem kleinen Wäldchen hindurchführte. Die stille Anwesenheit von Buchen, Eichen und Kiefern bildete den Hintergrund für den Toten, der mit einer Schusswunde am Kopf und einer im Bauch ausgestreckt auf dem Rücken lag.

Vielleicht, dachte Annegret, als ein Eichelhäher auf dem Dach des Vogelhauses sie beäugte, ist das alles hier nicht unbeobachtet geblieben. Vielleicht. Sie trat zu Münze und der Frau, die auf einem u-förmigen sandfarbenen Sofa saßen, dem ein imposanter Glastisch auf Stahlbeinen vorgestellt war.

»Es ist einfach unglaublich!« Mit diesem Ausruf, in dem eindeutig Empörung mitschwang, stieß sich Münze aus dem gut gepolsterten Sofa und überließ Annegret das Feld.

»Frau van Dürrkamps?«

»Ja.« Die vom Weinen geröteten Augen, die zu Annegret hochblickten, erinnerten sie an ein gequältes Tier. »Ich hab doch schon alles gesagt!«

»Bitte.« Annegret wusste auch nicht, weshalb ihre Stimme plötzlich sanft klang, als sie sich zu der Frau setzte. »Je mehr Kollegen sich von der Lage ein Bild machen können, desto eher finden wir heraus, wer Ihren Mann ermordet hat.«

Frau van Dürrkamps stieß mit einer Gefühlsmischung aus Resignation und Wut den Atem aus und fügte sich.

»Wir hatten uns gestritten. Mein Mann betrügt mich. Dann war da plötzlich ein Mann, hier in unserem Wohnzimmer. Ich weiß überhaupt nicht, wie er ins Haus gekommen ist. Ganz in Schwarz, mit Maske. Er hat meinem Mann in den Kopf geschossen, dann hat er die Waffe auf den Boden geworfen und gesagt, dass ich sie aufheben soll. Ich hatte schon Schlaftabletten genommen. Zwei Stück.« Frau van Dürrkamps monoton vorgetragene Schilderung nahm eine flehende Färbung an, und in ihre von sich auflösender Wimperntusche gereizten Augen traten Tränen.

Annegret nickte.

»Ich hab sie aufgehoben«, jammerte die Frau mit immer dünner werdender Stimme, »er ist gekommen, hat meine Hand mit der Pistole genommen, gezielt und abgedrückt.«

Annegret sah zu Münze, er schüttelte den Kopf. »Frau van Dürrkamps, wann ist denn dieser schwarze Mann gekommen?«

»So um zehn Uhr oder etwas später. Mein Mann kam um halb zehn. Das weiß ich, weil ich gewartet habe.«

Annegret sah auf die fast leere Weißweinflasche und das Kristallglas daneben.

»Mal wieder gewartet habe! Er ist gekommen und hat gesagt, dass er gleich wieder wegmuss. Arbeiten. Ein wichtiges Projekt. Wer's glaubt, wird selig! Ich hab mit dem Glasaschenbecher nach ihm geworfen!«

Frau van Dürrkamps begann zu wimmern, und Fechner, der den schweren Glasaschenbecher gerade in eine Plastiktüte schieben wollte, hob ihn mit einer Pose hoch, als hielte er einen Meisterschaftspokal in der Hand.

»Es ist jetzt sechs Uhr dreißig morgens.« Annegret sprach jedes Wort behutsam aus, als spräche sie mit einem Kind.

»Ich weiß. Ich bin eingeschlafen. Ich hatte doch die Tabletten genommen. Die Schlaftabletten. Ich hatte meinem Mann gesagt, dass ich ihn beschatten lasse, und er hat gebrüllt, ob ich jetzt ganz verrückt werde, und ich hab gedacht, ich will nichts mehr sehen und hören. Ich bin dann hoch ins Badezimmer, und als ich zurückkam, ich wollte den letzten Schluck Wein trinken und nachsehen, ob er noch da war, kam dieser, dieser, dieser ...« Frau Dürrkamps fand offensichtlich keine Worte für den mutmaßlichen Mörder ihres Mannes und brach den Satz ab.

»Und dann?« Annegret räusperte sich und verschränkte die Finger ineinander, um den Impuls zu beherrschen, nach Frau van Dürrkamps Hand zu greifen.

»Als ich wieder runterkam, stand mein Mann immer noch da und hat mich angeschaut. Ich hab gesehen, wie angewidert er war. Er hat gesagt, dass er sich scheiden lässt. Er! Ich hab daraufhin die Nerven verloren und mit dem Aschenbecher nach ihm geworfen. Gleich darauf hat es geknallt, und mein Mann ist umgekippt. Ich wusste gar nicht, was los war. Ich hatte ja niemanden gesehen, er muss sich schon eine ganze Weile versteckt haben. Erst als er die Pistole geworfen hatte, ist er durchs Zimmer gekommen. Aber das hab ich ja schon alles erzählt.« Frau van Dürrkamps wischte sich mit dem Handrücken die laufende Nase. »Bevor er gegangen ist, hat er gesagt, dass er mich auch abknallt, wenn ich die Polizei rufe. Ich hab gewartet. Ich meine, ich wollte einen Moment warten und dann die Polizei anrufen. Aber ich bin eingeschlafen. Ich hatte doch die Tabletten genommen!«

Sie weinte jetzt hemmungslos, und Annegret fragte Münze, während sie in ihrer Handtasche nach Papiertaschentüchern fingerte, ob der Arzt schon unterwegs sei.

»Sie sind also gegen fünf Uhr wieder aufgewacht und haben die Polizei gerufen?«

Frau van Dürrkamps nickte schniefend, und Annegret reichte ihr die Packung Taschentücher. Münze schüttelte wieder den Kopf.

»Sie bekommen, sobald der Arzt da ist, eine Spritze, eine Beruhigungsspritze. Frau van Dürrkamps, hören Sie mich? Und dann müssen meine Kollegen Sie leider vorläufig festnehmen.« Annegret deutete auf die zwei Beamten, die die Tür zum weitläufigen Wohnzimmer säumten. »Alle Indizien sprechen im Moment gegen Sie, es tut mir leid.«

In Frau van Dürrkamps schien die Aussicht, in einer Arrestzelle nächtigen zu müssen, Energien freizusetzen. Sie wandte sich mit einem Ruck zu Annegret und riss ihre geröteten Augen weit auf, bevor sie schrie: »Das ist mir vollkommen gleichgültig, vollkommen gleichgültig!«

Annegret sah beinahe im Zeitlupentempo aus Frau van Dürrkamps Mund eine Kaskade von Spuckefunken sprühen, die in einem anmutigen Bogen direkt in ihr Gesicht flogen, ohne dass sie auch nur das Geringste dagegen tun konnte. Mit steifem Nacken und eingefrorener Gesichtsmimik ertrug sie die ungewollte Benetzung.

Es war Münze, der sie aus ihrer Erstarrung riss, indem er sie mit hochgezogenen Augenbrauen und übertrieben deutlicher Aussprache darüber informierte, dass die Schusswaffe bisher nicht gefunden worden sei.

»Hat der schwarze Mann wohl mitgenommen!«

Annegret zog immer noch stumm vor Entsetzen ihre Augenbrauen zusammen und drückte ihr Kinn gegen den Hals. Sie war jetzt nicht zu Scherzen aufgelegt. Angewidert zog sie ein Papiertaschentuch aus der Packung und wischte sich das Gesicht ab.

»Kannst du veranlassen, dass sie ihr auch eine Blutprobe entnehmen?« Sie deutete mit einem Kopfnicken auf Frau van Dürrkamps und erhob sich.

Münze sagte etwas wie »Wird erledigt« und sah dem Arzt entgegen, der sich auf Zehenspitzen seinen Weg zum Sofa bahnte.

Sie war mal eine schöne Frau gewesen. Mit dieser inneren Bemerkung wandte sich Annegret von Frau van Dürrkamps ab und sah sich in dem sparsam und zugleich edel eingerichteten Raum um. Einsam und leer, wie ein Aquarium ohne Fische.

Ihr Blick wanderte zum Fenster hinaus. Nur das Grün da draußen, nur die Bäume machen das hier lebendig, dachte sie und gähnte. Ihr Rücken meldete sich, und sie ließ ein paarmal ihre Schultergelenke kreisen, bevor sie sich wieder dem Leichenfundort zuwandte.

Fechner hatte sich das Opfer gründlich angesehen, der Arzt würde den Tod offiziell feststellen. Annegret fing Münzes Blick auf.

»Staatsanwalt ist verständigt, nehme ich an!«

Sie wartete keine Antwort ab. Münze sowie Fechner und sein Team würden gründliche Arbeit leisten, sie konnte jetzt gehen.

Der Schnüffler

Es war still, zu still im Büro. Der Verkehr fehlte. Das durch die Scheiben gedämpfte Rauschen der vorbeifahrenden Autos. Das auf- und abschwellende rollende Rauschen, das alle übrigen Geräusche überdeckte.

Thore Sörensen wischte sich mit zittriger Hand die heißkalte Stirn und atmete schwer aus. Er wusste immer noch nicht, was er tun würde. Plötzlich und von seiner spontanen Bewegung selbst überrascht umrundete er seinen Schreibtisch, ging zur Eingangstür und prüfte, ob sie verschlossen war. Er wusste, dass sie es war, trotzdem rüttelte er noch einmal am Griff der gläsernen Tür. Ein junger Mann mit ins Gesicht gezogener Kapuze überquerte die sechsspurige Kieler Straße. Am Sonntagabend, wenn »Tatort« lief, ging das, aber nur dann. Sörensen ließ langsam die Jalousie der Tür herunter, dann verstellte er die des großen Schaufensters, sodass die senkrecht fallenden Lamellen eine undurchschaubare Fläche bildeten.

Er hatte es als vorteilhaft bewertet, als er den kleinen Laden angemietet hatte, dass seine Kunden ihn bereits sehen konnten, bevor sie sein Büro betraten. Vertrauensbildend. Sie sehen mich, und ich nicke ihnen zu, nehme ihnen die Scheu, sich an mich zu wenden. Das hatte er damals gedacht.

Heute, jetzt, in diesem Moment hätte er vieles für Mauerwerk und eine massive Metall- oder Holztür gegeben. Er atmete wieder schwer und ging, wenn auch mit ungutem Gefühl, in die kleine Küche. Der Holzstuhl knarrte, als er sich auf ihn fallen ließ. Schwerfällig griff er nach einem der auf dem Tisch ausgebreiteten ausgedruckten Bilder.

Abgebrühtes Luder, dachte er gereizt, tut, als würde ihr Kerl sie betrügen, und lässt ihn hinterrücks ermorden. Er schüttelte fast unmerklich seinen Kopf, als er sich an ihr letztes Telefonat erinnerte. Die Dürrkamps hatte ihn Freitagnachmittag angerufen und deutlich gelallt, als sie die genaue Adresse durchgab.

»Es steht in seinem Notizblock, aber dort arbeitet doch kein Mensch, jedenfalls keiner aus dem Hamburger Senat!« Dann hatte sie hysterisch geschluchzt, sich verschluckt und aufgelegt.

Wieso er Freitagabend noch zum Haus der Dürrkamps gefahren war und eine mit seinem PC verbundene Wärmebildkamera ins Vogelhäuschen gestellt hatte, hatte er an dem Abend nicht gewusst. Er wusste es auch jetzt nicht. Vielleicht, weil ihm sein Instinkt sagte, dass die Dürrkamps paranoid war. Weil er Erik van Dürrkamps schon ein paarmal in die Alsterdorfer Straße gefolgt war und wusste, dass er dort jemanden traf, aber auf keinen Fall eine Geliebte.

Gut, vielleicht war Dürrkamps schwul. Er war ihm einmal bis ins Treppenhaus gefolgt und hatte gesehen, dass so ein langhaariges Pockengesicht ihm geöffnet hatte. Aber auch an diese Theorie glaubte Sörensen nicht.

Er warf das Bild zurück zu den anderen und begann ein lautes Selbstgespräch.

»Es kann mir auch wurst sein. Was geht mich das an! Wenn ich das Geld habe, hau ich ab. Ich hab es satt, im Müll vor fremder Leute Häuser zu wühlen!«

Nach diesem Wortausbruch stützte er die Ellenbogen auf und legte den Kopf in die Hände. Er wollte sein erhitztes Hirn entspannen und in eine vorgestellte karibische Strandlandschaft mit braun gebrannten Mädchen in Bikinis und kühlen Drinks eintauchen, aber es gelang ihm nicht.

»Erst die Arbeit, dann das Vergnügen.«

Sörensen atmete tief ein und ließ den Atem mit einem brummigen Ton ausströmen. Bevor er wieder einatmete, hob er den Kopf und kreuzte die Arme vor der Brust. Er hatte sich entschieden, er hatte jetzt einen Plan, er würde die Dürrkamps erpressen. Für einen kleinen Moment saß er vollkommen still, als überlege er etwas, dann griff er nach dem Bild, das ihn überhaupt erst auf die Idee gebracht hatte.

»Er hat einen siebten Sinn«, flüsterte er, als er sich die Szene vor Augen hielt, die seine Kamera festgehalten hatte.

Der Auftragsmörder war, wohl wegen der allzu einsichtigen Panoramascheibe, sicherheitshalber noch einmal ums Haus gegangen und hatte, um besser sehen zu können, die Motorradmaske vom Kopf gezogen. Aufmerksam wie ein Raubtier starrte er, genau am Vogelhäuschen vorbei, in den Garten. Dann sah man seine Pupillen ruckeln, ein Gesicht, das immer größer wurde, eine greifende Hand, und Sekunden später brach das Bild zusammen. Er weiß, dass er beobachtet wurde, dachte Sörensen, jetzt kommt es darauf an, wer schneller ist. Er oder ich. Die Dürrkamps hat meinen Namen, Adresse und Telefonnummer.

Thore Sörensen hörte seine Gedärme gurgeln, als er unter der Spüle den Zinkeimer hervorholte und die Fotoausdrucke hineinwarf. Als sie lichterloh brannten, ging er zu seinem Schreibtisch, zog die Datei Dürrkamps auf eine CD und löschte die gesamte Filmaufnahme von der Festplatte. Die CD, die die Ermordung Erik van Dürrkamps' und seinen Mörder zeigte, steckte er in einen gepolsterten Umschlag, schrieb eine Notiz und legte sie dazu.

Bevor er seine Detektei verließ, spähte er durch die Lamellen der Jalousie auf die Straße. Nichts. Er griff nach dem frankierten Umschlag und verließ sein Büro durch die Hintertür.

Als er mit seinem schwarzen Lupo in die Kieler Straße einbog, nahm er schon Abschied von seiner kleinen Detektei, die mit ihrem breiten Schild »Ermittlungen aller Art« kurz vor der Autobahnauffahrt Richtung Flensburg/Husum auf sich aufmerksam machte.

Sörensens Augen blieben kalt, als er kurz laut auflachte. Er würde nur noch ein Mal kommen, um seine Sachen herauszuholen. Wozu hab ich Sicherheitsschlösser, dachte er, das Risiko muss ich eingehen. Und dann, dachte er, nehm ich die Auffahrt Hannover/Bremen Richtung Süden. Meine Zeit als Schnüffler ist vorbei.

Kopflos

»Hat er sich inzwischen gemeldet? Ist er immer noch nicht da? Haben Sie bei ihm zu Hause angerufen? Kommt er aus Hamburg? Steckt er vor dem Elbtunnel fest?«

Senatorin Warner schaute mit rotwangigem Gesicht durch die halb geöffnete Tür aus ihrem Büro. Ihr Blutdruck stieg noch, als Giesela Hebebrandt, die erste Sekretärin der Senatorin der Behörde für Umwelt und Stadtentwicklung, mit den Schultern zuckte.

»Er ist weder auf seinem Handy noch auf seinem Festnetz zu erreichen.«

»Das kann doch nicht angehen, die anderen Herren warten. Wir fangen jetzt an.« Senatorin Warner schloss die Tür und öffnete sie sofort wieder. »Sie versuchen weiter, ihn zu erreichen.«

Giesela Hebebrandt beeilte sich, diensteifrig »Selbstverständlich, Frau Senatorin« zu sagen, aber der Schall ihrer Stimme stieß auf die geschlossene Tür. Sie seufzte und setzte eine traurige Miene auf.

Seit die einzige Enkeltochter von Senatorin Warner an Leukämie gestorben war, war sie nicht mehr wiederzuerkennen. Fast schon besessen kam sie ihr vor. Besessen davon, den giftigen Feinstäuben in Hamburg den Kampf anzukündigen. »Atome kann man nicht verbrennen! Die Brennstoffe verändern nur ihre Form. Einhundert Prozent des Mülls, der in Anlagen verbrannt wird, verlässt diese wieder einhundertprozentig, trotz aller Filter! Dioxine, Furan, Hexachlorbenzol, Giftcocktails überall, auf jeder Kuhweide, auf jedem Spielplatz. Machen Sie sich das einmal klar.«

Jeder, der es hören wollte, und auch jeder, der es nicht hören wollte, bekam dieses Statement um die Ohren gehauen. Einige Herren der Umweltbehörde hielten die Senatorin schon für meschugge. Giesela Hebebrandt wurde heiß in ihrer blütenweißen Seidenbluse, als sie an das Gespräch dachte, dem sie unfreiwillig hatte beiwohnen müssen.

Harry Albrecht hatte in ihrem Beisein, als er und der erste Bürgermeister letzte Woche Montag das Büro von Senatorin Warner verlassen hatten, einfach losgepöbelt. »Erst die Atomkraftwerke und nun die Müllverbrennungsanlagen! Herr Bürgermeister, die Frage muss erlaubt sein. Will die Senatorin unsere Abfallwirtschaft ruinieren? So was nennt man doch paranoid. Was faselt die denn von Atomen?«

Der erste Bürgermeister hatte den aufgeplusterten Harry Albrecht unterm Arm gefasst und aus ihrem Vorzimmer geführt. Bürgermeister Jens Schostka hatte nur gelächelt und nichts gesagt. Soweit sie wusste, hatte er bis heute den Plänen von Senatorin Warner keinen Einhalt geboten oder es zumindest nicht versucht.

Giesela Hebebrandt fühlte sich hilflos und ein wenig verloren, als sie auf ihre feingliedrige goldene Armbanduhr schaute. Alles war aus den Fugen geraten, seitdem Senatorin Warner zu einem Robin Hood der Abfallwirtschaft geworden war. Sie interessierten nur noch Müllvermeidung, Filterkuchen und deren chemische Analysen, Untertagedeponien, ja, und der Zusammenhang von Feinstäuben und Krebserkrankungen. Die Senatorin hatte mehrere Untersuchungen in Auftrag gegeben, und was sie nicht alles in letzter Zeit recherchieren musste!

Giesela Hebebrand seufzte und schaute auf ihre manikürten Hände. Sie hatte sich immer privilegiert gefühlt als erste Sekretärin im Senat für Umwelt und Stadtentwicklung, aber jetzt, jetzt ging es fast schon zu wie bei Greenpeace! Und was für Leute neuerdings durch ihr Vorzimmer kamen! Sie presste ihre Lippen aufeinander, und in ihrem flackernden Blick spiegelte sich schamhafte Hilflosigkeit. Für die Herren, mit denen die Senatorin neuerdings zusammenarbeitete, spielte es offensichtlich keine Rolle, dass sie Chefsekretärin war und dadurch immerhin etwas darstellte.

Aufgewühlt von der Erinnerung an die erfahrene Missachtung erhob sie sich und wischte schnell eine kleine Träne aus dem Augenwinkel, bevor sie sich eine Tasse Kaffee und die Zeitung holte. Die Senatorin würde sie jetzt eine Zeitlang nicht brauchen, und die Unterlagen für die Pressekonferenz waren schon so gut wie zusammengestellt. Sie schnupperte am heißen Dampf, bevor sie ein Schlückchen vom India Monsooned Malabar nahm. Der Kaffee stammte aus der Speicherstadt Kaffeerösterei und schmeckte hervorragend.

Bevor sie die Zeitung aufschlug, zog sie die unterste Schublade ihres Schreibtisches auf und griff sich aus einer Pappschachtel einen Diätkeks, an dem sie wie ein Spätzchen knabberte. Als sie die Zeitung auseinanderfaltete und die Schlagzeile las, verschluckte sie sich und hustete die trockenen Krümel auf die Titelseite. Aufgeregt überflog sie den Text.

Kein Zweifel, Ingenieurwissenschaftler Professor Dr. Erik van Dürrkamps war tot. Ermordet. Giesela Hebebrandt sah auf und schüttelte den Kopf. Nein, sie glaubte nicht an ein Eifersuchtsdrama. Jeder wusste doch heutzutage, dass der Müll ein hart umkämpfter Wirtschaftszweig war. Und wer weiß, wem Senatorin Warner alles auf die Füße getreten war. Die Senatorin hatte viel zu viel Staub aufgewirbelt. Giftigen Feinstaub, das hatte sie jetzt davon. Giesela Hebebrandt stand auf, strich ihren dunkelgrauen knielangen Rock glatt, wischte die Zeitung sauber und klopfte an die Tür zum Büro ihrer Dienstherrin.

»Was ist denn, Frau Hebebrandt?«

Die Stimme der Senatorin klang gereizt. Sie schaute hoch, und die geladenen Herren, die um den kleinen Konferenztisch standen und Bauzeichnungen studierten, machten es ihr nach.

»Es ist aber wichtig!« Giesela Hebebrandts Stimme glich der eines trotzigen Kindes, das sich nicht sicher war, ob es sich durchsetzen konnte.

»Was denn?« Senatorin Warner wurde beim Anblick ihrer verunsicherten Sekretärin etwas gnädiger, und ihr Tonfall klang, ihrer milderen Stimmung folgend, weniger herrisch.

»Der Professor van Dürrkamps ist tot.«

»Was?«

»Der Professor Dr. van Dürrkamps ist tot!«

»Was reden Sie denn da, Frau Hebebrandt?«

»Es steht im Hamburger Abendblatt.«

»Zeigen Sie her!«

Senatorin Warner schoss auf Giesela Hebebrandt zu und riss ihr die Zeitung aus der Hand. Ihre Augen rollten schnell hin und her, und es sah aus, als rasterten sie den Artikel wie ein Scanner ab. Als die Senatorin aufsah und die Zeitung langsam sinken ließ, war der leuchtende Pioniergeist aus ihren und den Gesichtern der um den Tisch stehenden Herren verglüht.

Der Kopf der Arbeitsgruppe »Umbau Abfallwirtschaft« war abgeschlagen. Der Ingenieurwissenschaftler, der nach japanischem Vorbild die biologisch-mechanische Abfallanlage mit der Technologie effektiver Mikroorganismen planen, konstruieren und auch ausführen sollte, war erschossen worden.

Mutterkomplex

Die ganze Fahrt vom Landeskriminalamt bis zum Kleingartenverein hatte Annegret sich auf den Verkehr konzentriert, aber jetzt, kaum dass sie die Zündung ausgeschaltet hatte, nahm ihr der Druck hinterm Brustbein fast den Atem. Es beginnt von vorn, dachte sie verzweifelt, alles beginnt von vorn.

Ihr Blick hing im Geäst der Büsche und Bäume, die den Parkplatz der Kleingartensiedlung einfassten. Einzelne gelb verfärbte Blätter leuchteten im staubigen Grün wie kleine Laternen, aber Annegret sah weder das spätsommerliche Laub noch die rötlichen Strahlen der imposant untergehenden Sonne, die dem Abend einen besonderen Glanz verliehen. Ihr Schauen war nach innen gerichtet, und dort, wohin sie wie gebannt starrte, sah sie Bedrohliches auf sich zukommen, unheilvolle Zeiten, und als sie das Fenster ihres Cabriolets herunterfuhr, roch sie Regen, obwohl kaum Wolken unter dem noch hellen Himmel hingen.

Gonschorek! Wie konnte man bloß so heißen.

Schon als der neue Kollege zur Tür hereinkam, hatte sie gewusst, was da auf sie zukam. Kleiner Mann ganz groß! »Jürgen Gonschorek.« Er hatte ihre Hand fast zerquetscht beim Schütteln, und als er sich auf Münze und Fechner zubewegte, hatte er seine kleine Männerbrust ordentlich gereckt. Hier bin ich!

Gonschorek stand in seiner schwarzen Lederhose mit geflochtener Seitennaht vor den beiden Hauptkommissaren wie ein Cowboy, der signalisierte, beim Bullenreiten zu den Favoriten zu zählen. Blond gefärbte Dauerwelle. Wer zum Teufel lief denn heutzutage mit so etwas auf dem Kopf herum! Hellblaue Augen, wie Glas, und im Blick die Herausforderung, sich messen zu wollen. Annegret stöhnte laut auf. Jetzt, da sie mit Münze und Fechner zu einem Team zusammengewachsen war und als Chefermittlerin von ihnen akzeptiert wurde, tauchte Gonschorek auf. Kommissar Gonschorek.

Die Behörde hatte Josefs Abgang genutzt, um zu sparen, und deshalb musste sie wieder einen Mann mit Mutterkomplex in ihrem Team ertragen, einen, der sich von einer Frau nichts sagen ließ.

Aber wenigstens hatten Münze und Fechner sie in ihr verschwörerisches Grinsen einbezogen, als Kommissar Jürgen Gonschorek sich aufmachte, dem Chef der Mordkommission, Pilgenröther, seinen Dienstantritt zu vermelden.

»Gonscho, ein Mann sieht rot«, hatte Fechner gewitzelt.

Ja, dachte Annegret und jaulte dabei laut und verzweifelt auf, aber der Macho Charles Bronson war ein Intellektueller verglichen mit Gonscho.

Sie fuhr das Seitenfenster hoch und stieg aus dem Auto. Eine Eichel fiel knallend auf ihre Kühlerhaube, sie erschrak, sah sich beinahe reflexhaft um und bemerkte den dunkelgrünen, fast schwarz schimmernden Toyota, der unter den tief herabhängenden Zweigen einer Grau-Erle stand. Sie hatte ihn hier noch nie gesehen. Annegret schloss das Auto ab und registrierte, dass ihr Herz plötzlich heftig zu pochen begann, als stünde sie einer Gefahr gegenüber, die eindeutig spür-, aber nicht sichtbar war. Sie schaute sich um, sah an dem roten Feuerball vorbei, der gemächlich hinter dem Horizont versank, und machte sich beunruhigt und irritiert auf den Weg.

Ihr Instinkt gebot ihr, sehr vorsichtig und langsam die Gartentür zu öffnen, um zu vermeiden, dass sie quietschte. Sie schlich ums Haus, damit ihr Schritt auf den Sandsteinplatten nicht zu hören war, und blieb kurz vor der Terrasse stehen. Die Tür zur Datscha stand weit offen.

Josef ließ sie immer offen stehen, solange das Wetter es irgend zuließ. Er war ein Frischluftfanatiker, und sie kämpften häufig um das Klima im Raum. Sie mochte es warm, warm und wohlig. Er lieber frisch, frisch und eher kühl. Annegret blieb stehen und lauschte. Stille lag in der Luft, angespannte Stille, und dann räusperte sich Josef und fragte: »Was willst du eigentlich?«

Ich habe es gewusst, dachte Annegret entsetzt und drückte sich hinter den ausladenden Buchsbaum, der vor der Terrasse, gleich neben dem Eingang, wuchs. Ihr Herz wummerte wie ein Vorschlaghammer, und sie musste sich sehr anstrengen, um zu hören, was die Frauenstimme, Fredas Stimme, erwiderte.

»Also gut, ich will nicht länger um den heißen Brei herumreden, Josef. Ich habe ein Kind bekommen. Einen Sohn. Deinen Sohn. Ich meine unseren Sohn!« Stille.

Annegrets Gesicht leuchtete weiß in den hereindämmernden Abend, und wenn ihr in diesem Moment ein Ziegel auf den Kopf gefallen wäre, hätte es sie nicht verwundert. Im Gegenteil, dass nichts geschah, obwohl Ungeheuerliches gesagt wurde, brachte sie beinahe an den Rand des Wahnsinns.

»Du kannst mir glauben, es ist dein Kind. Mein Mann ist nicht zeugungsfähig. Aber wir wollten unbedingt ein Kind. Ich fand, ich meine, ich finde, dass du ein gut aussehender Mann bist, nett und sanft. Ich habe dich ausgesucht, verstehst du!«

»Nein.« Josefs Stimme klang rau, als er das Wort herausdrückte.

»Ich wollte dir ja erst gar nichts sagen, aber dann haben wir gedacht, was, wenn Julian irgendwie innerlich weiß oder ahnt, dass er noch andere Wurzeln hat! Das wäre doch schrecklich Das würde ihn doch verrückt machen. Es gibt doch so etwas wie Zellwissen!« Fredas Stimme brach ab, als sei sie in die abgrundtiefe Stille gestürzt, die einsetzte, sobald sie schwieg.

Annegret wagte nicht zu atmen, obwohl sie fühlte, dass es nicht mehr lange dauern würde, bis ihre Beine zu zittern beginnen und sich der Tumult in ihrem Kopf lauthals Bahn brechen würde.

»Josef! Henrik und ich, wir wollen beide, dass du Julian kennenlernst!« Fredas Stimme heulte verzweifelt auf, und Annegrets Finger krallten sich in die grobkörnige Struktur der verputzten Wand.

»Raus!« Josef stieß das Wort rau und eisig hervor, und Annegret kam es vor, als kühle es ihr Gemüt.

»Was?« Fredas Stimme klang entsetzt. »Das kannst du deinem Sohn doch nicht antun!«

»Raus!« Selbst Annegret zuckte zusammen, als Josef zu brüllen begann. Sie hatte ihn nur wenige Male wirklich außer sich vor Wut erlebt, und sie konnte sich gut vorstellen, dass selbst Freda einsah, dass mit diesem Mann nun nicht zu spaßen war.

»Ich schreibe dir meine Nummer auf. Ruf mich an, wenn du alles verdaut hast.« Freda sprach schnell und geduckt, wie ein schlingender Hund, der aus den Augenwinkeln beobachtet, dass er gleich von einem stärkeren Artgenossen vom Fressnapf vertrieben wird. Wenig später huschte sie an Annegret vorbei, ohne sie zu bemerken.

Ein Nachtfalter kroch aus dem Blattwerk des Busches, blieb auf der Spitze des Astes, genau vor Annegrets Nase, sitzen und strich mit den dünnen Beinchen wieder und wieder über seine Fühler, spreizte dann die Flügel und taumelte davon. Annegret sah ihm hinterher, hörte, wie Josef die Tür schloss, und kam mit zittrigen Beinen langsam aus dem Schatten des Buchsbaums hervor. Kopfschüttelnd stakste sie auf die Terrasse. Gonscho und Freda und nun auch noch das! Annegret schüttelte unentwegt den Kopf. Ihr Verstand sah sich außerstande, die Ereignisse des Tages rational zu fassen und daraus eine Konsequenz abzuleiten, und das verursachte vielleicht, dass sie sich hilflos auf den Boden setzte und in einen irrwitzigen Lachkrampf ausbrach. Sie lachte, bis Josef auf die Terrasse trat und sie mit seinen braunen, sanften Augen mitfühlend ansah. Sie lachte noch einmal kurz auf und begann hemmungslos zu schluchzen.

Fliegen

Der Kaffee sickerte fadendünn in die Kanne und erinnerte Lenz daran, dass die Maschine dringend entkalkt werden musste. Sie saßen zusammen am Tisch, und Annegret wich seinem Blick beharrlich aus. Solange der Kaffee lief, gab es nichts weiter zu tun. Weder er noch Annegret verspürten Hunger, und die Kaffeetassen standen bereits auf dem Tisch.

»Ach, übrigens, ich werde heute zu deinem Freund Wolnyczak fahren und ihn befragen. Wir haben seine Adresse in Dürrkamps Kalender gefunden.« Sie pulte an ihren Fingern herum, als sie es beiläufig erwähnte.

»Was willst du denn bei Wolnyczak?« Er hörte selbst, dass seine Stimme unfreundlich klang, und das war er auch, aber nicht, weil sie Wolnyczak befragen würde. Seinetwegen sollte sie ihn befragen, und das musste sie wohl auch, wenn er im Feld der Ermittlungen aufgetaucht war. Darum ging es ihm gar nicht. Er war wütend, weil sie so tat, als sei nichts. Er stand auf, um den spärlich durchgelaufenen Kaffee zu holen. Er würde stark sein, deshalb stellte er den Wasserkocher an.

»Und du willst wirklich in der Datscha überwintern und Haikus schreiben?« Sie zieht es durch, dachte er, sie wird sich zurückziehen und kein Wort verlieren. »Ja!«

Der Wasserkocher gurgelte zischend auf. Er kam mit dem verdünnten Kaffee zurück, goss sich und ihr ein und setzte sich wieder auf seinen Platz. Sie wurde plötzlich sehr blass, und als er sich fragte, was mit ihr sei, legte sie ihre Gedankengänge wie einen Revolver auf den Tisch, von dem sie behauptete, dass er nicht geladen sei.

»Ich hole im Laufe der Woche meine Sachen. Ich zieh in meine Wohnung.« Sie sah ihn kurz an und schnell wieder weg, bevor sie nach einigen Sekunden erklärend nachschob: »Es wird mir hier zu muffig.«

»So, zu muffig.« Lenz' Stimme klang lau.

»Ja!« Das »Ja« war ehrlich gemeint, das hörte er, aber was sie dann sagte, nicht.

»Vielleicht wird's auch demnächst zu eng. Wenn dein Sohn hier herumkrabbelt und -brabbelt!«

Er wusste nicht, was er erwidern sollte, und trank schweigend seinen Kaffee. Ohnmächtig sah er wenig später dabei zu, wie Annegret aufstand, ihre Jacke anzog und nach ihrer Tasche griff. Er wusste, dass sie ohne Kuss und zärtliche Geste gehen würde. Sie war bedient, und er konnte es ihr nicht verdenken.

Plötzlich, vollkommen unvorhersehbar, war er Vater geworden, und auch aus einem gemeinsamen Winterquartier in ihrer Wohnung in Ottensen wurde nichts. Kein Händchenhalten beim Brunch im Café, kein romantischer Heimweg nach dem Kinobesuch durch die menschenleere City, keine gemeinsamen Abende im Bett vor dem Fernseher.

»Bis dann!« Ihre Stimme klang belegt.

Lenz krauste die Stirn. Sie hielt die Türklinke in der Hand und ihren Rücken sehr gerade. Das tat sie immer, wenn sie unnahbar wurde. Er nickte. Sein »Bis dann« klang kraftlos. Sie nickte auch und ging.

Was er jetzt eigentlich tun müsste, dachte Lenz, wäre aufspringen und hinter ihr herrennen, sie um Verzeihung und Verständnis anflehen und ihr versichern, dass er sie liebe. Und was tat er stattdessen? Er beobachtete seine Phantasien, sah sich dasitzen und ließ alles geschehen.

So sind die Menschen, dachte Lenz plötzlich. Nichts bedeutet wirklich etwas. Das Leben geht einfach immer weiter.

Er hatte schon oft darüber gerätselt, wieso beispielsweise die Menschheit nach dem Holocaust nicht vor Scham eingegangen war, wie ein Tier, das vergiftetes Fleisch gegessen hatte. Es ist dieses Beobachten, dachte Lenz, weil wir in Wahrheit einfach immer alles nur beobachten. Wir beobachten, wie wir lachen, wie wir weinen, wie wir töten. Als würde das Leben außerhalb von uns ablaufen, als gehörten wir nicht dazu.

Lenz stand auf, zog sich einen Pullover über seinen Schlafanzug und holte die angebrochene Flasche Rotwein und ein Glas aus der Küchenzeile, bevor er sich wieder an den Tisch setzte. Er hatte sich schon oft selbst ertappt, bei diesem hilflosen Zusehen, wenn etwas geschah, was er nicht eingerechnet hatte. Und, dachte er, jetzt ist wieder etwas passiert, mit dem ich nicht gerechnet habe, nicht rechnen konnte! Das müsste selbst Annegret einsehen, dass ich mich nicht zwischen einem Kind und einer Frau entscheiden kann. Lenz goss das Glas zu voll und trank einen Schluck. Das Kind ist nicht wegzudiskutieren, auch wenn ich nicht weiß, was ich tun werde, entschied er und spürte, dass er hungrig wurde. Er nahm das Glas und hielt es gegen das Licht.

»Wir haben unser Leben gar nicht in der Hand«, murmelte er. Wir rennen nur dauernd hinter etwas her, und wenn wir es nicht bekommen, denken wir, dass es daran lag, dass wir nicht gut genug waren. Und das Leben, Lenz lachte laut auf, als er den Gedanken zu Ende dachte, das fühlbare Leben ist einfach immer genau das, was gerade ist! Er stellte das Glas Rotwein beiseite und griff beinahe trotzig nach dem Band »Japanische Gedichte«, der auf dem Tisch lag.

»Genau«, stieß er aus, als er das Haiku von Issa gefunden hatte, das ihm in den Sinn gekommen war. »Ein Mensch / Und eine Fliege / Im Raum.« Genau, dachte, während er zusah, wie sich erste Sonnenstrahlen durch das Fenster hineintasteten und die altersschwache Fliege, die unter der Deckenlampe lahm virtuelle Dreiecke abflog, langsam Fahrt aufnahm.

Er lächelte und fühlte sich plötzlich grundlos glücklich, als auch die feinen Staubkörnchen im Licht zu tanzen begannen.

Sinnkrise

Die Sonne war durchgebrochen, hatte den dunstig grauen Himmel ausgetrocknet und emporgehoben. Entgegen der Wettervorhersage. Annegret blinzelte, als sie aus ihrem Auto ausstieg. Das Licht erschien ihr heute besonders hell, trotzdem schaute sie, ihrem Gehör folgend, himmelwärts. Hoch oben schossen Schwalben kreuz und quer durch die Luft und pfiffen dabei vor Lust. Sie sind noch da, dachte sie, noch ist Sommer.

Josef.

Allein der Gedanke an seinen Namen pustete die Leichtigkeit fort, die sich fast unbemerkt von den Schwalben auf sie übertragen hatte.

»Gut.«

Annegret wischte mit einer entschiedenen inneren Geste Freda und das Kind beiseite. So weit kommt es noch, empörte sie sich, dass ich die beiden den ganzen Tag mit mir herumschleppe. Blieb nur noch Ärgernis Goncho. Sie wusste nicht, ob er an diesem Tag Dienst hatte oder nicht, aber selbst wenn nicht, bezweifelte sie, dass sie deshalb leichtfüßiger die Treppen zum Landeskriminalamt hochgestiegen wäre.

»Okay, dann wollen wir mal.«

Annegret hatte die Worte erhobenen Hauptes durch ihre zusammengebissenen Backenzähne herausgepresst und drückte mit feuchter Hand die Türklinke zu ihrem Büro hinunter. Mit gestreckten Schultern und vorgerecktem Kinn betrat sie ihr Büro und empfand es fast als Sakrileg, als sie Münze auf Lenz' ehemaligem Platz sitzen sah. Sie blieb wie von einem unsichtbaren Hindernis aufgehalten stehen und setzte sich erst wieder in Bewegung, als ihr Kollege ihr mit aufmunternder Geste zuwinkte.

»Oder hast du was dagegen, wenn ich meine Zelte hier aufschlage?«

Annegret schlug sich mit der Hand gegen die Stirn. »Wieso bin ich nicht selbst auf die Idee gekommen?«, stieß sie erleichtert hervor.

Natürlich, dachte sie, als sie ihre Tasche auf dem Schreibtisch abstellte, wenn schon jemand Josefs Platz einnimmt, dann doch lieber Münze. Annegret fiel ein Stein vom Herzen. Münze hatte sich bisher ein Büro mit Kollegen vom LKA 2 geteilt, die zur Ermittlungsunterstützung eingesetzt wurden. Er hatte sich an seinem Arbeitsplatz ohne Zweifel wohlgefühlt, trotzdem fand sie, dass Gonschorek dort viel besser hinpasste.

Sie atmete erleichtert aus und sah fast liebevoll zu ihrem Kollegen hinüber. Münze schaute auf. Allerdings nicht, weil er Annegrets warmen Blick spürte, sondern weil die Bürotür geöffnet wurde. Ein Kollege steckte seinen Kopf durch den Türspalt und teilte mit, dass der Zeuge Thore Sörensen anwesend sei. Annegret sah fragend zu Münze. Er zeigte ihr seine rechte Handfläche wie ein Stoppschild und wandte sich dem Kollegen in der Tür zu. Sie interpretierte die Geste als »Moment mal«, und eigentlich gab es daran nichts zu bemängeln, trotzdem fühlte sie sich wie ein Kind, das den Mund verboten bekam.

Zum ersten Mal bemerkte sie sehr bewusst, wie wenig sie es leiden konnte, wenn sie keinen Überblick hatte, wenn nicht sie, sondern ein anderer die Zügel in der Hand hielt. Angespannt nahm sie hin, dass Münze den Beamten bat, den Zeugen noch eine Minute vor der Tür warten zu lassen. Er wollte sie informieren, einbeziehen, klar, sie verstand seine Beweggründe, aber es war eben ihre Aufgabe, ihn einzubeziehen, und nicht umgekehrt!

»Die Dürrkamps hat einen Privatdetektiv beauftragt, ihren Mann zu beschatten. Ich hab ihn vorgeladen. Er kennt Erik van Dürrkamps Tagesablauf, vielleicht ist ihm etwas aufgefallen.«

Annegret hörte, was Münze sagte, und gleichzeitig kramte sie, aus alter Gewohnheit, in ihrem Hirn nach Argumenten, mit denen sie ihn beiseiteschieben und sich in den Vordergrund rücken konnte. Aber ihr fielen keine ein. Münze hatte seine Hausaufgaben gemacht, während sie gegen die neuesten Entwicklungen in ihrem Leben rebelliert hatte.

»Setzen wir uns an den Besprechungstisch«, sagte sie, um überhaupt etwas zu sagen. Münze stand auf, schlug mit dem Handrücken einige Brötchenkrümel von seiner Anzughose und holte den Zeugen Sörensen.

Mit dem stimmt was nicht! Der Eindruck war bei ihr schlagartig da. Annegret sah den mittelgroßen, beinahe weißblonden Sörensen auf sich zukommen und fühlte sich wie eine Katze, die ihr Fell sträubte. Sörensen ließ zwei Plätze zwischen sich und Annegret frei und rückte einen Stuhl so weit vom Tisch ab, dass er darauf bequem breitbeinig sitzen konnte. Aus dieser Distanz zwinkerte er ihr onkelhaft zu. Annegrets leerer Magen rebellierte kurz. Münzes bedächtige Art zerrte an ihren Nerven. Sie entspannte sich erst, als er endlich dem Zeugen gegenübersaß und diesen darum bat, darzulegen, mit welchen Ermittlungen er von Frau Dürrkamps beauftragt worden sei.

»Frau Dürrkamps hegt gegen ihren Mann den Verdacht, dass er Ehebruch begeht, und beauftragte mich herauszufinden, ob ihr Verdacht begründet sei. Der Klassiker.«

Sörensen hob kurz die massigen Hände, die er auf seinen kräftigen Oberschenkeln abgelegt hatte, und ließ sie gleich wieder fallen. »Ist Frau van Dürrkamps in ein Verbrechen verwickelt?«, fragte er dann und sah von Münze zu Annegret.

Annegret hielt seinem Blick stand und genoss ihr distanziertes Schweigen. Sie wartete, bis Münze begriff, dass er die Befragung weiterführen sollte. Er räusperte sich, bevor er sprach.

»Der Ehemann von Frau Dürrkamps wurde ermordet aufgefunden. Das müssten Sie doch eigentlich wissen, wenn Sie ihn beschatten.« Münzes Stimme klang harmlos, aber in den Augen von Sörensen flackerte es gewaltig.

»Ich muss zugeben«, sagte er, ohne seine Beunruhigung zu verbergen, »dass ich meinen Job in den letzten Tagen etwas schleifen lassen habe. Besser gesagt, auf Eis gelegt habe. Sinnkrise.«

Sörensen riss die wimpernlosen Augen auf und zog seinen erstaunlich roten Mund, so weit er konnte, in die Breite, aber da weder Annegret noch Münze auf seine clowneske Mimik reagierten, sprach er schnell weiter. »Ich plane, meine Detektei aufzugeben, na ja, aber das interessiert Sie nicht, wie ich sehe. Also, zur Sache. Ich hab den Professor van Dürrkamps ein paar Wochen beschattet und bin, wenn ich das mal so unter uns sagen darf, zu der Überzeugung gelangt, dass Frau van Dürrkamps mit ihrem Verdacht vollkommen danebenliegt. Die Frau ist in meinen Augen krankhaft eifersüchtig, und deshalb habe ich die letzten Tage den Fall erst einmal ruhen lassen.«

»Weiß Frau van Dürrkamps, wie Sie über sie denken?« Eine

plötzlich in Annegret aufwogende Welle der Wut hatte die Frage förmlich aus ihr herausgespült.

»Neeeiiin.« Sörensen zog das Wort in die Länge und verbarg sich hinter einem ausdruckslosen Blick. »Ich wollte und werde ihr aber in den nächsten Tagen das Ergebnis meiner Ermittlungen unterbreiten und auch mitteilen, dass ich diese wegen unbegründeten Verdachts einstellen werde.« Sörensen spielte den seriösen Geschäftsmann, gab sich aber keine große Mühe, glaubhaft zu wirken.

»Angesichts der Tatsache, dass Professor van Dürrkamps tot ist, erscheint mir das sehr sinnvoll.« Münze tauschte kurz einen vielsagenden Blick mit Annegret.

Sörensen ignorierte Münzes Ironie und lehnte sich mit gefalteten Händen und pastoralem Gesichtsausdruck in seinen Stuhl zurück.

»Herr Sörensen, haben Sie während Ihrer Beschattung von Professor van Dürrkamps irgendetwas Auffälliges beobachtet, was im Zusammenhang mit seiner Ermordung stehen könnte?« Münzes Stimme klang leidenschaftslos. Annegret fühlte es ihm nach, auch in ihr verbreitete sich eine Stimmung, als hätte sie jemand im Regen stehen lassen.

»Wenn Sie mich fragen, ist dieser Dürrkamps ein Workaholic. Der verbringt die meiste Zeit an der TU Harburg. Er hat dort einen Lehrstuhl, aber das wissen Sie bestimmt. Die meisten seiner Studenten sind männlich, und mit seiner Sekretärin betrügt er seine Frau garantiert nicht!« Sörensen deutete mit den Händen einen breiten Körperumfang an, grinste vertraulich und beäugte Annegret.

Sie verzog keine Miene. Klopf nur auf den Busch, dachte sie kalt, da sitzt niemand, mit dem du dich gemein machen kannst.

Sörensen machte eine achselzuckende »Dann eben nicht«-Geste und redete unbeirrt weiter. »Das einzig Auffällige waren seine Besuche in der Alsterdorfer Straße, er hat dort mehrmals einen gewissen Wolnowski oder so ähnlich aufgesucht. Was er von dem wollte, ist mir unbekannt. Musste mich ja auch nicht interessieren, ich sollte ja nur herausfinden, ob er eine Geliebte hat. Und die hat er nicht. Definitiv nicht!«

Mordmotiv

Annegret nieste schon zum zigsten Mal, sie bekam den Geruch von Sörensens Deodorant einfach nicht aus der Nase, obwohl er schon vor einiger Zeit gegangen war. Sie nieste wieder und starrte auf die fest verschlossene Fensterreihe, von der aus sie bis zum Stadtpark schauen, aber nicht einen Atemzug Frischluft hereinlassen konnte. Sie musste warten, bis die Klimaanlage den abgestandenen Dunst umgewälzt hatte.

Ich hätte wie Münze zu Mittag essen gehen sollen, dachte sie und legte Professor van Dürrkamps' Terminplaner für einen Moment aus der Hand. Aber Münze hatte einen zu großen Ermittlungsvorsprung, das war ihr klar geworden, als sie nach der Zeugenbefragung noch ein paar Worte gewechselt hatten.

»Wir müssen auf jeden Fall herausfinden, woran Professor van Dürrkamps gearbeitet hat. Er hatte Verbindungen zur Umweltbehörde und persönlichen Kontakt mit Senatorin Warner. Es geht um die Hamburger Abfallwirtschaft, und mir scheint«, hatte Münze gesagt, »dass Senatorin Warner, im Verbund mit van Dürrkamps, einigen Herren aus der Müllbrache gehörig auf die Füße getreten ist.«

Müllwirtschaft! Annegret hatte nicht gewusst, dass man mit Müll im großen Stil wirtschaften konnte, sie hatte bisher geglaubt, dass Müllbeseitigung in Müllverbrennungsanlagen stattfand und Geld kostete. Sie hatte wirklich einiges nachzuarbeiten, jedenfalls wenn sie ihre Stellung im Team behalten wollte. Münze ist wirklich ein guter Ermittler, dachte Annegret, nahm ihren Bleistift zwischen Daumen und Zeigefinger und wackelte damit hin und her.

Ihr Blick wanderte zum Fenster hinaus. Dunstige Wolkenschleier flossen wie verwässerte schwarze Aquarellfarbe in das Himmelsblau und verdichteten sich erstaunlich schnell zu einem immer dunkler werdenden Grau. Der Wind warf die Äste der Baumkronen auf und ab, und Annegret las missvergnügt an ihren heftigen Bewegungen ab, dass die Voraussage des Wetterberichts sich wohl doch noch erfüllen würde.

Die Pflanzen können den Regen gebrauchen, dachte sie und

wandte sich schnell wieder ihrem Schreibtisch zu. Noch ein, zwei Gedanken weiter, und sie würde bei Josef in der Datscha landen. Sie seufzte und ließ den Bleistift fliegen. Sollte Münze ruhig die Hamburger Müllwirtschaft erforschen, sie waren schließlich ein Team, sie würde vorerst andere Fakten beitragen, um den Mörder von van Dürrkamps zu stellen.

Annegret öffnete van Dürrkamps' Kalender, klaubte den Stift hinter einem kleinen Stapel Akten hervor und notierte sich die Termine, an denen er mit Wolnyczak verabredet gewesen war. Kurz darauf verließ sie das Büro.

Ich hätte vielleicht vorher bei Wolnyczak anrufen sollen, überlegte sie während der Fahrt in die Alsterdorfer Straße, beruhigte sich aber mit der Idee, eben Frau van Dürrkamps einen Besuch abzustatten, wenn er nicht da sein sollte. Polizeioberrat Pilgenröther hatte sie telefonisch informiert, dass bei Frau van Dürrkamps keine Fluchtgefahr vorliege und sie deshalb auf freien Fuß gesetzt worden sei. Ihr war es recht, eine wasserdichte Tatverdächtige war sie ohnehin nicht. Noch jedenfalls nicht.

Wir haben eine Leiche und ein Phantom, resümierte Annegret, und eine eifersüchtige Gattin, die vielleicht ein Mordkomplott geschmiedet hat. Vielleicht! Annegret stieg voll in die Bremsen, die Ampel war auf Rot gesprungen.

Eine junge Mutter mit einem Kleinkind an der Hand schrie: »Dumme Kuh, hast du keine Augen im Kopf!« Sie zeigte ihr nicht nur einen Vogel, sondern gleich einen ganzen Vogelschwarm und gestikulierte noch, als sie schon die andere Fahrbahnseite erreicht hatte.

Annegret verzog keine Miene. In ihren Ohren war gerade Fredas unvergesslich verzweifelter Ausruf verklungen. »Das kannst du deinem Kind doch nicht antun!«

»Deinem Kind!« Annegret stieß die besitzanzeigende Formulierung entrüstet aus und gab, da die Ampel auf Gelb sprang, heftig Gas. Der Motor jaulte auf, sie hatte vergessen, einen Gang einzulegen. Hinter ihr hupte der Fahrer.

Als sie anfuhr, waren ihre Achselhöhlen nass. Vielleicht hat Frau van Dürrkamps ihren Mann wirklich getötet, sinnierte Annegret düster, vielleicht hat sie ihn getötet, weil er mit einer anderen ein Kind gezeugt hat.

»Verstehen könnte ich es jedenfalls«, zischte sie durch ihren Überbiss, schaltete das Radio ein und grölte beinahe jedes Lied mit, bis sie vor Wolnyczaks Wohnhaus parkte.

Sie brauchte nur einmal zu klingeln. Der Summer wurde sofort betätigt, als hätte Wolnyczak auf sie gewartet. Er stand mit zwei Jutetaschen voller Lebensmitteln im Flur und schaute ihr entgegen. Seine Haustür stand offen.

»Waren wir verabredet?« Seine Stimme klang leicht irritiert.

»Kriminalhauptkommissarin Pries«, Annegret zeigte ihren Ausweis, »Herr Wolnyczak, Sie haben sich regelmäßig mit Professor van Dürrkamps getroffen. Er wurde ermordet!«

Wolnyczak griff nach seinen Einkaufstaschen, hob sie hoch und ging voraus in die Küche. Annegret folgte ihm, schloss geräuschlos die Haustür und blieb im Türrahmen zur Küche stehen. Für zwei Leute wäre es in Wolnyczaks Miniküche auch zu eng geworden. Wolnyczak legte zwei Kohlrabi, ein Bund Möhren und Kartoffeln auf die kleine Küchenzeile, dann drehte er sich um, öffnete seinen Kühlschrank und stellte Eier, Butter und ein größeres, in Papier eingeschlagenes Paket hinein.

»Wollen Sie etwas trinken?«

Annegret schüttelte den Kopf. Wolnyczak selbst füllte sich ein Glas Wasser aus dem Wasserhahn und deutete Annegret die Richtung, in die sie sich zu bewegen hatte.

Sein kleines, spärlich ausgestattetes Wohnzimmer roch merkwürdig rauchig, aber nicht unangenehm. Annegret setzte sich auf einen der alten Cordsessel und beobachtete, wie Wolnyczak sein dunkles, schulterlanges Haar zurückstrich, sich zurücklehnte und sie aus auffallend wachen Augen betrachtete. Er muss mal Akne gehabt haben, dachte sie, bevor sie ihren Blick von ihm löste, um einen Gedanken zu fassen, mit dem sie die Befragung beginnen konnte.

»Es hat sich herumgesprochen, dass ich manchen Menschen helfen kann.« Wolnyczaks Satz klang irgendwie nach hinten hin offen, ohne Punkt, als würde er gleich weitersprechen, deshalb wartete Annegret und hielt ihre bereits aufkeimenden Fragen zurück.

»Erik Dürrkamps hatte eine Schuppenflechte, deshalb hat er mich regelmäßig besucht.«

»Konnten Sie ihm denn helfen?« Annegret ging in Gedanken

zurück zum Leichenfundort und erinnerte sich, wie der Tote dagelegen hatte. Dunkelgraue Anzughose, gemusterte Socken, er trug einen dünnen Wollpullover und darunter ein helles Hemd. Als sie Dürrkamps' Leiche aufgefunden hatten, hatte sie nichts von einer Schuppenflechte bemerkt, Fechner hatte bisher auch nichts dazu gesagt, und einen Sektionsbericht gab es noch nicht.

»Wenig. Erik Dürrkamps hatte irren Stress. Er konnte froh sein, dass der über die Haut und nicht aufs Herz gegangen ist.«

Annegrets Blut begann schneller zu pulsieren. Ich leide auch unter Stress, dachte sie, unter Beziehungsstress. Der geht garantiert aufs Herz!

»Was hatte Dürrkamps denn für Stress?«

»Oh, er plante nichts Geringeres als einen Generalfeldzug gegen die tägliche Verbreitung giftiger Feinstäube über Hamburg und sein Umland.«

Wolnyczaks Stimme war ironisch gefärbt, und Annegret hob vielsagend ihre schön geschwungenen Augenbrauen. Sie sah ein, dass ihr Gegenüber nicht der richtige Gesprächspartner war, um Dürrkamps' Rolle in der Hamburger Müllwirtschaft zu klären.

»Das klingt ironisch«, sagte sie dann aber doch, weil ihr aus unerklärlichen Gründen noch keine Abschiedsfloskel über die Lippen wollte.

Wolnyczak atmete geräuschvoll aus, bevor er antwortete.

»Aus meiner Perspektive, die sich aus dem zusammensetzt, was ich in der Zeitung gelesen habe und von Erik Dürrkamps weiß, hat die Senatorin der Umweltbehörde ein Gefecht gegen die Müllmafia eröffnet, um ihre Hilflosigkeit und Wut über den Tod ihrer Enkelin zu lindern. Und Dürrkamps wurde nun wohl in der Rolle des Ruhm und Ehre sammelnden Generalfeldmarschalls unvorhergesehenerweise niedergemetzelt.«

Annegret stutzte, sie konnte Wolnyczak nicht ganz folgen, wollte aber auch nicht wie ein Trottel dastehen und posaunte deshalb geradewegs hinaus, was ihr einfiel.

»Aha, Sie meinen also, wenn man sich mit der Mafia einlässt, ist man selbst schuld, wenn man ermordet wird!« Von was für einer Mafia sprechen wir hier eigentlich?, fragte sie sich irritiert, nachdem der Satz im Raum verklungen war, wir sind doch nicht in Neapel.

»Nein, das meine ich nicht.« Wolnyczaks Stimme klang jetzt neutral. »Ich meine, dass es weder van Dürrkamps noch dem Senat wirklich um die Auseinandersetzung mit giftigen Feinstäuben und sauberer Atemluft ging. Ich meine, dass die Senatorin, verstrickt in das Spiel um Schuld und Sühne, ein bisschen ihr Gewissen beruhigen wollte und in van Dürrkamps einen willfährigen Mitspieler fand, der getrieben vom Verlangen nach Anerkennung und Ruhm alles auf eine Karte setzte, seine Gegenspieler unterschätzte und verlor.«

Wolnyczak trank sein Glas Wasser leer und schaute Annegret ausdruckslos an. Ja und?, dachte sie spöttisch. Bei ihm hört es sich an, als spreche er über ein Theaterstück. Und außerdem, abgesehen davon, dass Dürrkamps erschossen wurde, wo liegt das Problem? Sie wartete ab, bis sich ihre Magenschleimhaut von einer spontan aufgetretenen Säureattacke erholt hatte, und erhob Widerspruch.

»Und selbst wenn es so ist, ist es doch gut, wenn als Begleiterscheinung von Schuld und Sühne, Ruhm und Ehre Hamburgs Atemluft und Böden giftfrei werden.« Schach, dachte sie triumphierend und war gespannt, wie er sich aus der Stellung befreien würde.

»Werden sie aber nicht! Alles, was produziert wird, ist potenziell irgendwann selbst Müll, sogar Müllverarbeitungsanlagen. Atomkraftwerke sind heutzutage Atommüllwerke. Mit Müll wird Geld verdient, deshalb wird er munter produziert. Das ist des Pudels Kern. Und frommes Wünschen bringt todsicher nur eines mit sich, den Teufel im Gepäck.«

Wolnyczak schien sich auf eine schwarze Art zu amüsieren. Seine kleinen dunkelbraunen Augen funkelten jedenfalls mutwillig.

Witzbold, murrte Annegret stumm und verzog das Gesicht. Ihr Magen schrie nach Nahrung. Sie senkte für einen Moment den Blick, damit er ihren Hungerschmerz nicht sehen konnte. Außerdem war sie verärgert und wusste nicht genau, weshalb. Frommes Wünschen, wiederholte sie trotzig, verfolgte aber den Satz nicht bis zu seinem Ende. Mir fehlt nur der Durchblick, beruhigte sie sich stattdessen. Dieses Gerede von Schuld und Sühne, potenziellem Müll und Teufel im Gepäck macht mich auch nicht klüger.

Ich brauche harte Fakten; sobald ich hier raus bin, werde ich Münze und Gonschorek den Marsch blasen.

»Glauben Sie, dass Erik van Dürrkamps eine Geliebte hatte?« Annegret wusste auch nicht genau, wieso sie zum Schluss diese Frage noch stellte. Sie war ihr spontan eingefallen, und sie hatte sie ebenso spontan ausgesprochen.

Wolnyczak stand auf. »Erik Dürrkamps hatte Schuppenflechte an den Knien und die Beine hoch bis zu den Oberschenkeln. Hautpartien um den Bauchnabel und über dem Steißbein waren ebenfalls betroffen. Sein Verstand arbeitete pausenlos an Bauzeichnungen –«

»Okay, ich verstehe!« Annegret unterbrach Wolnyczak und erhob sich ebenfalls aus dem Sessel. »Sie haben mir sehr geholfen«, sagte sie beim Gehen und meinte es nicht als Abschiedsfloskel.

Der Wind war stärker geworden. Annegret schloss ihre auf Taille geschnittene Regenjacke und lief den Weg hinter Wolnyczaks Wohnhaus zum Bahnhof hoch. Ihr Magen grollte wie ein entferntes Gewitter. Sie brauchte jetzt unbedingt etwas zwischen die Zähne.

Sie kaufte sich im Bahnhof ein Franzbrötchen und klaubte, als sie mit der Tüte wieder auf dem Vorplatz stand, ihr Handy aus der Handtasche. Sie wog es in ihrer Hand und legte es sofort wieder zurück. Münze arbeitet ohnehin schon daran, dachte sie, und morgen früh ist Besprechung. Sie sah sich nach einer Sitzmöglichkeit um, entdeckte aber auf dem weitläufigen Bahnhofsplatz keine Bank oder wenigstens einen Poller, auf dem sie sich hätte niederlassen können. Verärgert lief sie hinunter zur Fuhlsbüttler Straße und setzte sich auf die Bank einer Bushaltestelle. Im Sitzen konnte sie besser kontrollieren, dass sie das nach Zimt schmeckende Brötchen auch langsam kaute.

Bei Beziehungsstress streikte ihr Magen, und sie wollte auf keinen Fall gastritische Schmerzen provozieren. Ich wünschte, dachte Annegret erschöpft, dass Freda und ihr Balg aus unserem Leben verschwinden. Bei dem Gedanken verschluckte sie unbeabsichtigt einen unzerkauten Bissen und hustete heftig, als ihr auch noch Wolnyczaks Worte einfielen. Frommes Wünschen bringt nur eins, den Teufel im Gepäck. Was meint er bloß?, überlegte sie. Aber dann fiel ihr ein, dass ihr Wunsch nicht fromm war, sondern einfach nur naiv. »Na und?«, flüsterte sie, warf ihre Serviette in den Müll und machte sich auf den Weg zu ihrem Auto.

Sie würde durch Eppendorf, Eimsbüttel und Altona gut durchkommen, es war erst später Mittag, noch zu früh für nervenaufreibenden Feierabendverkehr. Annegret warf einen Blick auf das Armaturenbrett. Vierzehn Uhr drei, sie freute sich schon auf die Fahrt entlang der Elbchaussee. Nirgends in Hamburg war der Himmel offener und weiter als über der Elbe. Und Höhe Teufelsbrück hatte man, selbst beim Vorbeifahren, freie Sicht auf den herrlichen Strom. Annegret liebte den weiblichen Fluss ihrer Heimatstadt, auch wenn die braunen Fluten kaum noch das Blau des Himmels zu spiegeln vermochten.

Frau van Dürrkamps sah jämmerlich aus. An Augenbrauen und Hals schmierten Make-up-Ränder, und ihr modern frisiertes Haar saß auf dem Kopf wie eine billige Perücke. Sie trug Perlenkette und Ohrringe und quälte sich ein Lächeln ins Gesicht.

»Man darf sich nicht gehen lassen, was auch geschieht!« Mit diesen Worten blieb sie vor der Wohnzimmertür stehen und ließ Annegret den Vortritt. Die Putzfrau war offensichtlich auch schon da gewesen. »Meine Zugehfrau ist heute sehr früh gekommen, sonst hätte ich Sie hier gar nicht hereinbitten dürfen.«

Frau van Dürrkamps hatte Annegrets Blicke verfolgt und betrachtete mit ihr die Stelle des polierten Steinbodens, auf der ihr verstorbener Mann gelegen hatte. Annegret wusste nicht, was sie sagen sollte, und sah aus dem Fenster. Ein Eichhörnchen sprang ins Vogelhaus und verließ es sofort wieder, weil es offensichtlich leer war. Frau van Dürrkamps zeigte aufs Sofa.

»Sie wohnen ja beinahe wie im Wald«, entfuhr es Annegret, bevor sie sich setzte und bejahend nickte, weil Frau van Dürrkamps ihr heißen Tee anbot. Sie holte aus einer Glasvitrine eine zweite Tasse und stellte sie zu dem Teegedeck, das bereits auf dem Tisch stand.

»Mögen Sie auch einen Rum dazu?«

Annegret schüttelte den Kopf, und Frau van Dürrkamps goss sich einen großen braunen Schluck aus der Schmuckflasche in die dünnwandige Tasse.

»Frau van Dürrkamps«, Annegrets Stimme klang zu ihrem eigenen Unmut mütterlich, »wie kommen Sie eigentlich darauf, dass Ihr Mann eine Geliebte hatte?«

»Eine! Im Laufe seines Lebens hatte er wohl schon einige!« Frau van Dürrkamps griff noch einmal nach der Schmuckflasche und schaute Annegret entschieden an. »Eine Frau spürt das doch. Kein Mensch kann so viel arbeiten, selbst mein Mann nicht. Und jetzt wollte ich es eben endlich wissen. Deshalb habe ich den Detektiv beauftragt. Ich wollte nicht länger im Ungewissen leben.«

»Aha.« Annegret dachte an Josef und Freda und fragte sich, ob sie etwas spüren würde, wenn … Nein! Ihr innerer Aufschrei vertrieb den Tagalptraum. Sie schüttelte sich innerlich und wartete, bis Frau van Dürrkamps sich Rum nachgeschenkt hatte. »Ihr Mann litt an Beinen, Bauch und Rücken an Schuppenflechte, glauben Sie denn, dass er sich damit so anziehend gefühlt hat?«

Annegret gab sich Mühe, gleichmütig zu sprechen, ertappte sich aber dabei, dass sie ein wenig ihre Augen zusammenkniff und ihr Kinn unmerklich gegen den Hals drückte. Sie misstraute dieser Frau.

Frau van Dürrkamps' Hand begann plötzlich heftig zu zittern, sodass das Rum-Tee-Gemisch auf ihre beige-grau karierte Hose schwappte.

»Ist sie wieder aufgeblüht?« Ihre Stimme klang weinerlich. Sie wischte mit der freien Hand auf ihrer Hose herum und nippte gleichzeitig mehrere Male an ihrer Tasse, bevor sie sie wieder abstellte. »Wir haben getrennte Schlafzimmer. Er hat immer so fürchterlich geschnarcht. Ich habe wirklich angenommen, dass er mich betrügt. Ich konnte doch nicht zusehen, wie er mich einfach abserviert.«

So viel Naivität kann man nicht spielen, dachte Annegret resigniert und schaute in den Garten. Das Eichhörnchen war wieder da. Es hüpfte über die Terrasse und raste dann, aufgeschreckt durch eine landende Ringeltaube, den Stamm einer Kiefer hoch.

»Haben Sie eigentlich eine Videoüberwachung ums Haus herum?« Annegret richtete sich im Sofa auf, aber Frau van Dürrkamps schüttelte verneinend den Kopf.

»Hier haben fast alle Hunde. Große Hunde. Die bellen bei jeder Kleinigkeit.«

Wie zum Beweis der Richtigkeit ihrer Aussage brach eine große graue Dogge hinter einem alten ausgewachsenen Rhododendron hervor und verfolgte mit schlaksigen Schritten dicht am Boden schnüffelnd eine Spur.

»Das ist Basko, er jagt Eichhörnchen. Er ist ganz lieb.«

Annegret war froh, hinter Glas zu sitzen. »Wissen Sie eigentlich, woran Ihr Mann gearbeitet hat?«

»Technik hat mich noch nie interessiert.« Frau van Dürrkamps' Stimme klang spitz, als wäre dies ein Thema, das sie schnell wütend werden ließ, und ihre Stimme nahm geradezu einen gehässigen Tonfall an, als sie weitersprach. »Aber Sie werden es bald wissen, Ihr Kollege hat nämlich heute Morgen alle Unterlagen aus dem Arbeitszimmer meines Mannes mitgenommen. Auch den Computer.«

»Welcher Kollege?« Annegret stutzte. Heute Morgen hatten sie und Münze Sörensen vernommen.

»Na, der kleine blonde Kriminalkommissar. Ich hab seinen Namen vergessen.«

»Verstehe!« Annegret stand auf und rieb ihre schlagartig kalt gewordenen Hände. »Sie haben nicht vor, zu verreisen, oder?«

Frau van Dürrkamps antwortete nicht, und Annegret ging voraus zur Tür, ohne auf sie zu warten.

»Wenn mir Basko über den Weg läuft, knall ich ihn ab«, flüsterte sie in sich hinein. Sie hatte keine Dienstwaffe dabei, und ihre Wut galt auch nicht dem Hund, aber das spielte im Moment nicht die geringste Rolle.

Annegret drehte den Schlüssel im Schloss und war drauf und dran, zu Josef in die Datscha zu fahren, als ihr die abgestandene Luft ihrer verwaisten Wohnung entgegengähnte. Aber allein der Name »Freda« ließ sie tapfer bis zu ihrem Schlafzimmer vordringen, um durch die Balkontür frische Luft in die Räume strömen zu lassen. Wie ein verwaistes Kind, das sich an seine Puppe klammert, verrichtete sie alle Handgriffe mit der Flasche Chablis im Arm, die ihr Eddy geschenkt hatte.

Eddy! Annegret ließ sich aufs ungemachte Bett plumpsen und dachte an ihn und die kurze Begegnung mit Leo. Nach der Vernehmung der Dürrkamps war ihr klar geworden, dass sie noch nicht nach Hause konnte, und deshalb war sie mal wieder, nach längerer Abstinenz, in Eddys Stübchen, ihrem Stammlokal, eingekehrt. Um kurz nach sechs war der Laden noch so gut wie leer, und sie und Eddy hatten sich ein wenig unterhalten können.

»Annegret, meine Liebe, du weißt, ich falle gern mit der Tür ins Haus. Von Frau zu Frau, du siehst ja furchtbar aus!« Eddys unverstellter Kinderblick aus seinen großen, kajalummalten Augen hatte sie sofort nah ans Wasser gebracht. »Bist du wieder Single?«

Sie hatte den Kopf geschüttelt, noch kurz gedacht: Was geht es dich an?, und dann waren Worte statt Tränen aus ihr herausgeflossen. Ein Schwall von Worten, mit denen sie von Freda, Josef, seiner Vaterschaft, ihrer grenzenlosen Eifersucht und ihrem Hass erzählte.

»Schätzchen!«, hatte Eddy ausgerufen, als sie sich leer geredet hatte und ihn fragend ansah, »was erwartest du, das Leben nimmt jeden von uns mal in die Mangel!«

»Eddy!« Annegret hatte mit weiblichem Mitgefühl und männerfeindseligen Pseudoweisheiten gerechnet, mit denen sie das lodernde Feuer ihrer Wut nähren konnte, aber nicht mit einer Herabwürdigung ihres Kummers ins Banale. Sie war froh, ein Glas Weißwein in sich hineinschütten zu können. Und trotz des Affronts gewillt, ihm, wenn auch verstimmt und den Tränen nahe, weiter zuzuhören. Lieber ihm zuhören als allein vorm Fernseher sitzen.

Vielleicht, dachte sie, werde ich meine Wochenenden ohnehin zukünftig wieder bei Eddy verbringen. Annegret wartete, bis der Gedanke sein wahres Gesicht zeigte, bis er zur Drohgebärde wurde, und stoppte ihn mit einem inneren Nein. Sie brauchte gar nicht erst mit diesem Spiel zu beginnen. So gut kannte sie Josef inzwischen. Er würde sie nicht aufhalten, wenn sie damit drohte, ihn zu verlassen. Sie seufzte und sah Eddy an.

»Die Liebe, sie sieht doch nur so aus wie großes Drama. Und weißt du auch, warum, Schätzchen? Weil wir nichts von der Liebe verstehen; wir wollen immer nur, dass alles so läuft wie in unseren Träumen. Deshalb randalieren wir und schlagen um uns, damit die, die wir lieben, sich wie die Hauptfiguren in unserem persönlichen Liebesroman benehmen. Und wehe, wenn sie sich nicht unseren romantischen Vorstellungen beugen!«

Eddy machte ein Gesicht, als würde in den nächsten Sekunden die Welt untergehen, und Annegret nickte zustimmend Ja, dachte sie mit trotzig herabgezogenen Mundwinkeln, genau, wenn Josef mich wirklich liebt, schickt er Freda mitsamt ihrem Balg zum Teufel. Und außerdem, schob sie noch grimmig hinterher, soll er aufhören, den Eremiten zu spielen!

Eddy hatte beim Reden wie ein Theaterschauspieler mit den Armen gefuchtelt. Jetzt sah er sie entwaffnend an. Sein Lippenstift war ein wenig verschmiert, und Annegret konnte nicht anders, als nochmals zustimmend zu nicken, obwohl sie ihm nur mit einem Ohr zugehört hatte. Ja, sinnierte sie bereits angetrunken, Eddy weiß, wovon er spricht, er ist nicht wie alle. Er fällt auf. Eddy ist wie ein Paradiesvogel unter Spatzen. Und unter den Spatzen gibt es nicht viele, die ihr Nest mit einem Paradiesvogel teilen wollen.

Annegret seufzte, genauso tief und desillusioniert wie vor Stunden, als sie noch an Eddys Tresen gesessen hatte. Sie überlegte, ob sie die Balkontür wieder schließen sollte, blieb aber auf ihrem Bett sitzen und wanderte, eingesponnen in die Erinnerung an den vergangenen Abend, zurück zum Barhocker vor Eddys Tresen.

Als ihr alter Freund Leo zur Tür hereinspaziert war und sich zu ihr setzte, war ihr Gespräch beendet gewesen. Leider. Ich glaube, ich werde Eddy demnächst öfters besuchen, dachte Annegret und stand orientierungslos auf. Sie starrte eine Weile auf ihre Boots, bevor sie einen Fuß jeweils mit Hilfe des anderen daraus hervorzerrte. Auch ihre Jacke zog sie, ohne die Flasche aus der Hand zu legen, aus und stellte anschließend die Balkontür auf Kipp. Obwohl ihr Atem nach Knoblauch und Weißwein dünstete, schien ihr die Raumluft in der Küche fast noch unerträglicher als die in der übrigen Wohnung.

Annegret öffnete das Fenster, holte einen Korkenzieher aus der Küchentischschublade und stellte die Flasche Chablis endlich ab. Auf der Spüle stand ein sauberes Weinglas. Sie nahm es und ließ sich auf einen ihrer weiß gestrichenen Holzstühle am Küchentisch nieder.

Leo hatte wie immer ein etwas zu großes Hallo gemacht, als er sie am Tresen entdeckt hatte. Und er war, wie so oft, nur mit sich beschäftigt gewesen.

»Lange nicht gesehen!«

Sein Gesicht zeigte den ewig gleichen vergnügten Ausdruck. Als Eddy ihn fragte, was er trinken wolle, bestellte er eine Flasche Astra ohne Glas. Das war neu. Leo trank sonst nur Cocktails oder Longdrinks. Sein verändertes Trinkverhalten ließ sie sofort innerlich darauf wetten, dass er einen neuen Lover hatte. Womit sollte es sonst zu tun haben! Leo hatte nach diesem und jenem gefragt, auch nach Josef, aber seine Aufmerksamkeit galt nur der Tür.

»Erwartest du noch jemanden?« Annegret konnte sich die Frage nicht verkneifen und wusste endgültig Bescheid, als Leo ihr vielsagend seine blendend weißen Zahnreihen zeigte und Eddy daraufhin die Augen verdrehte, sich abwandte, die Schwingtüren zur Küche temperamentvoll aufstieß und darin verschwand.

»Er müsste eigentlich jeden Moment kommen!«

Leo trank einen Schluck aus der Flasche, und wenig später, in dem Augenblick, als Eddy ihr seine unschlagbar leckere Pizza Mozzarella hinstellte, wurde die Tür zum Lokal mit einem kräftigen Ruck aufgestoßen. Leos Gesicht verklärte sich bei dem Geräusch wie das eines Kindes, das in die Weihnachtsstube tritt. Eddy legte sich das Geschirrtuch über die Schulter, während Annegret und Leo sich auf ihren Barhockern umdrehten und alle drei, wie Salonbesucher in einem Western, vom Tresen aus beobachteten, wie der hochgewachsene Fremde den Raum durchquerte.

Der neue Lover genoss offensichtlich seinen Auftritt, er küsste

Leo stürmisch, tönte laut: »Hey, Eddy«, und reichte ihr die Hand, nachdem Leo sie als Freundin vorgestellt hatte.

»Manuel.«

Sie dachte an Gonschorek, als der raumgreifende Freund ihres Freundes ihr die Finger quetschte. Leo hat sein Beuteschema gründlich geändert, hatte sie gedacht und sich gewundert. Er stand sonst nicht auf St.-Pauli-Shirts und Springerstiefel. Annegret fand Leos Wahl irritierend, aber zumindest verursachte die Anwesenheit von Manuel bei ihr keine Kälteschauer, stehenden Nackenhaare oder sonstigen allergischen Reaktionen. Außerdem hatte sie nach dem ersten Bissen Pizza gespürt, wie hungrig sie war, und sich vollkommen dem Essen gewidmet.

Annegret schenkte sich ein Glas Weißwein ein und lächelte ihre kahle, weiß getünchte Küchenwand an. Die Verabschiedung von Eddy war herzerwärmend ausgefallen. Sie hatten sich umarmt, und Eddy hatte ihr Gesicht mit beiden Händen umfasst und sie geküsst. Kein Showküssen, sondern die Bezeugung seines wahrhaftigen und warmherzigen Mitgefühls für sie als Liebeskranke. Eddy, dachte Annegret und ertränkte mit einem Schluck Wein aufsteigende Tränen.

Annegret bleckte die Zähne und setzte die Zahnbürste an. Sie hatte bis drei Uhr morgens vor ihrer Weißweinflasche gesessen, und aus ihrem hohlen Magen stieg ein säuerlicher Geschmack in ihren Mund, den sie mit Zahnpaste gründlich zu beseitigen hoffte. Eddy hat recht, dachte sie. Ich will, dass Josefs und mein Leben so läuft, wie ich finde, dass es sein sollte. Annegret ließ die Hand mit der Zahnbürste sinken und sah erschöpft in ihr Spiegelbild.

»Aber wann, bitte schön, läuft eigentlich mal etwas nach Plan!« Sie stützte sich einen Moment am Waschbeckenrand ab, weil sie ein leichtes Schwindelgefühl erfasste. Ich vermisse ihn, dachte sie und starrte ihr Gesicht im Spiegel an.

Als es ihr unerträglich fremd wurde, straffte sie ihre Schultern und überlegte, während sie ihre Zähne schrubbte, wo sie sich ein belegtes Frühstücksbrötchen besorgen konnte. Die meisten Cafés öffneten erst um neun oder zehn Uhr, und auch im Mercado war noch nichts los. Ihr fiel der Bäcker in der Ottensener Hauptstraße ein. Der hatte garantiert schon auf, und soweit sie wusste, bot er auch »Coffee to go« an.

Annegret spuckte die reichlich aufgeschäumte Zahnpaste aus. Eine Besprechung mit Münze, Fechner und Gonschorek auf nüchternem Magen würde sie nicht überstehen. Sie griff nach einem Waschlappen und erledigte ihre Morgentoilette.

Ihre altgedienten Kollegen saßen am Besprechungstisch und unterhielten sich. Gonscho stand breitbeinig am Fenster und schaute auf die City-Nord oder sonst wohin. Annegret betrat das Büro, und die Atmosphäre dort versetzte sie in widerstreitende Gefühle. Münze und Fechner schauten hoch, grüßten freundlich und nickten ihr zu, aber Gonschorek schien in etwas vertieft zu sein. Oder er demonstriert sein Einzelgängertum und kehrt uns deshalb seinen Rücken zu, dachte sie. Sie war sich noch nicht einig, wie sie die Haltung ihres Kollegen interpretieren sollte, deshalb stellte sie ihre Tasche ab und setzte sich wortlos zu ihren Kollegen.

»Fangen wir an?« Münzes Aufforderung, die er aus Höflichkeit als Frage tarnte, veranlasste Gonscho, sich umzudrehen und ihre Runde zu vervollständigen.

Annegret atmete geräuschvoll aus und bat Münze mit Handzeichen, das Wort zu ergreifen. Bevor er jedoch sprechen konnte, überlegte sie es sich anders und wandte sich an Gonschorek.

»Sie haben die Arbeitsunterlagen aus dem Arbeitszimmer van Dürrkamps' beschlagnahmt?«

»Ja, aber selbstverständlich erst nach Rücksprache mit der Staatsanwältin.«

Annegrets Gehörgänge vibrierten geradezu, aber sie hörte nicht die geringste Note von Überheblichkeit oder Missachtung. Sein Blick war klar und offen.

»Wenn du erlaubst.« Münze unterbrach ihr Augenduell und informierte sie, dass er, wie auch Kollege Gonschorek, das Material gesichtet habe.

Sie haben sich schon verbrüdert, dachte Annegret und beobachtete, wie entfernte Befürchtungen herantrieben und ihr einreden wollten, dass sie von dieser verschworenen Männergemeinschaft hinterrücks übervorteilt werden sollte.

»Bitte.« Annegret verschluckte das Wort beinahe und kam sich wie eine alte Frau vor, als sie sich betont langsam im Stuhl zurücklehnte. Übereifrig fließende Magensäfte verdauten ihr unterwegs verzehrtes Käsebrötchen mit Remoulade und Salat, und in ihrer überschäumenden Energie machten sie anscheinend auch keinen Halt vor ihren Magenwänden. Trotzdem zerrte sie ein aufmunterndes Lächeln in ihr Gesicht.

»Aus van Dürrkamps' Unterlagen, genauer dem Mailverkehr mit der Senatorin, geht hervor, dass er im Auftrag der Umweltbehörde nach Japan reisen sollte. Er sollte in der Stadt Kani eine Modellanlage besichtigen, die jeden Schritt der Müllverarbeitung und des Recyclings durchführt. Die Anlage arbeitet mit der Technologie effektiver Mikroorganismen und soll in der Lage sein, recycelte Stoffe wieder in die Qualität von Rohstoffen zurückzuführen.«

»Kenne ich«, krähte Annegret.

»Was?« Münzes Stimme klang verstört.

»Effektive Mikroorganismen.«

»Aha.«

»Josef gießt damit seine Blumen.«

Münze und Gonschorek sahen sich an. Fechner grinste und sagte jovial: »Der Josef«, und Annegret konnte nicht anders und verzog ihr Gesicht zur Grimasse.

»Was treibt er eigentlich, dein Josef?«, fragte Fechner mit einem schnellen schuldbewussten Blick zu Münze.

»Er schreibt Haikus.« Annegrets Stimme klang gepresst. Ihre Magensäfte beschränkten sich einfach nicht auf das Brötchen mit Käse und Salat. Fleischfresser. Ich hätte wohl doch lieber Salami nehmen sollen, dachte sie galgenhumorig und verkniff sich, vor Schmerz aufzustöhnen.

»Was schreibt er«, fragte Fechner, »Heikos?«

Annegret winkte ab. »Erkläre ich dir später.«

Münze sah sie fragend an, und sie zeigte, weil das Brennen und Krampfen ihres Magens ihr das Sprechen verbot, mit einem Kinnheber, dass er fortfahren solle.

»Senatorin Warner plante nach dem Vorbild in Kani einen Umbau der Hamburger Abfallwirtschaft, und van Dürrkamps sollte als erfahrener Ingenieurwissenschaftler mit den Forschungsschwerpunkten Umwelttechnik, Biotechnologie und thermische Verfahren das Projekt betreuen.«

»Aha.«

Münze unterbrach seinen Vortrag erneut und wartete, was Annegret diesmal vorbringen würde, aber sie blieb still. Sie dachte kurz an Wolnyczak, der gemeint hatte, dass sich die »Müllmafia« durch die Pläne des Senators herausgefordert fühlte, und war gespannt, zu welchen Schlüssen Münze kommen würde.

»Hamburg verbrennt wie fast alle Städte und Länder seinen Müll.« Münzes Tonfall bekam, jetzt, wo er freie Fahrt für seine Gedanken witterte, etwas Dozierendes, und Fechners Sommersprossen hüpften in seinem Gesicht. Annegret tauschte ein flüchtiges Grinsen mit ihm und signalisierte Münze, der stirnrunzelnd in die Runde schaute, dass er weitersprechen solle.

»Müllverbrennungsanlagen brauchen Müll zum Verbrennen, damit sie profitabel sind. Nur damit du einen Begriff bekommst, um welche Summen es sich handelt.«

Münze sah, bevor er weitersprach, Annegret bedeutungsvoll an.

Annegret wandte sich Gonscho zu. Er beantwortete ihren ausdruckslosen Blick ohne einen Wimpernschlag.

»Du erinnerst dich sicher an die Müllberge um Neapel!«

Annegret nickte.

»Hamburg hat Müll aus der Region um Neapel verbrannt, dieser Auftrag hatte allein ein Volumen um die vier Komma fünf Millionen Euro! Die Müllberge, die da angeliefert wurden, entsprachen der Müllmenge, die in zehn Tagen aus den Haushalten Hamburgs zusammenkommt!«

Er machte eine Sprechpause, wahrscheinlich um den ernsten Gehalt des Gesagten wirken zu lassen, aber Annegrets Denkapparatur lief auf Stand-by. Müll, dachte sie, jetzt müssen wir uns schon mit dem Müll der Stadt befassen. Sie sah mit einem Anflug von Ärger direkt in Gonschoreks Gesicht, aber er schien fest entschlossen, ihr keine mimische Angriffsfläche zu liefern. Sie seufzte laut auf und tauschte ein zweites Grinsen mit Fechner.

»Hamburg hat eine eigene Müllverbrennungsanlage und macht damit auch Profit, ist aber vertraglich noch an drei andere Betreiber von Müllverbrennungsanlagen gebunden. Die Stadtreinigung hat Verträge mit Atomkonzernen geschlossen, die in Hamburg Müllverbrennungsanlagen betreiben.«

Annegret wackelte ungeduldig mit dem Kopf, und Münze verstand sie.

»Die Hansestadt ist verpflichtet, dreihundertzwanzigtausend Tonnen Hausmüll jährlich anzuliefern oder dafür zumindest den entsprechenden Preis zu zahlen. Damit ist Hamburg angewiesen auf Müll, auf Berge von Müll, um seine Verträge zu erfüllen. Und Warner will all diese Verträge auslaufen lassen und raus aus der Müllverbrennung. Keine Müllverbrennung, keine Feinstäube.«

»Okay.« Annegret verschaffte ihrer Gereiztheit Raum, indem sie scharf nachfragte, was das Ganze mit der Tötung von van Dürrkamps zu tun habe, und ließ mit Hilfe ihrer Gesichtsmimik durchblicken, dass sie am Rande ihrer Geduld stand.

»Ganz einfach.« Gonschorek übernahm jetzt den vortragenden Part, vermied aber, solange er sprach, Annegret anzuschauen. »Die Müllverarbeitungsanlage, die Warner und van Dürrkamps vorschwebte, hat den Vorzug, dass sie umweltfreundlich ist. Keine Boden- und Luftgifte. Keine giftigen Oxidationsprozesse. Sie macht

Schluss mit der Müllbeseitigung als rein optischer Beseitigung. Und Warners Konzept schließt ein übersichtliches Wirtschaften mit Gewinn, aber ohne schwindelerregende Profitspannen ein.«

»Und weiter?«, Annegret sah immer noch kein klares Motiv, und dass Gonschorek sie missachtete, machte es auch nicht besser, im Gegenteil.

»Bei der üblichen Müllverbrennung bleiben hochgiftige Schlacken zurück, die entsorgt werden müssen. In fast allen Industrien fallen hochgiftige Abfälle an, sogenannter Sondermüll oder Sonderschlacken. Die Entsorgung von Sondermüll ist das Geschäft, mit dem sich skrupellos Millionen erbeuten lassen. Die Stadtreinigung arbeitet als eine Anstalt des öffentlichen Rechts und hat Tochterfirmen in der freien Wirtschaft. Es ist durchaus nicht unwahrscheinlich, dass sich private Müllverwerter und Entsorger in krimineller Absicht kommunaler Strukturen bedienen. In Hamburg bietet sich das geradezu an, denn die Entsorgung von Sondermüll ist nur dann ein äußerst gewinnträchtiges Geschäft, wenn er illegal beseitigt wird!«

Annegret erhielt keine Gelegenheit, etwas zu fragen oder einzuwenden, denn Münze sprach wie ein Staffelläufer, dem der Stab übergeben worden war, weiter.

»Warners Abkehr von der Müllverbrennung bringt zumindest hier im Norden die Profiteure der Müllwirtschaft ins Schwitzen. Denn sollte sich ihr Konzept durchsetzen, kann es eine bundesweite Diskussion um die Vergiftung unserer Umwelt durch Müll auslösen.«

Annegret runzelte die Stirn und verdrehte entnervt ihre Augen, aber weder Gonschorek noch Münze ließen sich beirren, selbst Fechner wich ihrem Blick aus.

»Allgemein wird doch angenommen, dass Müll, wenn er verbrannt ist, weg ist. Sickert erst einmal ins öffentliche Bewusstsein, dass täglich giftige Schlackestoffe zurückbleiben und sich Feinstäube mit den giftigsten Verbindungen auf unsere Böden legen und von uns verspeist und eingeatmet werden, ist es nur noch eine Frage der Zeit, wann die gesamte pyromanische Müllwirtschaft einpacken kann. Es gibt Meinungen, dass heutzutage für die Menschen größere Gefahren vom Müll und dem kriminellen Umgang damit ausgehen als von den Atomkraftwerken.«

»Du glaubst also, es gibt so etwas wie eine Müllmafia, die für van Dürrkamps' Tod verantwortlich ist?« Annegret hatte Münze gefragt, aber Gonschorek antwortete.

»Ja«, sagte er laut und deutlich, »und das ist kein abwegiger Gedanke.«

»Und woher wissen Sie das so bestimmt?« Annegret erwartete allgemeines Gerede, das sie mit der Frage nach harten Fakten abtun konnte, aber Gonschorek überraschte sie.

»Ich habe mich aus der Wirtschaftskriminalität auf eigenen Wunsch hierher versetzen lassen. In der Abteilung wird an einem Fall gearbeitet, in dem der Name des Leiters der Umweltbehörde, Harry Albrecht, immer wieder auftaucht. Die Aktenführung läuft unter dem Namen ›Sondermüll‹, denn es ging, oder besser, es geht um die länderübergreifende systematische Bestechung mittlerer und hochstehender Beamter aus den Umwelt- und Finanzbehörden.«

Mikroorganismen

Annegret kaute an einem Bissen Brot. Ihre Magensäure glimmte immer noch an ihren Schleimhäuten entlang, und zudem hielt ihre angespannte Nackenmuskulatur ihr Gehirn unterversorgt. Sie saß schon Stunden allein im Büro und konnte einfach keinen klaren Gedanken fassen.

Die Besprechung war ganz und gar nicht so verlaufen, wie sie es sich vorgestellt hatte. Sie stand auf und knipste die Deckenbeleuchtung an. Über der Lehne des Stuhls, auf dem Münze gesessen hatte, hing ein schwarzer Baumwollschal. Er hat bestimmt nichts dagegen, wenn ich ihn mir borge, dachte Annegret, griff nach dem Tuch, drückte es kurz an die Nase und war überrascht, dass es parfümiert war. Sie roch noch einmal an dem Schal, konnte den zarten Duft aber nicht bestimmen. Gedankenverloren wickelte sie ihn sich um den Hals und trat ans Fenster. Schwere dunkle Wolkenfelder waren herangetrieben und verdunkelten den Himmel. Es war nur noch eine Frage von Minuten, wann es sintflutartig zu regnen beginnen würde.

Annegret massierte mit den Fingern beider Hände ihre Kopfhaut. Sie sehnte sich nach dem Regen, aber viel mehr noch nach Josef. Effektive Mikroorganismen. Ich könnte ihn danach fragen, dachte sie und überhaupt mit ihm über den Fall sprechen. Sie ließ ihre Arme herabfallen und stapfte widerwillig zurück zu ihrem Schreibtisch. So ging es nicht weiter. Sie musste die Entscheidung darüber, ob sie ihrer Sehnsucht nachgeben würde oder nicht, auf später verschieben.

Der Wind zerrte an den Baumkronen, schleuderte abgestorbene Äste durch die Luft und riss trockenes Laub von den Zweigen. Blätterschwärme wirbelten auf und nieder, und obwohl Annegret den Wind nicht hören konnte, ahnte sie, dass jede Bö ein bedrohliches Fauchen war. Sie fröstelte. Der Himmel ist wie das Meer, kam ihr in den Sinn. Bei Sturm zeigt er seine Gewalt, seine unbezähmbare Natur. Sie riss sich ein Stück vom trockenen Brötchen ab, steckte es sich in den Mund und kaute lustlos darauf herum. Und das Leben überhaupt ist kein gutmütiger Hund, der brav an der Leine läuft. Nein, dachte Annegret zähneknirschend, ganz und gar nicht.

Sie erschrak, als eine Windbö Regen gegen das Fenster schlug. Für einen kurzen Moment wähnte sie sich in ihre Kindheit zurückversetzt, als wäre sie von ihrer Mutter beim Tagträumen erwischt worden. Sie streckte ihren Rücken und zog sich die Tastatur heran. Ihr PC war hochgefahren, und sie wollte jetzt endlich gedankliche Ordnung in den Fall van Dürrkamps bringen.

»Was ist schon das Anlegen einer wilden Müllkippe im Wald gegen die Errichtung einer Müllverbrennungsanlage«, hatte Münze in Anlehnung an Bertolt Brecht gesagt. Wenn es stimmte, was er und Gonschorek ansatzweise dargelegt hatten, dass Kommunalbeamte bei der illegalen Entsorgung von Sondermüll Hilfestellung leisteten und die Vergiftung ganzer Landstriche mitverantworteten, konnte sie sich schon vorstellen, dass aus Furcht, diese Machenschaften könnten auffliegen, auch über Leichen gegangen wurde.

»Vorstellen kann man sich alles«, sagte sie laut und dachte an Frau van Dürrkamps. Sie kann auch durchtrieben sein und uns die arme betrogene Hausfrau vorspielen. In diesem Mordfall ist anscheinend alles möglich.

Sie strich sich mit dem Handrücken über die Stirn. Die Wärme des Schals tat ihrem Nacken gut. Ihr Kopfschmerz war noch nicht verklungen, aber immerhin hatte er ein wenig nachgelassen. Die nächste Besprechung würde sie wieder, wie gewohnt, professionell leiten, und dazu musste sie die Sachlage überblicken, um die nächsten Ermittlungsschritte vorgeben zu können. Fechner. Annegret starrte auf den Bildschirm und rekapitulierte, was ihr Kollege von der Kriminaltechnik beinahe heruntergeleiert hatte.

»Wir haben weder Finger- noch Fußabdrücke, Fasern, Haare oder dergleichen gefunden, die auf die Anwesenheit eines Dritten am Tatort schließen lassen. Die Patronen im Körper des Leichnams sind von einer Walther P38/P1. Die Tatwaffe ist und bleibt unauffindbar. Frau van Dürrkamps Blutbefund wies Spuren von Diazepam auf, sie hat gemäß ihrer Aussage Schlaftabletten genommen. Und«, Fechner hatte eine kleine Kunstpause eingelegt, bevor er weitersprach, »sie hatte Schmauchspuren an den Händen.

Ich würde sagen, damit ist und bleibt sie wohl vorerst unsere einzige Tatverdächtige.«

Münze und Gonschorek hatten ihm, trotz der Fährte, die sie verfolgten, recht gegeben, und dann hatte sie selbst die Ergebnisse ihrer Befragungen vorgetragen.

»Gehen wir davon aus, dass Frau van Dürrkamps ihren Ehemann gemeinschaftlich mit einem Unbekannten tötete, sollten wir uns nicht auf das Tatmotiv Eifersucht beschränken. Erik van Dürrkamps litt an Schuppenflechte und war Workaholic; woher seine Frau ihre Überzeugung nahm, dass ihr Mann sie betrog und abservieren wollte, ist bisher jedenfalls schleierhaft. Wir alle wissen, dass Einbildungen, Phantasien und Träume die gleiche Wirkung auf das Gehirn haben wie die Realität, aber auch das erklärt letztendlich nicht Frau van Dürrkamps Verhalten. Vielleicht war der ›Maskierte‹ ihr Geliebter. Vielleicht ist die van Dürrkamps hinter ihrer Hausfrauenmaske eine ganz andere Frau.«

Ihre Kollegen hatten genickt, aber ihre Intuition hatte ihr gesagt, dass sie auf dem Holzweg war, und die Dürrkamps war, wonach sie aussah: eine frustrierte Ehefrau, die aus jahrelanger Sorge um ihren Angetrauten sich selbst vergessen hatte.

»Sörensen sollten wir auch noch genauer unter die Lupe nehmen.«

Es war Münze, der das einbrachte, und Fechner hatte ergänzt, dass so ein Detektiv sicher wisse, wie er illegal an eine Waffe kam. Der Mordfall war, das wurde jetzt deutlich, verwickelter, als er zunächst aussah.

Ihre Ermittlungen gingen in zwei Richtungen. Und in die eine Richtung, die in die Müllwirtschaft führte, würden sie zunächst eigenverantwortlich gehen. Pilgenröther, da waren sie sich einig gewesen, wurde vorerst von ihrer Theorie der Korruption innerhalb der Umweltbehörde noch nicht unterrichtet.

»Ohne Fakten ist da nichts zu machen! Der schmeißt mich gleich wieder hochkant aus seinem Büro!«

Eingedenk dieser Tatsache hatte Annegret vorgeschlagen, zusammen mit dem Kollegen Gonschorek Senatorin Warner so bald wie möglich aufzusuchen, um sich zunächst ein Bild zu machen.

»Sollte Wirtschaftskriminalität der Hintergrund unseres Mordfalls sein, kennt Kollege Gonschorek sich am besten aus«, hatte sie überflüssigerweise erklärt.

Annegret erinnerte sich genau, sie hatte in dem Moment nicht anders gekonnt. Die Worte hatten sich geradezu selbstständig ihren Weg gebahnt. Sie hatte sich wie genötigt gefühlt, ihre Entscheidung zu begründen.

Ein Blätterschwarm wirbelte an den Fensterscheiben vorbei, und sie erschrak, weil plötzlich die Tür zum Büro schwungvoll aufgerissen wurde. Gonschorek trat in den Raum, blieb unvermittelt stehen, sah zum Besprechungstisch und runzelte die Stirn, bevor er Annegret einige Sekunden fixierte. Sie hob fragend die Augenbrauen, aber er winkte mit der Hand ab.

»Schon gut«, sagte er, »bis morgen. Schönen Feierabend«, und zog, ehe sie reagieren konnte, die Tür leise hinter sich ins Schloss.

Annegret wurde rot. Ihre Hand griff wie ferngesteuert zum Hals. Es war sein Schal, nicht Münzes.

»Auch das noch!« Sie starrte auf die geschlossene Bürotür und führte sich ihren Schlussdialog mit Gonschorek vor Augen, während sie den Schal abnahm. Goncho sollte sich bloß nichts einbilden, deshalb hatte sie zum Ende ihrer Besprechung wie vom Teufel geritten gefragt, ob seine Locken eigentlich echt seien.

»Nee, aus Plastik«, hatte er entnervt geantwortet, und Münze und Fechner hatten betreten geschwiegen.

Ich will ihn kleinkriegen. Er soll nicht mucken und keinen Ärger machen. Das soll er gleich kapieren. Ja, dachte Annegret, es ist das Gleiche wie mit Freda und dem Kind. Ich will nicht, dass die in meinem und Josefs Leben eine Rolle spielen. Ich will nicht!

»Scheiße!« Annegret legte für einen Moment ihren gepeinigten Kopf auf den Schreibtisch. Ich kann nicht mehr, jammerte sie still, und ich mag auch nicht mehr. Ich mag nicht mehr dagegen ankämpfen. Soll Goncho ermitteln, was er will, soll Josef Vater sein, soll Pilgenröther Fakten verlangen, und meinetwegen existiert auch eine Müllmafia. Ich kann es nicht verhindern oder stoppen. Ich kann nicht! Annegret hob ihren Kopf und spürte verwundert dem verklingenden Schmerz nach. Der Sturm hatte sich so plötzlich, wie er gekommen war, gelegt. Draußen rauschte ein starker, gleichmäßiger Regen.

Annegret lehnte sich einen Augenblick im Stuhl zurück, sammelte ihre letzten Energien und beendete ihre Bestandsaufnahme. Ihre Finger flitzten über die Tastatur. Den Punkt am Ende des letzten Satzes setzte sie pointiert wie eine Klavierpianistin den Schlussakkord.

Überfall

Lenz schaute hoch und freute sich. Er hatte es geschafft. Schon lange hatte er ein Haiku über den Abendgesang der Amsel schreiben wollen, über die besondere Stimmung, die dann über seinem Garten lag.

Den ganzen Sommer hindurch hatte er viele Abende, bevor die Nacht hereinbrach, ihrem letzten Lied gelauscht. Lenz liebte die Stimmung, die ihr Gesang verbreitete, aber die Stille danach, die hörbare Stille, die sich ausbreitete, wenn die Amsel schwieg, die liebte er besonders. Diese Stille, die die Amsel herbeizusingen schien und in die alles versank, wenn sich das wache Leben zurückzog.

Zufrieden lehnte er sich in den Stuhl zurück und lauschte auf den Regen. Dieser trommelte schon seit Stunden aufs Dach und hatte dafür gesorgt, dass Lenz sich doppelt wohlfühlte in seiner Datscha. Der Ofen bollerte. Der Ofen, den er auf Drängen Annegrets letzten Herbst hatte einbauen lassen und den er nicht mehr missen mochte.

Lenz horchte auf, dann bemerkte er, dass sich der Türdrücker nach unten neigte. Freude stieg in ihm auf, und als die Tür mit einem kräftigen Ruck, der nötig war, wenn Feuchtigkeit das Holz hatte aufquellen lassen, aufgestoßen wurde und Annegret im Türrahmen stand, brach sie sich Bahn.

Sie hatte ihre Regenjacke in der Hand, ihre Jeans drückte an ihren Oberschenkeln, und das Haar klebte nass an ihrem Kopf. Lenz konnte nicht anders, als erleichtert über das ganze Gesicht zu strahlen. Sie schmiss sich von innen gegen die Tür, um sie schließen zu können, zog dann ihre Schuhe aus und trat in den Raum.

»Schön warm hast du es«, erwiderte sie sein stummes Lachen und wischte sich blinzelnd Regentropfen aus den Augen, die von ihren Haaren tropften. Mit glühenden Wangen und leuchtenden Augen zog sie ihre Kleidung aus und wartete. Lenz stand auf und ließ sich willig von ihr ausziehen. Wortlos legten sich beide ins Bett und liebten sich, als gäbe es nichts anderes auf der Welt als ihre Leidenschaft.

»Hast du großen Hunger?« Lenz stand in der Küchenzeile und kippte Spaghetti in das kochende Wasser.

»Sehr großen!«

Draußen war es dunkel, und er hatte gerade noch rechtzeitig Holz nachgelegt. Der Kamin brannte, und ein Geruch von angebratenem Knoblauch trieb ihm die Spucke im Mund zusammen. Sie ist also gekommen, dachte er und war freudig gespannt, wie der Abend weiter verlaufen würde.

Annegret stand am Tisch und schaute in sein aufgeschlagenes Ringbuch.

»Ist es von dir? Ein Haiku?«

Er nickte schwach und fühlte, wie sein Atem stockte. Sie nahm das Buch in die Hand und las laut. »›Stille / sie liegt der Amsel zu Füßen / beim Abendlied.‹«

»Schön.« Sie legte das Ringbuch beiseite, holte Papierservietten und Besteck und sah sich suchend um. »Kerzen hast du keine mehr?«

Er griff nach einem Holzlöffel und drückte die Spaghetti unter Wasser, bevor er antwortete. »War zu faul zum Einkaufen. Hab die letzten Tage wie ein Einsiedler gelebt.«

»Na, das ist doch genau das, was du wolltest.«

Sie kann es nicht lassen, sie braucht immer etwas zum Hineinpiksen, dachte er, aber da er zu gut gelaunt war, um ärgerlich zu werden, gab er ihr friedfertig recht.

»Ja«, sagte er fröhlich, »das will ich.«

Die Knoblauch-Chili-Nudeln waren fertig und dampften auf den Tellern. Er hatte sogar noch ein Stückchen Parmesankäse und rieb es über die Pasta.

»Du glaubst nicht, wie hungrig ich war!«

Annegret schob ihren Teller von sich und stellte ihren gefüllten Bauch zur Schau. Lenz sagte nichts, aber er konnte es sich sehr wohl vorstellen. Wenn sie sauer war, war sie verschlossen wie ein Geldtransporter. Annegret stocherte mit einem Holzstäbchen in ihren Zahnlücken herum.

Lenz kannte den grübelnden Blick, mit dem sie ihre Zahnreinigung begleitete. Er war gespannt, was sie ausbrütete.

»Du gießt doch deine Blumen mit Bakterien?«

Lenz nickte, konnte ihr aber nicht antworten, weil er beobachtete, dass die Türklinke heruntergedrückt wurde. Seine Haltung wirkte so gespannt, dass Annegret seinem Blick folgte.

»Freda«, stieß sie enttäuscht hervor, ließ den Zahnstocher fallen und erstarrte.

Die Tür flog auf, und ein junger Mann, gefolgt von einem zweiten, stolperte in den Raum.

»Sitzen bleiben«, schrie der erste junge Mann, sobald er seinen Körper wieder beherrschte. Er trug ein schwarzes Sweatshirt und hatte die Kapuze tief ins Gesicht gezogen. Sein Kumpel schielte ebenfalls unter einer Kapuze hervor. Beide waren dünne, ausgemergelte Gestalten und hielten Klappmesser in den Händen, mit denen sie in die Luft stießen.

»Kohle her. Schmuck. Schmuck auch. Und Zigaretten. Habt ihr Zigaretten?«

Lenz schüttelte den Kopf. »Nichtraucher«, sagte er, »alle beide.«

»Sie sollen ihre Handys rausrücken«, flüsterte der Zweite seinem Anführer zu.

»Ihr habt es gehört. Handys auf den Tisch. Los, los. Und Kohle auf den Tisch und Schmuck.«

Lenz wollte aufstehen, aber der Anführer schrie: »Nicht du. Sie. Die Schlampe soll alles herholen.«

Annegret stand lässig auf und fragte Josef, wo sein Handy liege. Er zeigte mit einem Kopfnicken auf das Nachtschränkchen. Sie holte es und legte es auf den Tisch.

»Meins ist in meiner Handtasche«, sagte sie und machte ein fragendes Gesicht.

»Kipp sie aus, kipp sie auf den Tisch, aber schnell.« Annegret kippte den Inhalt ihrer Tasche aus und setzte sich. »Schmuck hab ich nicht hier«, sagte sie völlig ruhig, »ich bin nur zu Besuch.«

»Das werden wir ja gleich sehen. Ey, Digger, Mann.«

Der Anführer wandte sich an seinen Kollegen und forderte ihn auf, alle Schränke und Schubladen zu durchsuchen. Lenz wechselte mit Annegret Blicke und sah das wütende Funkeln in ihren Augen. Er deutete eine verneinende Geste an, wusste aber schon, dass sie gleich nicht mehr zu halten war.

»Ich bin Kriminalhauptkommissarin, überzeugen Sie sich, öffnen Sie meine Brieftasche! Ich an ihrer Stelle würde jetzt ganz schnell verschwinden!« Annegrets Stimme klang herablassend, und sie wirkte felsenfest davon überzeugt, dass der Spuk gleich ein Ende nehmen würde.

»Halt die Fresse, Schlampe. Sonst stech ich dich ab!«

Der Junkie stach mit dem Messer in ihre Richtung, und Lenz beobachtete, dass er zitterte. Annegret erbleichte und sah ihn hilflos an.

»Ey, Digger, Mann, hast du gehört, die Schlampe ist bei den Bullen. Glaubst du, das interessiert mich!«

Der Junkie brüllte den Satz mit hochrotem Kopf in Annegrets Richtung. Er tänzelte von einem Bein aufs andere, als wolle er gleichzeitig in zwei Richtungen lospreschen. Auf Annegret zu und weg durch die Tür.

»Ey, Mann, hier ist nichts, nur Küchenzeug. Vielleicht sollten wir echt 'ne Biege machen.« Die Stimme des anderen klang frustriert.

»Such noch da drüben im Schrank, mach schnell!«

»Hier ist nichts.« Der Junkie riss Lenz' Handtücher, Bettwäsche und Hemden aus den Fächern und kam dann zum Tisch.

»Guck, was in den Brieftaschen ist, los!«, forderte ihn der tonangebende Kumpel auf und stach, um Annegret und Lenz auf ihren Plätzen zu halten, wieder wild mit dem Messer in Richtung ihrer Körper.

Lenz nahm plötzlich aus den Augenwinkeln einen Schatten in der Tür wahr, aber als er sich traute, genauer hinzuschauen, war er verschwunden. Vielleicht eine Katze oder ein Fuchs, dachte er und sah schnell wieder auf den Tisch.

»Die Schlampe hat nur dreißig Euro, und der andere hat nix. Nix!«

»Hast du genau geguckt?«

»Ja, Mann, Digger, ey, das ist doch voll Beschiss!«

Lenz hatte die ganze Zeit befürchtet, dass die beiden Junkies ausrasten würden, wenn sie in seiner Brieftasche nichts finden würden, deshalb schlug er eilig vor, gemeinsam mit ihnen zu einem Geldautomaten zu fahren. Annegret nickte zustimmend, aber der Anführerjunkie flippte jetzt richtig aus.

»Nee, Mann, nee!«, schrie er am ganzen Leib zitternd. »Ich zeig dir jetzt, was passiert.«

Lenz konnte nichts dagegen tun. Der Junkie sprang hinter Annegret, riss ihren Kopf an den Haaren nach hinten und drückte ihr das Messer an die Kehle.

»Du hast Kohle, Mann, das weiß ich. Rück sie raus, sofort, oder ich stech deine Alte ab!«

»Ich geb euch meine PIN. Ihr könnt mein Konto leerräumen. Aber ehrlich, ich hab keinen Cent hier im Haus!«

Lenz wunderte sich selbst, weshalb seine Stimme immer noch einigermaßen ruhig klang. Auch Annegret lag vollkommen still im Griff des Süchtigen. Sie alle, auch die Junkies, hielten den Atem an, und Lenz konnte an den hin und her irrenden Blicken des Anführers sehen, dass er versuchte, seine wild durcheinanderschießenden Gedanken zu ordnen.

»Ist nicht nötig«, sagte plötzlich eine Stimme.

Alle vier Augenpaare starrten zur Tür, und Lenz überkam plötzlich das Gefühl von Irrealität. Wolnyczak stand, wie aus dem Nichts herauskatapultiert, breitbeinig und mit rußverschmiertem Gesicht im Türrahmen und wog mit der linken Hand Lenz' nagelneue Axt.

»Seht ihr die hier«, Wolnyczak hielt die Axt mit einer Hand hoch, »mit der hol ich mir gleich eure Skalpe, wenn ihr die Frau nicht augenblicklich loslasst!«

Wolnyczaks Gesicht war vollkommen unbewegt, und nicht ein Lidschlag unterbrach den zu allem entschlossenen Ausdruck in seinen Augen. Er ging ein paar Schritte in den Raum und blieb breitbeinig stehen. Lenz hatte den Eindruck, in einem Actionfilm mitzuspielen, und auch die Junkies starrten Wolnyczak an, als wäre er eine Erscheinung.

»Ihr könnt gehen«, sagte er, »haut ab, so schnell ihr könnt. Das ist mein letztes Angebot.«

Keiner der beiden sagte etwas, doch der Junkie hinter Annegret ließ sehr langsam die Hand mit dem Messer sinken und gab ihren Hals und die Haare frei. Wolnyczak trat beiseite, und beide Kapuzenhelden drängelten sich stolpernd an ihm vorbei und verschwanden im Dunkel des Gartens.

»Herr Wolnyczak«, rief Annegret, »was führt Sie denn her?« Sie sah Lenz an und brach aufkreischend in einen Lachkrampf aus.

»Gut, dass ich die hier gefunden habe!«

Wolnyczak reichte Lenz die Axt. Lenz nahm sie, ließ sie einen Moment in seiner Hand baumeln und legte sie auf den Tisch. Er war immer noch sprachlos. Annegret hustete inzwischen. Sie hatte sich an ihrem eigenen Speichel verschluckt.

»Ich würd gern mein Gesicht waschen!« Annegret zeigte, immer wilder hustend, mit dem Arm die Richtung. Wolnyczak verschwand im Badezimmer, und Lenz ging zur Tür und schloss sie mit einem kräftigen Ruck.

Vielleicht kann ich aus dem, was passiert ist, ein Haiku machen, überlegte er. »Die Axt / sie schlägt kein Holz / sondern Diebe in die Flucht.«

Na ja. Er setzte sich zu Annegret an den Tisch.

»Das ist ja eine Überraschung!«

Lenz hatte die Worte sowohl zu Annegret als auch zu Wolnyczak gesprochen, der gerade mit noch feuchtem Gesicht aus dem Bad kam und sich zu ihnen gesellte. Lenz wartete darauf, dass Krieger Joe sich erklärte, aber er schwieg wie so oft und sah sich interessiert im Zimmer um.

»Nicht dass ich mich beschwere, dass du aufgetaucht bist, im Gegenteil. Trotzdem interessiert mich, woher du meine Adresse kennst?«

Er war zu lange Kommissar gewesen, als dass er Wolnyczak sein rätselhaftes Erscheinen durchgehen lassen konnte. Nur wenige Menschen kannten seine Datscha-Adresse. Wolnyczak gehörte nicht dazu. Er hatte nie danach gefragt.

Annegret hörte abrupt auf zu husten und sah von einem zum anderen. Wolnyczak wiegte seinen Kopf, und Lenz war schon sehr gespannt, wie er sich herausreden würde, als laut und deutlich gegen die Tür geklopft wurde. Alle drei erstarrten für einen Moment, dann griff Lenz entnervt nach der Axt. Warum er fast schleichend zur Tür ging, wusste er selber nicht, denn er musste sie ja ohnehin aufreißen.

Die beiden Polizisten vor seiner Tür taumelten sichtlich erschrocken einige Schritte zurück, als ihnen Lenz mit der Axt in seiner erhobenen Faust jäh gegenüberstand. Der deutlich jüngere Beamte griff reflexartig nach seiner Dienstwaffe, der ältere breitete die Arme aus, als wolle er sich und seinen Kollegen zurückhalten. Lenz ließ den Arm schnell sinken, verzog das Gesicht zu einer freundlichen Grimasse und legte das scharfe Gerät auf den Boden.

»Entschuldigen Sie, wir sind gerade eben überfallen worden.«

Er kam sich vor wie in einem Loriot-Sketch und schüttelte innerlich über sich selbst den Kopf. Die Beamten blieben, immer noch von ihren Gefühlen überwältigt, reglos stehen und beobachteten stumm Lenz' Gehabe.

»Entschuldigung! Kommen Sie herein. Ich bin selber Kriminalhauptkommissar gewesen, und meine Freundin ist es noch. Annegret«, rief Lenz in das Zimmer hinein, »bitte zeig den Herren doch deinen Dienstausweis.«

Gott, was rede ich, schimpfte er mit sich selbst, aber der ältere Beamte schien sich langsam zu entspannen. Sein Kollege behielt die Hand am Waffenfutteral. Annegret klemmte sich ihren Dienstausweis zwischen Zeige- und Mittelfinger und ging mit erhobenen Händen zur Tür. Der ältere Polizist nickte und atmete geräuschvoll aus.

»Okay«, sagte er und folgte mit seinem weiterhin argwöhnischen Partner Lenz und Annegret in die Datscha.

»Sie sind also überfallen worden!«

Lenz nickte.

»Alle drei?«

»Ja!« Annegret schleuderte das Wort förmlich heraus. »Alle drei.«

Lenz sah sie unbewegt an, und beide schwiegen.

»Da wir keine Hellseher sind, sind wir nicht hier, weil Sie überfallen wurden.« Der ältere Beamte räusperte sich, bevor er weitersprach. »Wir klopfen hier in der Siedlung an alle Türen, weil militante Tierschützer ganz in der Nähe Mastschweine aus Stallanlagen in den Hamwarder Forst getrieben haben. Die Täter sind flüchtig. Einige zu Fuß. Zeugen sprechen davon, dass ein männlicher Täter in den Kleingartenverein geflüchtet ist. Mittelgroß, langes Haar, Stirnband, dunkle, sportliche Regenjacke, schwarze Jeans. Ist Ihnen etwas aufgefallen?«

Der Polizist beäugte geradezu provozierend den vor ihm sitzenden Wolnyczak, während er den Täter beschrieb. Jeder Unbeteiligte, der nicht gerade blind war, hätte meinen können, er beschreibe ihn.

»Nein!« Annegrets Stimme zerschnitt die Atmosphäre des Raums. »Uns ist nichts aufgefallen. Unser Freund ist, wie wir auch, gerade eben überfallen worden. Wir sind immer noch schockiert. Wir können zwei Flüchtige eines versuchten Raubüberfalls beschreiben, aber keine Schweine und auch keine militanten Tierschützer!«

Der Polizist nickte, obwohl er keineswegs eingeschüchtert aussah, und nahm Annegrets Personenbeschreibung auf.

»Wir geben die Beschreibung über Funk weiter, vielleicht haben wir ja Glück. Schönen Abend noch.« Der ältere Streifenbeamte tippte sich an die Mütze und wandte sich Richtung Tür. »Wir brauchen Sie ja nicht weiter darüber zu belehren, was zu tun ist, falls Ihnen doch noch etwas auffällt. Und auch nicht bezüglich der Anzeige wegen des versuchten Raubüberfalls, nicht wahr?«

Die Stimme des Beamten ließ deutlich herausklingen, dass er Annegret und Lenz nicht glaubte. Auch der jüngere Polizist zeigte in seiner Mimik deutlich Skepsis, als er sich, einen letzten Blick auf Wolnyczak werfend, verabschiedete.

»So«, rief Lenz, als er hinter den Beamten die Tür zuwarf und den Schlüssel im Schloss gedreht hatte, »hier kommt heute keiner mehr durch!« Er ging in die Küchenzeile, entkorkte eine Flasche Rotwein, griff nach einem Glas für Wolnyczak und kehrte an den Tisch zurück. »Was für ein Abend!«

Mit leicht zittrigen Händen stellt er beides auf den Tisch, aber als er Joes Glas füllen wollte, legte der seine flache Hand darauf.

»Für mich Wasser. Ich bin trocken. Trockener Alkoholiker!«

Lenz stoppte in der Bewegung, fühlte sich kurz desorientiert, ging zur Spüle und füllte Wolnyczaks Glas mit Leitungswasser.

»Du hast den Schock aber gut weggesteckt«, brach Wolnyczak das aufkommende Schweigen. »Immerhin hattest du ein Messer an der Kehle!«

Annegret kicherte.

»Freda«, gluckste sie, »Josefs Ex. Ich dachte immer, Freda kommt. Ich hatte mehr Angst davor, dass Freda kommt, als vor den Junkies!«

Die letzten Wörter prustete Annegret förmlich heraus, dann gab sie sich erneut einem leicht irrwitzig klingenden Lachanfall hin und riss Lenz und Joe Wolnyczak in die Strudel des befreienden Stroms mit hinein.

Der Morgen war schon da, wenn es auch ein trüber Morgen war.

»Der Sommer ist vorbei«, gähnte Annegret leise und setzte sich vorsichtig auf. Josef lag neben ihr auf dem Rücken und pustete seinen Atem wie ein kleiner Geysir aus. Wolnyczak schnarchte hin und wieder aufbrummend hinterm Esstisch auf der Luftmatratze.

Es war spät geworden gestern Abend, sie hatten bis in die Nacht hinein gesprochen und gelacht und sich köstlich unterhalten. Trotzdem fühlte sie sich hellwach. Wie im Gespräch mit Wolnyczak, als ihr aufgegangen war, dass sie, als das Messer gegen ihre Kehle drückte, alles von oben, vom Deckenlicht aus betrachtet hatte. Sie war quasi doppelt vorhanden gewesen. Einmal in ihrem Körper, und von dort aus hatte sie aus Augen geschaut und mit Ohren gehört. Aber unter der Zimmerdecke war sie das Schauen, das Hören und das Fühlen gewesen. Ohne Sinnesorgane. War sie sogar das Messer an ihrer eigenen Kehle gewesen!

Annegret kicherte schaudernd auf. Josef wälzte sich aufstöhnend auf die Seite. Sie lauschte. Er schlief tief und fest. Was hatte Wolnyczak noch gesagt?

»In Stresssituationen kann der Mensch wahrnehmen, dass er Bewusstsein ist.«

»Bewusstsein *ist*«, nicht »Bewusstsein *hat*«. Ja, dachte Annegret und sah zur Deckenlampe. Gestern, dort auf ihrem Rand, habe ich verstanden, was Joe meint. Annegret ergriff eine leichte Unruhe, dann dachte sie an diesen Paul, der in ihrer Erinnerung immer noch Leos Ex war und nicht der Psychopath, den sie gesucht hatten.

Ihr Herz klopfte schneller, als sie sich erinnerte, wie er sie umgerannt und ihr das Messer durch den Arm gerammt hatte. Auch in der Situation, das war ihr jetzt klar geworden, war sie das Bewusstsein gewesen. Sie hatte es nur bisher nicht gewusst.

Annegret sah zur Uhr und gähnte genüsslich. Sechs Uhr dreißig. Sie streckte ihre langen Beine aus und wackelte ein wenig mit den Füßen. Freda. Sie ließ in ihrem Inneren den Namen verhallen und atmete erleichtert aus. Freda. Der Name, der bisher in ihrem inneren Kosmos eine grausame Welt der Eifersucht auferstehen lassen konnte, blieb ohne große Resonanz. Annegret lächelte triumphierend.

»Legst du auch Hände auf bei rasender Eifersucht?«

Wolnyczak hatte den ernsten Sinn ihrer spaßhaft formulierten Frage, feinsinnig, wie er war, natürlich aufgenommen.

»Warum willst du etwas dagegen unternehmen?«, hatte er gefragt. »Eifersucht existiert. Lass sie doch. Aber hör doch auf, so zu tun, als seiest du die Eifersucht höchstpersönlich!«

Eben, dachte Annegret, wer bin ich denn! Wenn sie kommt, geh ich unter die Decke. Ich schau sie an, bis sie sich ausgetobt hat und dahin verschwindet, wo sie hergekommen ist.

Vergnügt schwang sie ihre Beine aus dem Bett. Wolnyczak vermittelte eine spannende Art, die Welt zu sehen. Wie interessant das Leben ist, dachte sie, wenn man es einfach nur wahrnimmt, wenn man einfach nur Bewusstsein ist.

Gegenwind

Die Lufttemperatur war unter fünfzehn Grad gefallen, und die Feuchtigkeit des gestrigen Niederschlags lag in der Luft. Annegret quetschte und drückte die Tür der Datscha so leise wie möglich in den Rahmen und zog den Reißverschluss ihrer Jacke hoch, bevor sie den Blick durch den verblühenden Garten wandern ließ. Einige Sonnenhüte strahlten noch wie kleine einäugige Sonnen, und die rote Chrysantheme hatte in den vergangenen Tagen trotz Wolkenbruchs und trüben Lichts auch einige neue Blüten getrieben.

Gut gelaunt umrundete sie die Datscha, schloss die Gartenpforte und bekam gerade noch mit, wie eine große grau getigerte Katze durch eine Hecke schlüpfte. Es war noch früh. Sie hatte alle Zeit der Welt bis zum gemeinsamen Termin mit Gonschorek bei Senatorin Warner. Sie würde sich einen Parkplatz in der City suchen und einen kleinen Spaziergang zur Stadthausbrücke machen. Und vorher würde sie ein Frühstück in der Mönckebergstraße einnehmen, bei dem Bäcker, bei dem sie irgendwann im letzten Jahr ein vorzügliches Baguette mit Mozzarella auf Pesto verspeist hatte.

Höhe Berliner Tor durchkreuzte Annegret ihre Pläne spontan und entschied sich, im Neuen Jungfernstieg ihr Parkglück zu suchen. Direkt an der Binnenalster standen häufiger Parkbuchten frei. Jedenfalls hatte sie es so erlebt, wenn sie und Josef das öffentliche Café im Hotel Vier Jahreszeiten besucht hatten. Annegret lächelte.

Bei ihrem letzten Kaffeekränzchen hatte der Pianospieler »As time goes by« gespielt, und Josef und sie hatten sich wie Figuren in den Kulissen von »Casablanca« gefühlt. Verrückt, dachte sie, von einem zum nächsten Tag ist das Leben wieder lebenswert. Ich bin wieder glücklich.

Die Außenalster reflektierte den trüben Himmel und verfehlte trotzdem nicht ihre Wirkung, als Annegret die Lombardsbrücke überquerte. Sie ist, was sie ist, dachte Annegret in einem Gefühl aufschäumender Freude. Egal, ob sie von eiszeitlichen Moränen, jahrtausendealten Wäldern oder einer modernen Stadt umsäumt ist. Sie ist, was sie ist.

Annegret sah den weißen Porsche aus der Parklücke zurücksetzen und schnalzte mit der Zunge. Sie hatte es doch gewusst!

Viertel vor zehn. Die Sekretärin der Senatorin hatte gebeten, den Termin auf elf Uhr festzusetzen. Um kurz vor elf war sie mit Gonschorek verabredet. Sie hatte noch eine gute Stunde Zeit, um zu frühstücken. Die Mönckebergstraße lag auf der anderen Seite der Alster. Die hatte sie gerade eben umfahren. Das Baguette fiel damit aus. Sie überlegte kurz, ob sie einen Abstecher zum Gänsemarkt machen sollte, aber als sie in Höhe der Colonnaden war, lief sie direkt an einem nett aussehenden Café vorbei. Annegret überlegte nicht lange, von hier aus brauchte sie nur die Große Bleichen hochzulaufen und war in wenigen Minuten beim Stadthaus an der Stadthausbrücke, wo die Senatorin für Stadtentwicklung und Umwelt residierte.

Sie bestellte Milchkaffee, Croissant und Käse und sah aus dem Fenster. Eine Mutter mit ihrer bildhübschen heranwachsenden Tochter kam vorbei. Sie schienen zu streiten. Auf der gegenüberliegenden Straßenseite blieb ein älterer Herr stehen und versuchte, seine spärlichen, wenn auch langen Haare wieder über seine Glatze zu legen, was der frische Wind, der über die Binnenalster angesaust kam, aber nicht zuließ.

Annegret lehnte sich in ihren Stuhl zurück und beobachtete die vorbeigehenden Passanten. Als der Milchkaffee kam, fielen ihr beinahe die Augen zu, und sie hätte sich gern in ihr Bett gelegt und geschlafen, so müde fühlte sie sich plötzlich.

Gonschorek wartete unterm Säulengang vor dem Hauptportal, und Annegret nahm im warmen Licht der hellen Steinmauern wahr, dass seine blonden Locken tatsächlich weder gefärbt noch dauergewellt waren. Wie konnte ich mich nur so vergucken, wunderte sie sich und lächelte ihrem Kollegen entgegen. Wir sind ja ein tolles Gespann, dachte sie gleich darauf, als er ihr offenes Lächeln mit einem schwachen Kopfnicken erwiderte. Gonschorek trug eine schwarzgraue Trekkingjacke, den schwarzen Schal, die Lederhose mit geflochtener Seitennaht und stieß sich von der Wand ab, an die er gelehnt stand, als sie zu ihm trat.

»Ich schlage vor, ich führe das Gespräch, und Sie haken ein, wenn Ihnen etwas Wichtiges auffällt. Bekommen Sie das hin? Ich meine, dass wir als Team und nicht als Konkurrenten auftreten.« Annegret fiel selbst auf, wie unfreundlich ihre Stimme klang, aber sie konnte sich nicht helfen, der Mann wirkte auf eine unerklärliche Weise wie ein rotes Tuch auf sie.

Gonschorek verzog wie gewohnt keine Miene. »Was mich betrifft, ist das kein Problem.«

Annegret überlegte kurz, ob sie etwas erwidern sollte. Sie hatte in Gonschos Satz die Aussage »Das ist wohl eher Ihr Problem« mitschwingen hören, aber sie entschied sich dagegen. »Gut!«

Sie pustete das Wort ein wenig wie ein Fanfarensignal aus und betrat an der Seite ihres mindestens einen Kopf kleineren Kollegen das Stadthaus. Sie hatte sich die Residenz der Senatorin prunkvoller vorgestellt. Polierter Marmor statt Linoleum. Hohe Decken und Stuck, aber das großzügige Treppenhaus war, einer Behörde angemessen, schlicht in neutralen Grau-, Braun- und Grüntönen gehalten. Der Pförtner verwies sie in den zweiten Stock. Gonschorek sprang, sportlich, wie er war, in den Paternoster, aber Annegret konnte sich nicht entschließen, in eine der fahrenden Kabinen zu hüpfen. Sie stieg lieber die Treppen hinauf.

Im ersten Stockwerk schritten zwei in ein Gespräch vertiefte, sehr schlanke Herren in grauschwarzen Anzügen über den Flur. Annegret hielt einen Moment inne, kam sich vor wie Alice im Wunderland und sah ihnen nach. Man sieht es ihren feinen Gesichtern unter den gut geschnittenen Frisuren tatsächlich an, dass sie gewohnt sind, aus der politischen Theorie zu handeln, statt sich mit der Realität zu befassen, dachte sie und setzte ihren Weg fort.

Gonschorek erwartete sie wie der Igel den Hasen und winkte sie durch eine Glastür in einen kurzen Flur, an zwei dunkelgrauen Ledersofas vorbei, zu einer zweiten Glastür. Er klingelte, und nach wenigen Sekunden öffnete die Sekretärin der Senatorin die Tür. Sie ließ sich die Dienstausweise zeigen und bat noch um ein wenig Geduld.

»Die Senatorin ist in wenigen Minuten für Sie da.«

Annegret kam sich vor wie in einer Schleuse, einer Menschenschleuse, in der man davon abgehalten wurde, eigenständig in exklusives, behördliches Terrain vorzudringen. Gonschorek setzte sich däumchendrehend auf eines der Zweisitzer-Sofas, aber Annegret schlenderte lieber ein wenig hin und her. In ihr staute sich grundlose Wut, und sie hielt sie besser aus, wenn sie sich bewegte.

Als Giesela Hebebrandt nach weniger als drei Minuten mit kaum verhohlener Wichtigtuerei die Tür öffnete, um sie zum Büro der Senatorin zu geleiten, stieß sie ihren Atem heftig aus, bevor sie durch die gläserne Tür schritt.

Senatorin Warner hatte bereits Kaffee, Gebäck und Wasser auf den Besprechungstisch stellen lassen und bat die Beamten mit einer zuvorkommenden Geste an den Tisch. Annegret setzte sich an die Stirnseite, und Gonschorek saß der Senatorin gegenüber. Sie stellte sich kurz vor und tat, was sie sich in der Schleuse vorgenommen hatte: Sie packte den Stier bei den Hörnern.

»Das ist mein Kollege, Kriminalkommissar Gonschorek, er ist von der Wirtschaftskriminalität zu uns gewechselt. Ich erwähne das, weil wir uns fragen, ob Professor van Dürrkamps eventuell vor dem Hintergrund eines Wirtschaftsverbrechens ermordet wurde.«

Senatorin Warner zog ihren Arm zurück, mit dem sie gerade im Begriff war, die Untertassen zu verteilen, und schaute Annegret stumm an.

»Ich glaube, ich vollziehe rein theoretisch nach, was Sie hier in den Raum stellen«, sagte sie leise, »aber ich sage Ihnen auch gleich, dass ich mir das absolut nicht vorstellen kann.«

Annegret lehnte sich langsam im Stuhl zurück, und Gonschorek schien es als Aufforderung zu begreifen, das Wort zu übernehmen.

»Ist es nicht so, dass die Abfallwirtschaft, die Sie befürworten, das Profitstreben des gesamten Wirtschaftsbereichs unterläuft?«, sagte er mit einem Seitenblick auf Annegret.

Die Senatorin musterte ihn und schien mit der Schwierigkeit zu kämpfen, nicht beurteilen zu können, wen sie vor sich hatte.

»Schon. Und ich kann mir auch vorstellen, worauf Sie anspielen. Müllverbrennung und Entsorgung von Sondermüll, oder?«

Gonschorek nickte zustimmend.

»Aber sehen Sie, die kommunale Abfallwirtschaft darf gar keinen Sondermüll entsorgen. Wir prüfen und regeln nur die Entsorgung. Es werden noch Jahrzehnte vergehen, bis die freie Wirtschaft Abfallanlagen mit der Technologie von Mikroorganismen betreibt. Ihre Profite stehen also nicht auf dem Spiel.«

Annegret wartete und Gonschorek offensichtlich auch. Sie blinzelte ihm kaum merklich zu, und ihr Kollege nahm das Signal auf.

»Es ist bekannt, dass Entsorgungsnachweise wie Begleitscheine, Übernahmenachweise und Register gefälscht werden können. Hausmüll und Gartenabfälle können schnell und ungesehen mit Sondermüll wie getrockneten Klärschlämmen, Krankenhausabfällen und dergleichen durchmischt werden. Sondermüll, der als Hausmüll umdeklariert wird, wird somit auch entsprechend entsorgt und gelangt ungeklärt in die Umwelt. Mit Hilfe Ihrer Behörde kann beispielsweise sehr teurer Sondermüll zu billigem Hausmüll erklärt werden und in einer Verbrennungsanlage auf Nimmerwiedersehen verschwinden.«

Senatorin Warner nickte verhalten.

»Ja«, gab sie zögerlich zu, »die Korruption kann nicht vom Tisch geredet werden. Aber sehen Sie, ich habe bisher keinen nennenswerten Gegenwind gegen mein Projekt ›Zukunft Abfallwirtschaft‹ erfahren. Und das müsste ich doch, um Ihren Verdacht zu bestätigen, oder?«

»Ganz im Gegenteil!« Annegret bewunderte heimlich Gonschoreks ruhige, standhafte Art. »Wer kann schon heutzutage öffentlich gegen biologisch sinnvolle Müllbeseitigung sein. Außerdem will Ihre Projektgruppe durchsetzen, dass Zwischenhandel mit Sondermüll verboten wird. Meines Erachtens eine wirkungsvolle Maßnahme, um umweltgefährdenden, kriminellen Umgang damit zu unterbinden. Ihre Maßnahmen könnten Schule machen, Frau Senatorin. Sie könnten eine weitreichende öffentliche Diskussion entfachen, denn schließlich sind wir alle beinahe ununterbrochen damit beschäftigt, Müll zu produzieren.«

Annegret stutzte. Das kam ihr doch bekannt vor. Hatte Joe Wolnyczak nicht Ähnliches behauptet?

»Aha.« In den Augen der Senatorin funkelte zurückgehaltener Ärger, und Annegret fielen Zeilen aus dem Gedicht »Der Zauberlehrling« ein.

»Aber so ist es doch«, fuhr Gonschorek fort, »würden wir jetzt Kaffee trinken, müssten danach die Tassen abgewaschen werden und so weiter. Gehen Sie mal Ihren Tag durch, da kommt einiges an Abfall zusammen.«

Annegret fühlte sich schockartig alarmiert, ihre Körperhärchen richteten sich senkrecht in die Höhe. Gonschorek hatte gerade Senatorin Warner zu Frau Jedermann erklärt, und an ihrer erstarrten Haltung ließ sich eindeutig ablesen, dass ihr dieser Vorgang ganz und gar nicht gefiel. Annegret sah es kommen und wartete ergeben, bis Senatorin Warner ihr Gesicht in Stellung brachte, und ließ es über sich ergehen, dass sie mittels hochgezogener Augenbrauen für das Benehmen ihres Kollegen gescholten wurde. Auch Gonschoreks Gesichtsausdruck hatte sich geändert, seine Augen glänzten wie gehärteter Stahl, und er verbarg seinen Blick nicht, als sich die Senatorin ihm wieder zuwandte.

»Ich kann Ihnen keinen Verdächtigen nennen. Im Gegenteil, ich bin mir sicher, dass Professor van Dürrkamps aus anderen, mir nicht bekannten Gründen ermordet wurde.«

Annegret fand, dass es Zeit wurde, einzugreifen. Sie räusperte sich, nickte und sagte, dass dies durchaus sein könne, sie aber eben auch diese Spur verfolgen müssten.

Die Senatorin faltete die Hände, legte sie auf dem Tisch ab und verschloss ihr Gesicht. Annegret war eben im Begriff, aufzustehen und sich für das Gespräch zu bedanken, als Gonschorek das Wort ergriff.

»Harry Albrecht. Der Name Ihres Amtsleiters für Umweltschutz, worunter ja auch die Abfallwirtschaft fällt, wird im Zusammenhang mit Korruption und Betrug im Wirtschaftszweig Abfall erwähnt.« Gonschorek lehnte sich im Stuhl zurück und lauerte mit seinem hellblauen Eisesblick auf die Reaktion der Senatorin.

»Da wissen Sie mehr als ich.« Senatorin Warners Mimik wurde frostig und die Atmosphäre im Raum unvermittelt unerträglich.

Annegret versuchte einen zweiten Anlauf, um die Befragung abzubrechen, und suchte nach Worten, die das Gesagte weder zurücknahmen noch dramatisierten, als die Senatorin mit beinahe zittriger Stimme zu sprechen begann.

»Meine einzige Enkeltochter ist wahrscheinlich an den Umweltgiften, die wir täglich freisetzen, gestorben. Ich werde mich durch nichts und niemanden aufhalten lassen und alles in meiner Macht Stehende tun, um die Abfallwirtschaft der Stadt Hamburg zu revolutionieren. Das bin ich meinem Enkelkind schuldig. Was Ihre Andeutungen betrifft: Bringen Sie Fakten! Ansonsten kann ich nichts für Sie tun. Sie werden verstehen, dass ich aufgrund von Hörensagen keinen meiner Beamten verfolgen werde.« Sie stand auf und reichte Annegret die Hand zum Abschied. »Wer immer auch Professor van Dürrkamps erschossen hat, ich hoffe, Sie finden seinen Mörder.«

Gonschorek reichte sie ebenfalls die Hand, aber auf eine Art, die ihn spüren ließ, dass sie ihn für einen übereifrigen Jagdhund hielt, der die Fährte eines Luchses nicht von der eines Eichhörnchens unterscheiden konnte.

»Das haben Sie gut gemacht!« Annegret ignorierte, dass sie sich wie eine lobende Mutter benahm, und trat Seite an Seite mit Gonschorek durch den Haupteingang des Stadthauses ins Freie. Die Wolkendecke war aufgerissen, und sie hielt ihre Nase in die von der Elbe kommende frische Brise, die fast ein wenig nach Nordsee roch. Sie war froh, dass das Gespräch einigermaßen kurz verlaufen war. Ihr Parkschein galt nur für die Dauer von zwei Stunden. Sie hoffte, noch keinen Strafzettel kassiert zu haben.

Ihr Handy klingelte. Erleichtert durchwühlte sie ihre Tasche nach dem Telefon. Sollte Gonschorek sehen, was er mit ihrer Rückmeldung anfing. Sie jedenfalls hatte Teamgeist demonstriert und deutlich gemacht, dass sie sein selbstständiges Handeln schätzte.

»Schön.« Es hörte sich gleichgültig an, wie er es sagte, aber der Wind stieb das Wort auseinander, bevor sein Klang Annegrets Ohr erreichte.

Während sie telefonierte, sah Gonschorek sich vom Gehweg aus die Figuren über dem Säulengang des Stadthauses an. Sie sagten ihm offensichtlich wenig. Das Telefonat, das Annegret führte, schien ihn mehr zu interessieren, denn er warf immer wieder Seitenblicke zu ihr hinüber, und als sie im Begriff war, das Gespräch zu beenden, sah er sie unverstellt neugierig an.

»Okay, bis gleich!« Annegret wich seinem Blick zunächst aus, betrachtete die pompöse Fassade des Stadthauses und ließ ihr Handy in die unergründlichen Tiefen ihrer Handtasche zurückgleiten, bevor sie ihn schließlich ansah.

»Wenn ich Münze richtig verstanden habe, ist Sörensen erschossen worden. Leichenfundort ist seine Detektei. Sind Sie mit dem Auto unterwegs?«

»S-Bahn.«

»Mein Auto steht Neuer Jungfernstieg, Katzensprung von hier. Wollen Sie mit?«

Gonschorek wollte.

»Wir sollten Harry Albrecht bald einen Besuch abstatten«, sagte er etwas atemlos, da er Mühe hatte, mit Annegrets ausholender Gangart Schritt zu halten. »Die Senatorin wird sicherlich demnächst durchsickern lassen, dass wir Beamte ihrer Behörde unter die Lupe nehmen.«

»Das befürchte ich auch.« Annegret konnte ihre Überlegungen nicht weiter ausführen, da sie beinahe in zwei ihr entgegenkommende, geistig abwesende Passantinnen hineingelaufen wäre, die sich offensichtlich blindlings entschlossen hatten, in die Bleichenhof-Passage abzubiegen. Sie stoppte ihren Lauf im letzten Moment, sah sich nach Gonschorek um und beendete ihren Gedankengang. »Sobald Pilgenröther davon Wind bekommt, wird er uns untersagen, Albrecht zu befragen. Jedenfalls solange wir ihm keinen hinreichenden Verdacht begründen können.«

»Ja«, bestätigte Gonschorek, »und genau das wird verdammt schwer werden. Die Kollegen aus der Wirtschaftskriminalität beißen sich nämlich schon seit Jahren die Zähne an Harry Albrecht aus. Er ist ein gewiefter Hund. Er unterhält ein verborgenes Netz von gekauften Beamten, in dem eine staatsdienende Hand die andere wäscht, und bis jetzt ist es den Kollegen noch nicht gelungen, einen Fuß in die Tür zu bekommen.«

Annegret blieb stehen, die Ampel Ecke Jungfernstieg, Neuer Jungfernstieg zeigte Rot, aber eigentlich war es ein beklemmendes Gefühl, das sie innehalten ließ und ihr den Atem nahm.

»Wenn ich mir vorstelle, dass wir Albrecht befragen, und dieses skrupellose Schwein spielt den Saubermann, dann wird mir jetzt schon schlecht«, stieß sie aus, und es war ihr egal, dass der verbale Ausbruch eine Hitzewelle in ihr Gesicht spülte.

»Mir auch«, sagte Gonschorek. »Außerdem wette ich, dass ihm das Katz-und-Maus-Spiel sogar gefällt. Denn stell dir einmal vor«, Gonschorek ging kommentarlos dazu über, seine vorgesetzte Kollegin zu duzen, »dass seine ganze kriminelle Energie nur dazu gut ist, ein wenig Spannung in sein totes Leben zu bringen.«

Annegret sah Gonschorek neugierig an. Was erzählt er da bloß?, dachte sie, fragte aber stattdessen, wie er das genau meine. Gonschorek schien seine Gedanken zu ordnen. Er kratzte sich am Kopf.

»Na ja, Albrecht ist, wie die meisten Politiker, eine menschlich aussehende Hülle, die nach außen anders redet, als sie nach innen denkt und fühlt. Solche Leute reißen aus reiner Destruktivität andere mit ins Unglück. Man könnte auch sagen, dass Albrecht auf dem langen Weg seiner politischen Karriere vergessen hat, dass er ein Mensch ist und keine personifizierte Macht. Es ist wirklich der Klassiker. Doktor Faust. Albrecht bringt wie Goethes Faust ein Unglück nach dem anderen hervor, weil er unfähig ist, zu lieben und das Leben in seiner Fülle zu genießen. Und ich wette, dass Albrecht selbst schon lange nicht mehr an den Erfolg politischen Handelns glaubt. Albrecht gehört zu der Spezies, die, je länger sie dem Wahnsinn beiwohnen, desto böser und lebensmüder werden. Er giert nach dem Leben, und trotzdem vergiftet er beispielsweise, ohne mit der Wimper zu zucken, ganze Landstriche. Er ist ein böser, böser Junge, der seine Mutter tritt, weil er meint, von ihr nicht genug geliebt worden zu sein!«

Annegret sah Gonschorek mit leicht geöffnetem Mund an, als ob sie ihn zum ersten Mal sähe. Goethes Faust. Wovon redete der Mann! Noch ein Philosoph, dachte sie entgeistert, deshalb verstehen sich er und Münze so gut. Vielleicht hatte sie ihrem Kollegen zu lange gedankenverloren ins Gesicht geschaut, jedenfalls rief er, als die Ampel umschaltete: »Grün!«, und sie erschrak, da sie zu sich und Josef abgedriftet war. »Unfähig zu lieben«, der Satz hing ihr im Gemüt. Sie schaute in den Himmel. Der Wind hatte ihn mit dunklen Wolken verhängt.

»Es regnet gleich«, rief sie und eilte, ohne sich nach Gonschorek umzudrehen, voraus zu ihrem Auto.

Sie sah das Schild schon von Weitem. »Ermittlungen aller Art«. Münze hatte ihr die Anfahrt genau beschrieben. Sie bog rechts in den Hinterhof und parkte neben dem Toyota ihres Kollegen. Sie und Gonschorek hatten während der Fahrt geschwiegen. Annegret hatte plötzlich Scham empfunden und dann Empörung. Ich rede doch nicht mit Gonscho über Liebe, entrüstete sie sich beim Öffnen der Fahrertür und schritt, ohne Worte zu wechseln, über das Kopfsteinpflaster zur Kieler Straße, zum Haupteingang der Detektei.

Ein Bereitschaftspolizist öffnete ihnen die Tür, und Annegret sah in ein schäbig ausgestattetes Büro. Rechts im Raum, vor der großen Ladenscheibe mit zugezogener Jalousie, stand ein Metalltisch mit hellgrauer Platte und schwarz lackierten Beinen. Vier

Stühle mit metallenen Gestellen und zerschlissenen Polstern umstanden ihn. An der Rückwand, gleich neben der Tür zur Küche, hatte Sörensen seinen Schreibtisch postiert. Ein olles Ding aus Kiefernholz. Nur der Schreibtischstuhl schien neueren Datums zu sein und darüber hinaus bequem. An der Wand lehnte ein metallenes Bord mit einigen Aktenordnern und daneben ein abschließbarer Stahlschrank.

Münze und Fechner traten aus der kleinen Küche.

»Da liegt er«, rief ihnen Fechner entgegen, »zwei Schüsse, einen in den Kopf, einen in den Bauch. Diesmal lag die Waffe am Boden. Eine Walther P38/P1. Ich wette, die Tatwaffe, mit der auch Erik van Dürrkamps ermordet wurde. Ist verschenkte Energie, nach dem Eigentümer zu suchen. Die Walther war Standarddienstpistole der Bundeswehr und der Bereitschaftspolizei. Ist garantiert eine als gestohlen gemeldete Waffe aus den Beständen der Bundeswehr.«

Annegret runzelte die Stirn. Sie fühlte sich überrollt Gonschoreks Darlegungen spukten noch durch ihr Hirn und hielten es quasi besetzt. Sie riss kurz ihre müden Augen auf und versuchte, sich zu konzentrieren.

»Wenn Sörensen so schlampig gearbeitet hat, wie er sein Büro führte, frag ich mich, wovon er gelebt hat!« Münze sah fragenden Blicks von Annegret zu Gonschorek.

»Die Verbindung zwischen Sörensen und Erik van Dürrkamps ist Frau van Dürrkamps. Sie ist vermögend. Wer hat den Mord überhaupt gemeldet?« Annegret wandte sich, während sie ihre Gegenfrage stellte, der Küche zu und betrachtete den auf der Seite liegenden, leblosen Sörensen. Er war mitsamt dem Stuhl umgekippt.

»Frau van Dürrkamps!« Münzes Stimme klang fast übermütig, als er den Namen herausschmetterte.

»Was?« Annegret drehte sich zu ihrem Kollegen um. »Und wo ist sie?«

»Pinkeln. Ein Bereitschaftspolizist begleitet sie zu einer öffentlichen Toilette. Sie muss jeden Moment zurückkommen.« Fechner verschränkte automatisch die Arme, und Annegret schüttelte ungläubig den Kopf.

»Sie hat sehr eindringlich um einen Toilettengang gebeten«, vermeldete Fechner, »aber hier konnte sie ihr Geschäft nicht machen, ist doch klar, oder? Ich kann nicht noch mehr Spurenleger gebrauchen!«

»Ja.« Das Zugeständnis kam Annegret nur widerwillig über die Lippen. Sie sah sich nach den Stühlen um, blieb aber angesichts deren ungepflegten Zustandes lieber stehen.

»Ach übrigens, es gibt in der Küche eine Tür, die zum Hinterhof führt. Sie war verschlossen und von innen verriegelt. Sörensens Mörder kam wahrscheinlich durch die Vordertür.«

Annegret nickte Fechner zu, dann wandte sie sich zu Gonschorek. Sie schaute so lange stumm in seine blauen Augen, die längst schon wieder lebhaft funkelten, bis sie sich ein wenig wie Eddy vorkam und eingestimmt war, ihre Funkstille zu beenden. »Wirtschaftsverbrechen oder Beziehungsdrama, das ist hier die Frage«, rief sie mit fuchtelnden Armen und wäre beinahe wieder grundlos in einen hysterischen Lachanfall ausgebrochen.

Zwiesprache

»Irgendjemand hat die Festplatte mitgenommen.«

Fechner kniete mit leuchtend rotem Kopf unter Sörensens Schreibtisch, als er Annegret den Verlust lauthals verkündete. Sie wusste aus Erfahrung, dass ihr Kollege keine Antwort erwartete, und hob müde den Kopf, als die Tür aufgedrückt wurde und der Beamte der Bereitschaftspolizei Frau van Dürrkamps zurück in die Detektei geleitete. Annegret hatte sich inzwischen doch auf einen der gepolsterten Metallstühle niedergelassen und war froh, sich mit der anstehenden Befragung wach halten zu können.

»Wieso behandeln Sie mich wie eine Schwerverbrecherin?« Frau van Dürrkamps drehte sich aus dem Griff des Beamten und zupfte ihre Bluse glatt.

Weder der Beamte noch Annegret antworteten ihr, und es sah aus, als erwartete sie es auch nicht. Annegret deutete auf den Tisch, und der Beamte drückte Frau van Dürrkamps förmlich in einen der Stühle.

»Frau van Dürrkamps, Sie sitzen hier lediglich als Zeugin. Sie haben einen Mord angezeigt. Allerdings die zweite Leiche in wenigen Tagen, da erlauben Sie doch, dass wir Sie nach einigen Umständen befragen, oder?«

Annegret hatte »wir« gesagt, obwohl Gonschorek und Münze schon gegangen waren und Fechner und zwei weitere Kollegen der Kriminaltechnik ihrer Arbeit nachgingen.

»Und warum wird dann so getan, als hätte ich Sörensen erschossen?« Frau van Dürrkamps streckte Annegret ihre Hände und Arme entgegen.

»Sie hatten doch in den Schmauchspurentest eingewilligt.« Annegret hörte, dass in ihrer Stimme schon wieder dieser unpassend mütterliche Unterton mitschwang, und räusperte sich. Sie wartete einen kurzen Moment und fragte Frau van Dürrkamps, welches Anliegen sie zur Detektei von Sörensen geführt habe. Ihre Stimme klang jetzt normal.

»Ich bin …« Frau van Dürrkamps unterbrach ihren Satz mit einer genervten Geste, stand kurz auf und zog die Rückseite ihres knielangen, altrosafarbenen Trenchcoats glatt. Bevor sie den Gesprächsfaden wieder aufnahm, hüstelte sie ein paarmal in die hohle Hand und strafte den Beamten mit einem schrägen Seitenblick ab. »Ich bin zur Detektei von Herrn Sörensen gefahren, weil ich ihn sprechen wollte«, sagte sie schnippisch und sah Annegret herausfordernd an.

Die Frau hat das Gefühlsspektrum einer Fünfjährigen, dachte Annegret und ignorierte Frau van Dürrkamps' böse funkelnde Augen.

»Fahren Sie fort«, forderte sie sie unbeeindruckt auf und ohne den geringsten Anflug einer provozierenden Attitüde. Frau van Dürrkamps bewegte kaum merklich ihre Lippen, sie hielt offensichtlich Zwiesprache mit sich. Annegret gähnte verhohlen hinter vorgehaltener Hand und war gespannt, wohin diese innerliche Unterhaltung ihre Zeugin führen würde.

»Ich wollte von ihm wissen, ob er auch gründlich ermittelt hat«, platzte sie unvermittelt heraus. »Er kann mir ja viel erzählen. Vielleicht hat er nur mein Geld genommen und so getan, als ob. Ich wollte, dass er mir genau erzählt, wo er überall recherchiert hat, ich wollte einen detaillierten Arbeitsbericht von ihm. Ich hatte mit ihm einen Termin vereinbart, und er hatte versprochen, mir Rede und Antwort zu stehen.«

Sieh mal an, die Kleine kann kiebig werden, wunderte sich Annegret und blieb auf der Hut, um nicht zu verraten, welche Reaktionen in ihr stattfanden. Sie hatte nicht die mindeste Lust, Frau van Dürrkamps einen Anlass zu bieten, ihre kindlichen Launen an ihr auszulassen.

»Gibt es denn einen konkreten Grund, der Sie glauben lässt, dass Herr Sörensen nachlässig gearbeitet hat?«

Frau van Dürrkamps sah auf ihre wildledernen Slipper und wippte einen Moment geistesabwesend mit den Füßen. »Ich habe gewartet, all die Jahre mit meinem Mann habe ich mit Warten verbracht. Abend für Abend habe ich dagesessen. Jeder Mann braucht doch eine Frau. Mein Mann war doch kein Eunuch! Ich wollte von Sörensen wissen, ob es sein kann, dass er etwas übersehen hat. Mein Mann muss mich betrogen haben, er ist intelligent, wissen Sie, er könnte uns alle täuschen. Ich kann einfach nicht glauben, dass ich mir das alles eingebildet haben soll. Was hab ich denn dann all die Jahre gemacht?«

Frau van Dürrkamps' letzter Satz erstickte fast in ihrem dünnen Hals. Sie kramte ein fein zusammengelegtes Stofftaschentuch aus der Manteltasche und schnäuzte ihre Nase.

Gewartet, dachte Annegret beinahe spöttisch und glitt in diffuse, unklare Gedanken ab. Auf Liebe gewartet. Sie schüttelte sich innerlich. Wie ein verlassenes Kind.

»Erzählen Sie, wie Sie Sörensen vorfanden.«

»Tot natürlich!«

Hoppla. Annegret verkniff sich den Impuls, Frau van Dürrkamps ordentlich durchzurütteln, stattdessen deutete sie mit dem Mund ein vages Grinsen an, bevor sie leicht entnervt genauer nachfragte.

»Stand die Tür offen, ist Ihnen etwas sonderbar vorgekommen?«

Frau van Dürrkamps schnalzte mit der Zunge, atmete geräuschvoll ein und aus und erzählte mit übertrieben schleppender Stimme, was sich zugetragen hatte.

»Die Tür war offen. Ich hab seinen Namen laut gerufen, weil er nicht hinterm Schreibtisch saß, und dann bin ich durchs Büro zur Küche gegangen, weil ich dachte, dass er vielleicht Kaffee kocht. Ich habe nicht eine Sekunde geglaubt, dass ihm etwas zugestoßen sein könnte. Wir waren ja verabredet, und dass man aus irgendwelchen Gründen mal kurz das Büro verlässt, kommt doch vor. Aber dann lag er da in der Küche, auf der Seite, neben dem umgekippten Stuhl. Ich hab sofort die Polizei verständigt und draußen vor der Tür, also auf der Straße, gewartet.«

Annegret nickte. »Kam es Ihnen nicht seltsam vor, dass erst Ihr Mann getötet wird und kurz darauf der Detektiv, der von Ihnen beauftragt wurde, Ihren Mann zu beschatten?«

»Als ich Sörensen gefunden habe?«, fragte Frau van Dürrkamps etwas dümmlich nach. Annegret zog die Augenbrauen hoch.

»Eigentlich nicht. Ich war eher wütend, weil ich ja herausfinden wollte, ob er auch gründlich gearbeitet hat, und das konnte ich ja nicht mehr.«

»Aha!«

Annegret war mit ihrem Latein am Ende. Ich kann nicht mehr, stöhnte sie innerlich, ich bin hundemüde. Sie sah Frau van Dürrkamps an und seufzte laut.

»Sie können gehen, aber es ist sehr wahrscheinlich, dass wir uns noch sprechen«, sagte sie und nickte auch dem Beamten zu. Sie stand auf und ging voraus zur Tür, um sie Frau van Dürrkamps aufzuhalten und frische Luft in ihre Lungen zu bekommen. Sie wurde aus der Frau nicht schlau. Ist es möglich, fragte sie sich, während der Verkehr sechsspurig an ihr vorbeirauschte, dass man derart am Leben vorbeileben kann?

Die Autos sprühten die Nässe hoch, die vor wenigen Minuten niedergegangen war. Annegret legte ihren Kopf in den Nacken. Sie hatte nicht mitbekommen, dass es geregnet hatte. Die Staatsanwältin war kurz nach Frau van Dürrkamps' Abgang gekommen und hatte sich ausgerechnet an dem Tag, an dem Annegret kaum die Augen offen halten konnte, Zeit genommen, um mit ihr den Fall Dürrkamps ausführlich zu erörtern. Auch der Arzt war redselig gewesen. Zuletzt hatte sie sich mit Fechner ausgetauscht, und nun verließen sie als Letzte den Leichenfundort, der nach Auskunft ihres Kollegen auch der Tatort war.

»Sollten wir nicht die Toilette untersuchen, auf der die Dürrkamps war? Vielleicht hat sie dort etwas entsorgt.« Annegret war sich immer noch nicht im Klaren, was sie von der Frau halten sollte.

»Schon längst geschehen! Wir haben nichts gefunden. Wahrscheinlich hat sie eine schwache Blase. Soll bei Frauen vorkommen.« Fechner versiegelte die Tür. »In ein paar Tagen werden wir mehr wissen.«

»Jedenfalls sollten wir Frau van Dürrkamps' Leben gründlich durchleuchten«, gähnte Annegret und fingerte ihren Autoschlüssel aus der Jackentasche.

»Ja, vielleicht ist sie ein raffiniertes Miststück, eine Männerhasserin, die uns an der Nase herumführt«, bestätigte Fechner leicht überspannt und verzog sein Gesicht zu einem diabolischen Grinsen.

»Vielleicht«, murmelte Annegret müde, obwohl beiden klar war, dass Fechners letzter Gesprächsbeitrag eher mit seinem eigenen schlechten Händchen für Frauen zu tun hatte als mit der Dürrkamps.

Gratwanderung

Lenz legte das Handy beiseite und schaute den Holzscheiten beim Brennen zu. Es ist, wie es ist, dachte er grimmig. Er hatte Freda eben zugesagt, dass sie ihn am nächsten Morgen mit ihrem Kind besuchen durfte. Sie hatte in den letzten Tagen ein paarmal angerufen, und er war es leid, das Thema noch länger vor sich herzuschieben.

Während des Telefonats hatte ihm Annegret im Nacken gesessen, und es hatte ihn große Überwindung gekostet, sich frei zu entscheiden, ob er den Jungen kennenlernen wollte oder nicht. Sie hatte sich tagsüber nicht gemeldet, aber er ging davon aus, dass sie noch kam. Ich kann mein Leben nicht ihr zum Gefallen führen.

»Sie ist nicht meine Mutter«, knurrte er gereizt und griff nach seinem Notizblock, um sich abzulenken. Alfred Döblin. Er hatte das Gedicht gefunden und abgeschrieben. »Schnee sein, Wind sein. / Durch die Luft tropfen. / In den Boden sickern. / Wer hat den Tod erfunden?«

»›Schmelzen, schwinden, / Nicht zu wissen von gestern, morgen, / Nicht zu wissen von mir, / Nicht zu wissen, nicht zu wissen.‹« Lenz las den zweiten Teil des Gedichtes laut und spürte eine überwältigende Müdigkeit. Er nahm den Bleistift und kritzelte mehr, als dass er schrieb. Was macht mich so müde? Er ließ den Stift sinken, sah auf die Tür und wusste die Antwort.

Es ist, wie es ist, dachte er wieder und wehrte sich diesmal nicht, als Gereiztheit sein Nervensystem zum Rotieren brachte. Er stand auf und ging wie ein unruhiger Löwe ein wenig auf und ab. Er ließ die Gedanken kommen und wehrte sich nicht. Ich weiß nicht, wie es weitergeht. Ich fürchte mich vor dem, was geschehen könnte. Dass sie mich verlässt. Ja, das ist der Punkt, dachte er und blieb stehen.

»Ein Mann / und die Angst / im Raum.« Lenz notierte sein Haiku und zuckte zusammen. Jemand hatte sich offensichtlich gegen die Tür geworfen. Er verfluchte, dass er sie nicht abgeschlossen hatte, entspannte sich aber sofort, als Annegret schwungvoll in die Datscha stolperte.

»Hast du etwas mit der Tür gemacht?«

Lenz lachte unmotiviert. »Mit der Tür! Ja. Gehobelt.«

Er klappte den Notizblock zu und fühlte sich erleichtert. Sie war da. Er musste nicht mehr gegen seine Angst anphantasieren, er konnte den Dingen ins Auge schauen und geschehen lassen, was geschah.

Nichts war geschehen. Annegret war todmüde gewesen und ungewohnt anhänglich. Lenz lag schon lange wach und schlug endlich die Augen auf. Auf dem Tisch standen noch die Gläser und die leere Flasche Rotwein vom Abend. Sie hatten gemeinsam gegessen und sich unterhalten.

Annegret hatte nach den »effektiven Mikroorganismen« gefragt, und er hatte ihr von dem japanischen Wissenschaftler Teruo Higa erzählt. Sie hatte ihm von dem Fall berichtet, an dem sie arbeiteten, und von der unergründlichen Frau van Dürrkamps. Das hatte wiederum dazu geführt, über Beziehungen zu sprechen, über die Ehe und das Freisein im Zusammensein. Und er hatte immer wieder den Augenblick verpasst, es ihr zu sagen. Hatte Angst vor ihrer Reaktion gehabt, und dann hatte sie sich aufs Bett gelegt und war sofort eingeschlafen.

Lenz stülpte seine Lippen ein und drückte die darin verhüllten Zähne aufeinander. Annegret schlief noch tief und fest. Jedes Mal, wenn sie ausatmete, erzitterte die lockige Haarsträhne, die ihr ein wenig wirr ins Gesicht hing. Er seufzte schwer.

»Ich bin ein Feigling«, murmelte er und seufzte wieder. Er schaute zur Uhr und schob sich leise aus dem Bett, um sie mit Kaffeeduft sanft zu wecken. Noch eine Stunde. Annegret geht mir an die Gurgel, dachte er und schüttete das Kaffeepulver neben den Filter. Sie hat ihr verdientes Wochenende, und ich setze ihr Freda und das Baby vor die Nase.

Entnervt startete er einen zweiten Versuch, den Kaffeefilter zu befüllen. Als die Kaffeemaschine lief, entschloss er sich, Brötchen holen zu fahren. Er stieg leise in seine Jeans, zog einen Pullover übers Schlafshirt und ging unrasiert und ungekämmt aus dem Haus.

Der Frühstückstisch war gedeckt, und das Holz im Ofen knackte verheißungsvoll. Annegret saß mit Pyjamahose und Wollpulli bekleidet auf dem Bett und schlürfte aus ihrem Lieblingsbecher heißen Kaffee. Sie lächelte ihm verliebt entgegen, aber Lenz sah an ihr vorbei, legte die Tüte mit frischen Brötchen auf den Tisch und sagte tonlos: »Kommst du?«

Er hielt seinen Rücken gerade und drehte sich nicht um, wohl wissend, dass sie an seinem Verhalten erkennen würde, dass etwas aus dem Ruder gelaufen war. Er konnte nicht mehr warten, Freda und das Baby würden in der nächsten halben Stunde vor der Tür stehen.

»Ist was?« Annegret setzte sich mit hochgezogenen Beinen auf den Stuhl und sah ihn erwartungsvoll an. Er holte tief Luft und pustete die Nachricht mit einem Atemzug heraus.

»Freda kommt gleich. Mit dem Kind.«

Annegret sagte nichts, aber ihre rosigen Wangen nahmen beinahe schlagartig eine fahle Blässe an.

»Sie hat gefragt, ob sie kommen könnte …« Lenz wollte sich ihr erklären, aber Annegret winkte ab. Resigniert erwartete er, dass sie tat, was sie immer tat. Aufstehen, sich wortlos anziehen und gehen, stattdessen schaute sie zur Deckenlampe. Sie trank schlückchenweise ihren Kaffee und schaute unbeirrt an die Decke.

»Kann ich irgendetwas für dich tun?«, fragte er leise.

»Ja, beam mich hier weg!«

Ihre Stimme klang rau, und als sie ihn ansah, fürchtete sich Lenz. Ihr Gesichtsausdruck war vollkommen leer. Keine Wut, kein Ärger, keine Enttäuschung, keine Traurigkeit, keine Tränen. Lenz setzte sich, und Annegret stand auf. Sie zog sich an und ging ins Bad.

Er legte seinen Kopf in die Hände, atmete tief durch, spannte seinen Rücken, richtete sich auf, griff nach einem Brötchen und warf es zurück auf den Teller. Freda stand, mit dem Kind im Arm, aufgeregt winkend vor dem Fenster. Er erhob sich und drehte den Schlüssel im Schloss. Annegret kam in Jeans und Pullover aus dem Bad. Er drückte die Türklinke und hielt, bevor er Freda hineinließ, in der Bewegung inne. Sie sahen sich an, und Lenz kam es vor, als stünde er wie ein Wanderer vor einem schmalen Grat, vor dem er nicht zurückweichen konnte, wenn er seinen Weg fortsetzen wollte. Entschlossen zog er mit einem Ruck die Tür auf.

»Oh, hallo!« Freda blieb im Türrahmen stehen und starrte entgeistert Annegret an.

Annegret nickte ihr zu, griff nach ihrer Tasche und zog ihre Schuhe an. Als sie ihre Jacke von der Wandgarderobe nahm, drehte sie sich zu ihm um.

»Ich bin in zwei, drei Stunden zurück.«

Lenz sagte nichts, es war ihm mit einem Mal gleichgültig, ob sie ging oder nicht. Auch Freda war ihm gleichgültig und sogar das Baby. Die Dinge geschahen, er hatte keine Lust mehr, sich aufzuregen.

Ein Mann / und die Gleichgültigkeit / im Raum, dachte er und sah Freda dabei zu, wie sie das schlafende Kind vorsichtig aufs Bett legte.

Fata Morgana

Annegret hielt ihr bleiches Gesicht in den angenehm kühlen Wind und beruhigte sich langsam. Die Luftströme kamen aus allen Richtungen und durchpusteten ihre feinen Locken, als wollten sie sie aus ihrer schwermütigen Stimmung herauslocken. Sie öffnete die Augen, wischte eine Haarsträhne aus dem Gesicht und besah sich das Windspiel am Himmel

Graue Wolkenfelder und weiße, fast durchscheinende Wolkengespinste zogen neben- und untereinander durch das Graublau. Es könnte schön werden. Vielleicht regnet es aber auch noch, überlegte sie und zuckte mit den Achseln. Alles ist möglich, sie schniefte und wischte sich die salzigen Rinnen von den Wangen, die ihre Tränen hinterlassen hatten. Sie stand schon einige Minuten unentschlossen vor ihrem Auto auf dem Parkplatz und überlegte, wohin sie fahren könnte. Obwohl sie immer noch keinen Plan hatte, schloss sie ihr Cabriolet auf, und plötzlich, als die Sonne für einen Moment aufstrahlte und das frisch gewaschene Grün der Bäume aufleuchtete, fiel ihr ein, wo sie frühstücken und in Ruhe nachdenken konnte.

Richtung Geesthacht ging es nach Hamwarde ab. In dem Dorf gab es einen netten Hof, der am Wochenende auch Brunchbuffet anbot. Josef und sie hatten schon öfters überlegt, dort einzukehren. Jetzt würde sie es tun.

Auf dem geräumigen Parkplatz vor dem Hof stand nur ein alter orangefarbener Golf. Umso besser, redete sich Annegret ein und verwarf die Befürchtung, dass das Lokal geschlossen haben könnte. Sie überprüfte noch kurz ihr Aussehen im Rückspiegel und verließ das Auto. Aber nicht nur der gähnend leere Parkplatz, auch die dicke schwarz-weiße Katze, die sich auf den Stufen zum Eingang sonnte, gab Annegret zu denken. Da sie jedoch spürte, dass sie nicht die Kraft aufbringen würde, sich nach einem anderen Gasthaus umzuschauen, schlich sie vorsichtig an ihr vorbei und drückte die Klinke der schweren Eichentür herunter. Sie war unverschlossen.

Annegret öffnete sie einen Spaltbreit und schlüpfte hindurch. Sie lauschte, hörte gedämpfte Gesprächsfetzen, aber kein Geschirrklappern oder Kindergeschrei. Sie war gerade im Begriff, sich weiter voranzutasten, als die Wirtin aus einer Seitentür der großen Diele kam, sie verwundert anschaute und ihren Blick schließlich von ihr löste, um zu einer unsichtbaren Uhr an der Wand zu blicken.

»Wir öffnen erst in einer halben Stunde!«

Annegret blieb ratlos stehen, beugte sich ein wenig vor und schaute um die Ecke, auf eine Gruppe junger Leute, die in einem abseits liegenden Erker um einen Tisch saßen, frühstückten und sich dabei angeregt unterhielten.

»Meine Tochter und ihre männlichen Freunde!« Das Gesicht der Wirtin legte sich für einen kurzen Augenblick in tiefe Sorgenfalten. Sie raffte sich auf und deutete mit dem leeren Tablett auf den Nachbartisch. »Wenn Sie mögen, setzen Sie sich dazu. Die Tische im Saal muss ich erst eindecken. Da stören Sie nicht.«

Annegret nickte freudig und stieß erleichtert ihren Dank aus.

»Ich bring Ihnen gleich einen Kaffee. Das Buffet ist fast fertig, bedienen Sie sich ruhig.«

Die Stimme der Wirtin klang weich und mitfühlend. Sie sieht es mir an. Sie weiß, wie man sich fühlt, wenn man am Ende ist und nicht mehr weiterweiß, dachte Annegret und lächelte ihr wie ein zu spät heimkehrendes Kind zu, das seiner Mutter stumm dankte, weil sie nicht schimpfte.

Sie setzte sich mit dem Rücken zu dem Jungvolk, das nicht einmal hochgeschaut hatte, als sie nach ihrem Buffetgang ihren Platz einnahm, und schaute aus dem Fenster. Auf ihrem Teller lagen ein noch warmes Croissant und ein Brötchen, zwei kleine Scheiben Lachs, eine Scheibe Käse und selbst gemachte Pflaumenmarmelade.

Die Wirtin kam und stellte, ohne die jungen Leute weiter zu beachten, ein kleines Kaffeegedeck hin und wünschte einen guten Appetit. Annegret kam sich vor, als sei sie nach einer langen und anstrengenden Reise endlich an ihrem Ziel angekommen, und genoss den heißen, stark gebrühten Kaffee schlückchenweise, während sie durch den Garten, über den Teich bis zum Waldrand und immer weiter sah. Als sie bei ihrer Erinnerung ankam, bei dem

Schock, den Josef ihr heute Morgen verpasst hatte, hüpfte ihr Herz und ließ einen Schlag aus.

Annegret atmete tief und geräuschlos ein. Sie war tatsächlich irgendwann an die Decke gegangen und hatte nur geschaut. Auf Freda, die voller und noch schöner geworden war. Und auf Josef, der zu keinem Gefühl mehr fähig schien. Auf die Wolldecke, die das Kind in ihrem Arm einhüllte. Dieses helle Babyblau. Und in ihr selbst hatte sich, während sie das alles noch friedlich betrachtete, ein wütender Sturm erhoben, der am liebsten alles hinweggefegt hätte.

Sie hatte sich plötzlich schreien gesehen, mit elektrisch aufgerichteten Haaren, hatte Freda das Kind entrissen und es aufs Bett geworfen.

»Hure, Spermadiebin, Ehebrecherin, hau ab, nimm dein Kind und lass dich nie wieder blicken! Und du geh gleich mit, Josef, du Verräter, du Feigling, du Mistkerl. Hau ab!« Sie hatte die drei aus dem Häuschen getrieben. Und dann, dann hatte sie es angezündet.

Annegret lächelte erschöpft und stellte mit zittrigen Händen die Kaffeetasse ab. Ihre flammende Phantasie hatte sie entlastet. Wozu die Eifersucht potenziell fähig ist, dachte sie kopfschüttelnd und rollte eine Scheibe Lachs zusammen, brach ein Stückchen Croissant ab und steckte sich beides hungrig in den Mund. Ein Schwanenpärchen flog in den Sichtausschnitt des Fensters, landete auf dem Teich und putzte sich seine Federn, sobald es still dahintrieb.

Ja, dachte Annegret, ich war tatsächlich die Ruhe selbst, obwohl in mir ein Unwetter wütete. Sie lachte unhörbar und freute sich. Diesmal, triumphierte sie, hatte sie keine giftigen Blicke abgeschossen, die in Josef jeglichen Lebensausdruck töten sollten. Nicht die Türen geknallt. Und keine Androhung von Liebesentzug gezischelt, als sie das Feld verlassen hatte. Ihre Gefühlsraserei hatte sich nur vor dem Auge ihres inneren Taifuns abgespielt, nur dieser eine stille Zuschauer hatte dem drittklassigen Eifersuchtsdrama, in zeitgemäßen Kostümen, aber so alt wie die Welt, beigewohnt.

»Wenn Sie wollen, können Sie sich umsetzen!«

Annegret kam es vor, als erwache sie aus einem Traum. Sie hatte die Wirtin nicht kommen hören, und plötzlich, mit ihrer Stimme, war die sie umgebende Geräuschkulisse, die sie bisher ausgeblendet hatte, schlagartig da. Sie hörte Kinder durch die Diele trappeln, kommentierende Mütter und ein entferntes Orchester von durcheinanderklingenden Stimmen.

»Nicht nötig«, winkte sie noch etwas benommen, aber freundlich ab, »alles bestens.«

Wie spät mag es wohl sein?, überlegte sie. Nach ihrem Zeitgefühl konnte sie schon eine Stunde hier sitzen, es konnten aber auch zwei sein oder nur eine halbe Stunde. Sie wollte sich gerade umdrehen und nach der Uhrzeit fragen, als das einzige weibliche Wesen am Nachbartisch, die Tochter der Wirtin, ihre Stimme erhob.

»Dem Bauer fehlen noch dreißig Schweine, und für die haben wir alle einen Käufer gefunden. Die Frage ist, wie wir sie vor dem Winter aus dem Wald kriegen.«

Schweine im Hamwarder Forst, das kam ihr doch verteufelt bekannt vor! Annegret spitzte ihre Ohren und lauschte.

»Wenn die man nicht schon im Sachsenwald sind«, unkte eine männliche Stimme.

»Quatsch!«, fuhr energisch die weibliche Stimme, wenn auch wieder mit gedämpftem Ton, dazwischen. »Wir beobachten sie jeden Abend. Wir brauchen einen Viehtransporter und jemanden, der sich mit Schweinen auskennt.«

»Ich frag Oles Vater.«

Die Stimme dieses jungen Mannes klang auffallend angenehm. Wie ein Saxofon. Mit diesem Jungvolk verbringt Wolnyczak also seine Freizeit. Annegret lachte in sich hinein, rückte ihren Stuhl zurück und erhob sich. Sie drehte sich um, ging zwei, drei Schritte auf die jungen Leute zu und blieb kurz an ihrem Tisch stehen.

»Na, dann viel Schwein«, flüsterte sie beinahe übermütig, bevor sie sich zum Bezahlen in den Gastraum aufmachte.

Fünf Augenpaare blickten kurz auf, und Annegret sah, dass sie sie wie eine Fata Morgana betrachteten. Wie eine Spiegelung, von der man sich schnell wieder abwandte, da sie für unbedeutend gehalten wurde.

Verdunkelungsgefahr

Nicht mehr lange und es würde um diese Zeit dunkel sein. Der Sommer war endgültig vorbei. Annegret blieb wehmütig stehen und bewunderte ein besonders großes Kreuzspinnennetz, das zwischen zwei Lavendelbüschen hing. Kleine zitternde Tautropfen säumten die Fäden. Sie sah den Hauch ihres Atems.

Über Nacht war es kalt geworden. Spinnenzeit, dachte sie, die Spinnen kommen ins Haus. Sie drehte sich um und betrachtete die Datscha. Josef wird diesen Herbst mit Spinnen verbringen. Sie lachte in sich hinein, als ihr der Doppelsinn des Satzes aufging.

»Vielleicht hat er dann ja genug und kommt zu mir.« Sie seufzte inbrünstig und schulterte traurig die schwere Reisetasche um.

Auf ihrem Auto lag, wie auch auf den Blättern und dem Boden, eine Schicht Frühnebel, und sie bemühte sich, beim Einsteigen keine nassen Ärmel zu bekommen. Wir schauen, wie es weitergeht. Tag für Tag. Auf diese Formel hatten sie und Josef sich verständigt. Sie hatten friedlich miteinander den Rest des Tages verbracht, aber wenig gesprochen. Er hatte geschrieben und sie gelesen.

Annegret seufzte. Irgendwann, wenn sie Josef besuchte, würde auch Julian da sein. Irgendwann würde es passieren. Sie drückte sich hinter das Steuer und wartete noch einen Augenblick, bis sie die Zündung drehte.

»Aber ich werde es nicht abwarten«, flüsterte sie. »Ich werde nicht wie die Dürrkamps warten und mir unterdessen Geschichten ausmalen.«

Annegret dachte kurz an Freda, wie schön sie ausgesehen hatte, neben Josef, mit dem Kind im Arm. Wie eine perfekte Familie.

»Nein!«

Sie drehte den Schlüssel, und der Wagen sprang sofort an. Ich werde mein Leben leben, und Josef wird tun, was er für richtig hält. Sie legte den Rückwärtsgang ein und ließ die Kupplung kommen. Das Cabriolet machte einen Satz, und der Motor ging aus. Wir werden sehen. Das Leben wird es zeigen.

Annegret zündete mit grimmig entschlossener Miene erneut

und fuhr, sobald sie die Schnellstraße erreichte, wie immer viel zu schnell durch den Morgenverkehr Richtung Hamburg.

»Gut, dass du kommst!« Fechner saß mit halbem Hintern auf dem Besprechungstisch, und Münze hantierte mit der alten Kaffeemaschine. »Pilgenröther hat die vorläufige Festnahme der Dürrkamps veranlasst. Verdunkelungsgefahr. Die Beamten sind schon unterwegs.«

Annegret meinte, in Fechners Gesicht eine kaum wahrnehmbare Spur von Unsicherheit gesehen zu haben, als fühlte er sich schuldig. Sie zog ihre Jacke aus.

»Hast du am Wochenende gearbeitet?«

Fechner nickte lahm.

»Und?«

»An der Tatwaffe sind nur die Fingerabdrücke von Frau van Dürrkamps! Ich glaube, Pilgenröther hat etwas läuten gehört. Jedenfalls hatte er ein Gespräch mit der Oberstaatsanwältin und wollte heute früh schon über die Ergebnisse unserer Ermittlungen informiert werden.« Fechner rutschte vom Tisch, weil Münze mit dem Kaffee kam.

»Und du hast ihn informiert!« Annegret sah Fechner ohne Argwohn an, und er nickte erleichtert.

»Ich war der Einzige am Platz, und es hätte schon blöd ausgesehen, wenn ich mich wie ein Aal gewunden hätte.«

»Klar.« Annegret hielt Münze nachdenklich ihren Becher hin. »Der Fall scheint kompliziert zu werden, wenn Pilgenröther schon so frühzeitig seine Nase reinsteckt.«

Sie nahm einen Schluck Kaffee und bat die Männer, sie zu korrigieren, falls sie bei ihrer Zusammenfassung der bisherigen Ereignisse etwas übersehen sollte.

»Frau van Dürrkamps zeigt den Tod ihres Mannes an. Wir finden keine Waffe, aber Schmauchspuren an ihren Händen. Sie erzählt eine tolle Geschichte von einem schwarzen Mann. Frage: Hat sie mit Hilfe eines Komplizen ihren Mann erschossen? Ist dieser Komplize Sörensen? Frau van Dürrkamps bringt auch *seine* Ermordung zur Anzeige. Die gleiche Vorgehensweise wie bei Erik van Dürrkamps. Diesmal hat der Täter oder die Täterin die Waffe liegen lassen, mit Frau van Dürrkamps Fingerabdrücken darauf, aber an den Händen und Armen von Frau van Dürrkamps finden wir diesmal keine Schmauchspuren.«

»Und ihr Motiv?«

Annegret wandte sich Fechner zu und spürte, wie ihr die Schamesröte den Hals emporkroch, als sie seine Frage beantwortete.

»Eifersucht.«

»Aber bisher wissen wir von keiner Geliebten. Wenn Erik van Dürrkamps seine Frau betrogen hat, müssten wir es doch inzwischen wissen«, mischte sich Münze ein.

Annegret spürte ihr Herz klopfen. »Soweit wir wissen! Aber selbst wenn nicht, sie hat es felsenfest geglaubt. Behauptet sie jedenfalls.«

Sie sah abwechselnd beide Männer an und dachte an ihre Erfahrung. Daran, wozu grundlose Eifersucht fähig war, wenn man ihr nachgab und eifersüchtig wurde. Ich muss aufpassen, dass ich bei diesem Fall einen klaren Kopf behalte, dachte sie und sagte laut:

»Wir sollten herausfinden, ob Frau van Dürrkamps mit einer Waffe umgehen kann, oder ob sie es von jemandem gelernt hat. Und wir sollten gründlich alle Gewohnheiten von Erik van Dürrkamps ermitteln, um wirklich ausschließen zu können, dass er eine Geliebte hatte. Vielleicht hat uns Sörensen an der Nase herumgeführt.« Annegret sah Münze an.

Er nickte und bestätigte ihren Verdacht.

»Vielleicht hat Frau van Dürrkamps Sörensen benutzt. Vielleicht hatte Sörensen es auf das Vermögen von der Dürrkamps abgesehen und sich verschätzt«, sagte er, und Fechner brachte die Waffe ins Spiel: »So ein Schnüffler kommt viel herum, jedenfalls ist es denkbar, dass er die Pistole besorgt hat.«

»Trotzdem verfolgt Gorschorek weiterhin die Spur Wirtschaftskriminalität«, sagte Annegret und verstummte daraufhin für einen Moment. »Und wir sollten hundertprozentig ausschließen, dass wir es in der Person der Dürrkamps mit einer perfiden Gattenmörderin zu tun haben, die uns auf den Leim führt, bevor wir uns mit Pilgenröther und dem Hamburger Senat anlegen.«

Ich kann wieder klar denken, dachte Annegret zufrieden und fragte Münze, was seine Ermittlungen nach Sörensens Wohnsitz und dessen Finanzen ergeben hätten.

»Er ist bei seiner Mutter angemeldet, hat dort ein Zimmer. Die

Kriminaltechnik hat im Küchenschrank der Detektei ein Feldbett gefunden plus Schlafsack. Wahrscheinlich hat er in seinem Büro auch genächtigt. Vermögend wirkt er nicht, wir warten noch auf den gerichtlichen Bescheid, um seine Konten prüfen zu können. Aber allein nach der Kundenkartei zu urteilen, scheint Sörensen als Detektiv nicht besonders erfolgreich gewesen zu sein.«

Annegret sah von Münze zu Fechner. »Pilgenröther wird sich auf die Dürrkamps einschießen. Wir werden das nutzen, entweder entlasten wir sie, oder wir ziehen den Fisch an Land.«

Die Tür ging auf. Gonschoreks Farben blendeten beinahe die Augen. Strahlend blonde Locken, blütenweißes Hemd, ausgeblichene Jeans, weiße Turnschuhe.

»Haben Sie Geburtstag?« Annegret sah ihrem Kollegen blinzelnd entgegen, als er an den Tisch trat.

»Nein!« Gonschorek wartete ab, ob noch einer der Kollegen etwas bemerken würde, und sprach, als ihn nur stumme Blicke trafen, weiter. »Frau van Dürrkamps wartet im Vernehmungsraum zwei. Sie ist über ihre Rechte informiert und verzichtet auf einen Anwalt.«

Annegret erhob sich vom Stuhl. »Was ist mit Harry Albrecht?«

»Morgen Nachmittag. Wahrscheinlich. Ich bin am Ball, ich informier dich.«

Annegret erwiderte Gonschoreks ruhigen Blick und überlegte, wie sie es fand, dass er sie duzte.

»Du solltest heute Pilgenröther aus dem Weg gehen, sonst können wir die Spur gleich begraben.«

Gonschorek meldete: »Aye, aye, Käpten«, langte nach einem Becher, schenkte sich einen Kaffee ein und setzte sich zu den Kollegen.

Annegret hatte beim Gehen das Gefühl, irgendetwas vergessen zu haben, aber ihr fiel nicht ein, was es sein könnte.

»Gut, also bis dann, die Herren«, sagte sie schließlich unbestimmt in den Raum und verließ das Büro.

Frau van Dürrkamps' Gesicht trug eine trotzige Miene zur Schau, und von Weitem und auf den ersten Blick wirkte sie wie immer gepflegt. Annegret setzte sich ihr gegenüber und musterte sie. Sie hat Schuppen, Haarausfall und trinkt bereits morgens Tee mit Rum.

Was sagt uns das?, überlegte sie und kratzte sich mit dem Zeigefinger den Hals.

»Sie wissen, warum Sie hier sind?«

Frau van Dürrkamps ruckte ihren Kopf zur Seite und bohrte die Nase in die Luft.

»Das ist kein Spiel, Frau van Dürrkamps. Ich rate Ihnen wirklich, sich einen Anwalt zu nehmen.«

Annegret versuchte auch mit ihrem Tonfall den Ernst der Lage zu demonstrieren, aber, wie sie kurz darauf einsehen musste, vergeblich.

»Nein! Wozu!«, schrillte Frau van Dürrkamps' Stimme durch die schmucklose, unpersönliche Atmosphäre des Raums. Annegret betrachtete die Beschuldigte und spürte instinktiv, dass diese Frau etwas verbarg. Vielleicht hütet sie ein dunkles Geheimnis, dachte sie, und ist fest entschlossen, es niemals preiszugeben.

»Was glauben Sie denn, wer Ihren Mann ermordet hat?«, fragte sie ins Blaue und rechnete mit einer wilden, widersprüchlichen Geschichte, aber stattdessen schien Frau van Dürrkamps' Kopf von aufgescheuchten und wild durcheinanderschießenden Gedanken wackelig zu werden. Sie hat tatsächlich noch nicht darüber nachgedacht, schoss es Annegret in den Sinn. Sie war fassungslos.

»Woher soll ich das wissen? Er trug eine Maske, das hab ich doch schon hundertmal erzählt«, antwortete Frau van Dürrkamps schließlich.

Annegret seufzte laut. »Ja, aber wer könnte hinter der Ermordung Ihres Mannes stecken, was glauben Sie?«

Frau van Dürrkamps schluckte heftig. »Ich weiß es nicht. Woher sollte ich es auch wissen? Ich hab ihn ja kaum noch gesehen.«

Der erste Satz klang genervt, der zweite resigniert und selbstmitleidig. Annegret betrachtete ihre unberingten Finger, fragte sich flüchtig, ob Freda wohl verheiratet war, und entschied sich, die Katze aus dem Sack zu lassen.

»Wir haben Sie festnehmen lassen, weil wir Sie beschuldigen, sowohl Ihren Ehemann als auch Thore Sörensen ermordet zu haben. Können Sie mit Feuerwaffen umgehen, Frau van Dürrkamps?«

»Ja!«

Annegret lehnte sich erschüttert zurück.

»Ja«, echote sie.

»Ja«, wiederholte Frau van Dürrkamps hochmütig, reckte ihren Rücken und warf ihrem Gegenüber Blicke von oben herab zu. »Die männliche Linie meiner Familie sind alle hochrangige Militärs. Der Vater meines Vaters war schon begeisterter Sportschütze und Jäger. Unsere ganze Familie kann mit Lang- und Kurzwaffen umgehen. Ich auch.«

»Sie auch.« Annegret kam sich wie eine Schlucht vor, die widerhallte, was in sie hineingesprochen wurde. »Aber wir haben keine in Ihrem Haus gefunden.«

»Ich schieße schon lange nicht mehr.« Frau van Dürrkamps sah Annegret eine Weile gedankenverloren an. »Ich konnte gut schießen«, sagte sie leise, »aber ich habe es niemals wirklich gern getan. Seit dem Tod meines Vaters hab ich es sein lassen.«

Frau van Dürrkamps hielt den Blick auf sie gerichtet, und Annegret hatte zum ersten Mal den Eindruck, dass hinter den Augen jemand zu Hause war. Spontan versuchte sie ein weiteres Mal, dieser Frau ihre Lage vor Augen zu führen.

»Frau van Dürrkamps, ist Ihnen eigentlich bewusst, dass der Staatsanwalt einen Haftbefehl gegen Sie beantragen wird und was das bedeutet?«

»Gefängnis!«

Frau van Dürrkamps kniff die Augen zusammen und starrte gegen die Wand. Annegret war ratlos. Ihr fielen keine weiteren Fragen ein und auch kein kluger Gedanke, den sie hätte aussprechen können. Sie betrachtete Frau van Dürrkamps und empfand plötzlich Mitgefühl. Diese Frau hat zu lange gewartet, dachte sie.

Jetzt ist ihr Herz leer, trotzdem wartet sie immer noch. Die Fluten des Lebens haben sie mit sich gerissen. Sie könnte ertrinken, aber darüber denkt sie nicht nach, sie wartet einfach weiter ab, was mit ihr geschehen wird.

Demaskiert

Sie war es nicht mehr gewohnt einzukaufen. Den ganzen Sommer über hatte Josef das erledigt. Annegret stierte auf den Berg Blumenkohl, griff nach einem Bund Möhren, hielt es wie einen Fisch am Schwanz hoch und legte es zurück. Josef würde Tomaten, Knoblauch und Zwiebeln kaufen, dachte sie und schob den leeren Einkaufswagen aus der Gemüse- und Obstabteilung. Ich brauche Kaffee und Sahne, Brot, Käse, Butter und eine Flasche Wein.

Annegret blieb stehen. Was mache ich hier eigentlich?, fragte sie sich und begann fast zu weinen, aber als sie daran dachte, dass Freda und das Kind von nun an auch Besucher von Josefs Datscha sein würden, gab sie sich einen Stoß und fuhr die Regale ab.

Ich werde meine Bude entstauben, etwas essen und Fernsehen glotzen! Nur Münze wusste, dass sie sich den Nachmittag freigenommen hatte, um sich wieder mit ihrer Wohnung vertraut zu machen.

»Wenn ich da erst abends reingehe, betrinke ich mich sinnlos. Ich brauch ein wenig Zeit, um mich wieder ans Alleinsein zu gewöhnen«, hatte sie ihm gestanden und sich über sich selbst gewundert. Münze lebte, soweit sie wusste, auch noch nicht sehr lange mit seiner Freundin zusammen. Sie war Künstlerin und bewohnte eine zum Atelier umgebaute Fabriketage. Er hatte verstanden, wovon sie sprach.

»Ich liebe es, ihr beim Arbeiten zuzusehen. Sie malt, und ich lese meine Bücher.«

Annegret schätzte es auch, sich mit Josef einen Raum zu teilen, mit ihm zusammen und doch für sich zu sein. Sie griff nach einer Tüte Haribo. Vielleicht hab ich mich bis zum nächsten Sommer an die neue Situation gewöhnt, stöhnte sie innerlich, stieß wohl zum hundertsten Mal an diesem Tag einen lauten Seufzer aus und schob den Wagen zur Kasse.

Der Wecker würde gleich tönen. Sie öffnete die Augen, streifte mit ihrem Blick das Ziffernblatt und starrte durch die Deckenwand ins Nichts. Die ganze Nacht hatte sie sich gewälzt, aber jetzt, da sie gleich aufstehen musste, lähmte bleierne Müdigkeit ihren Körper. Würde sie jetzt die Augen schließen und sich auf die Seite drehen, würde sie sofort einschlafen. Annegret blieb noch einen Moment reglos liegen, bevor sie die Bettdecke mit einem Ruck aufschlug und aus dem Bett sprang.

Münze beginnt seinen Dienst meistens früh, überlegte sie. Vielleicht hat er Lust, mit mir einen Frühstückskaffee zu trinken.

»Das musst du dir anschauen! Sensationell!« Münze wartete nicht einmal ab, bis sie die Tür hinter sich geschlossen hatte.

Annegret legte die Tüte mit den noch warmen Franzbrötchen auf ihren Schreibtisch und fühlte, wie ihre mühsam hochgehaltene Stimmung merklich in sich zusammensackte. Sie war mitteilungsbedürftig und hatte schon auf der Fahrt zur Dienststelle mit ihrem Kollegen einen Dialog im Kopf geführt. Aber Münze wollte anscheinend gar nicht wissen, wie es ihr ergangen war, heute Nacht, allein in ihrer Wohnung. Wahrscheinlich hat er bereits vergessen, dass ich wieder allein lebe, dachte sie, räusperte sich und trat an seinen Schreibtisch.

»Setz dich, setz dich«, wiederholte er aufgeregt. »Du und Pilgenröther, ihr habt die Mail bestimmt auch bekommen.« Münze sah sie groß an. »Gut, dass er zum Symposium ist!«

»Ist er?« Annegret hatte nicht gewusst, dass ihr Vorgesetzter außer Haus war.

»Fußball und Gewalt. Er hält den Plenarvortrag.«

Pilgenröther war Aufsichtsratsmitglied im HSV, das wusste beinahe jeder im Landeskriminalamt. Annegret verdrehte die Augen und wackelte übertrieben mit dem Kopf.

»Heimspiel für den Kriminaloberrat«, bemerkte sie boshaft.

Münze grinste beiläufig und begann übergangslos, den Inhalt der Mail zusammenzufassen.

»Folgendes. Sörensen hat die Ermordung Erik van Dürrkamps' gefilmt!«

Er machte eine Sprechpause und sah Annegret mit aufgerissenen und vor Begeisterung funkelnden Augen an, als zeige er ihr ein Feuerwerk am Himmel. Annegret nickte stumm. Sie hatte noch nicht auf den Ermittlermodus umgeschaltet. Münze schien ihre unbeteiligte Haltung nicht zu beeindrucken, er berichtete aufgeregt weiter.

»Die bespielte CD schickte Sörensen einem Anwalt in Duisburg. Einem gewissen Klaus Büttner, einem alten Schulkameraden von ihm. Der Anwalt hatte gleich ein merkwürdiges Gefühl und hat deshalb immer mal wieder versucht, Sörensen zu erreichen. Durch Sörensens Mutter hat Büttner schließlich erfahren, dass er ermordet wurde. Daraufhin hat der Anwalt sich sofort an das örtliche Kriminalamt gewendet, ihnen die CD ausgehändigt und darum gebeten, sie an die zuständigen Kollegen in Hamburg weiterzugeben. Ja, die Duisburger Kollegen haben die CD kopiert und uns als Anlage gemailt. Das Original kommt per Kurier.«

Münze wartete nicht, ob sie Fragen hatte oder etwas sagen wollte. Er klickte den Dateianhang an, und Annegret sah, was ihn jegliche Umgangsregel hatte vergessen lassen.

Erik van Dürrkamps. Er steht mitten im dezent beleuchteten Wohnzimmer und weicht dem von links heranfliegenden Glasaschenbecher aus, unmittelbar darauf trifft ihn aus der Tiefe des Raums ein von rechts kommendes Geschoss am Kopf. Er wird zur Seite gerissen, taumelt und fällt rückwärts zu Boden. Ein Gegenstand, wahrscheinlich die Waffe, wird durch den Blickwinkel der Kamera geworfen. Eine vermummte Gestalt erscheint, durchquert den Sichtbereich der Kamera und verschwindet hinter zugezogenen Vorhängen. Schattenrisse. Zwei Personen stehen eng nebeneinander. Erik van Dürrkamps' lebloser Körper wird kurz erschüttert und bleibt reglos liegen. Schnitt. Eine maskierte Person nähert sich dem Kameraobjektiv. Sie schaut mit suchenden Augen an der Linse vorbei. Die Person streift die Maske vom Kopf und fixiert das Objektiv. Graues kurz geschnittenes Haar, braun gebrannte Haut, mittelgroß. Der männliche Kopf mit braunen Augen und unauffälligen Gesichtszügen wird immer konvexer, je größer er wird. Das Bild bricht ab.

»Sörensen kannte also den Mörder von Erik van Dürrkamps.« Annegret erwachte wie aus einer Trance und schaute ihren Kollegen entgeistert an. »Oder noch schlimmer, er steckte mit dem Mörder unter einer Decke und hat alles aufgenommen, um die Dürrkamps später in der Hand zu haben.«

Münze hielt beide Handflächen geöffnet und nickte, als würde er sagen, dass sich ihm genau diese Gedanken auch aufgedrängt hatten. Aber Annegret schüttelte innerlich den Kopf. Nein, dachte sie, als sie Frau van Dürrkamps vor sich sitzen sah. Das ist schwer zu glauben.

Münze hielt es nicht mehr auf seinem Platz. Er stand auf und durchkreuzte, laut nachdenkend, das weitläufige Büro.

»Was zum Teufel hatte Sörensen für einen Grund, das Haus zu observieren? Was hatte er mit den Aufnahmen vor? Wollte er die Dürrkamps erpressen, und hat sie ihn deshalb erschossen? Die Tür zu seiner Detektei stand offen, er kannte also sehr wahrscheinlich seinen Mörder?«

Münze stellte eine Frage nach der anderen, aber Annegret ließ sie unbeachtet, sie folgte ihren eigenen Gedanken. Frau van Dürrkamps hat nicht gewusst, dass Sörensen ihr Haus observierte, und die Bilder belegen sowohl ihre Schilderung des Tathergangs als auch die Vermutung der gemeinschaftlichen Ermordung ihres Gatten.

»Wir müssen den Mann identifizieren und zur Fahndung ausschreiben. Er ist Zeuge und Täter in einem. Er wird die Dürrkamps entlasten oder als wirklich raffinierte Mörderin oder Auftraggeberin entlarven«, sagte sie schließlich, und Münze nickte, weil ihm klar war, dass sie einen Arbeitsauftrag angewiesen hatte.

Annegrets Handy machte sich bemerkbar. Josef. Sie stand freudig erregt auf und beeilte sich, es schnell aus ihrer Handtasche hervorzukramen.

»Hauptkommissarin Pries.« Sie lauschte.

Münze sah sie an und konnte nicht ahnen, dass Annegrets konzentrierter Gesichtsausdruck nur Maskerade war. Es war nicht Josef.

Er hat jetzt einen Sohn mit seiner Ex, dachte sie, er ist zu beschäftigt, um mich zu vermissen! Sie ließ die Hand mit dem Handy sinken und sah ihren Kollegen an.

»Gonschorek. Wir treffen Albrecht heute Abend. Achtzehn Uhr. Golf-Club Falkenstein.« Sie war nicht in der Lage, ganze Sätze zu sprechen, und suchte nach einem Vorwand, das Büro möglichst schnell verlassen zu können.

»Der liegt doch nur einen Steinwurf entfernt vom Haus der Dürrkamps.«

Münzes Stimme klang bedeutungsschwanger.

Annegret hauchte: »Ja! Ich hol mir einen Cappuccino. Willst du auch einen?«

Er wollte. Sie schnappte sich ihre Tasche, stieß noch, trotz angehaltenen Atems, »Bis gleich« heraus und eilte zu ihrem Zufluchtsort, der Damentoilette, um sich für einige wenige Minuten ungesehen dem Gefühl des Verlassenseins hingeben zu können.

»Albrecht wartet auf uns im Clubhaus.«

Gonschorek stand neben seinem VW-Bus auf dem Parkplatz. Annegret schloss die Beifahrertür ihres schwarzen Cabriolets ab und schüttelte innerlich den Kopf, als sie auf ihren Kollegen zutrat. Nicht nur Gonschoreks weiß-blau lackierter Bus stach als Exot zwischen all den Mercedes-S-Klasse-Wagen hervor, auch er selbst. Ein dünner Haarreif hielt seine immer länger werdenden blonden Locken aus dem Gesicht. Es wirkte nicht feminin, eher sportlich, trotzdem fand Annegret seinen Aufzug albern.

Gonschorek deutete mit der Hand auf den Eingang des in Efeu eingewachsenen Gebäudes, das mit seinem Turm ein wenig an ein kleines Märchenschloss erinnerte. Annegret folgte der Richtung seines Arms mit vorurteilsvollem Blick und ließ ihn weiter über das Gelände wandern. Sie hatte sich den Parkplatz der Anlage großzügiger vorgestellt und war gespannt, in welcher Kulisse sie Albrecht vorfinden würden.

»Wir machen es wie bei der Senatorin. Ich stelle uns vor, und Sie führen die Befragung.«

Annegret sah ihren Kollegen um Einverständnis bittend an. Gonschorek strich den Haarreif aus den Locken und massierte kurz seinen Kopf.

»Dann man los«, hamburgerte er, und Annegret folgte ihm mit einem zugleich aufgeregten und unsicheren Gefühl, das immer dann auftrat, wenn sich die Dinge nicht absehen ließen.

Die freundliche Dame am Empfang zeigte ihnen, hinter welcher Tür Harry Albrecht zu finden war. Annegret war überrascht, als sie den Amtsleiter der Umweltbehörde in einem Rattansessel mit hellblauen Polstern vor einer orangefarbenen Wand sitzen sah.

Sie hatte sich den Clubraum männlicher vorgestellt. Mit Lederpolstern und getäfelten Wänden statt dieser luftigen, beinahe fröhlichen Atmosphäre und der mit rosenbedruckten Stoffen bezogenen Sofas. Die Terrassentür stand offen, und Annegret ließ sich für Sekunden von dem Zauber der idyllischen, mit Büschen und Bäumen umstellten Anlage einfangen. Hier äsen in der Dämmerung bestimmt Rehe, dachte sie entzückt, bevor Harry Albrecht sie mit lauter Stimme aus ihren Betrachtungen riss.

»Der schönste Golfplatz Hamburgs.« Sein Ton klang beinahe protzig, als gehörte ihm die Anlage persönlich.

»Kriminalhauptkommissarin Pries, Kriminalkommissar Gonschorek.« Annegret zeigte ihre Marke, und ihr Kollege tat es ihr nach. »Ja. Und glauben Sie, Herr Albrecht, dass dieser satte grüne Rasen inzwischen auch schon mit Dioxin gesättigt ist?«

Annegret hörte sich selber sprechen und wunderte sich, welcher Geist ihr die Worte in den Mund legte. Gonschoreks Miene glich der einer griechischen Statue, aber Albrechts Gesichtsfarbe zeigte, dass sein Blutdruck unvermittelt und rasant anstieg.

»Sagen Sie, was wollen Sie eigentlich? Ich bin gern bereit, Ihnen bei Ihren Ermittlungen behilflich zu sein, soweit ich es überhaupt kann. Aber kommen Sie mir nicht mit verdrehtem Zeug, dafür ist mir meine Zeit zu schade.«

Albrecht hatte sich im Stuhl aufgerichtet und fixierte Annegret. Ich hab einfach keine Lust mehr, um den heißen Brei zu reden, dachte sie ärgerlich und überließ sich einfach den Sätzen, die gesprochen werden wollten.

»Ein Mitarbeiter der Senatorin Warner, Professor Erik van Dürrkamps, ist erschossen aufgefunden worden. Übrigens nicht weit von hier. Wir verfolgen mehrere Spuren. Eine davon führt in den Bereich Wirtschaftskriminalität und Korruption.«

Annegret fixierte jetzt ihrerseits Albrecht und vertraute darauf, dass sie spüren würde, wann es Zeit war, Gonschorek das Feld zu überlassen.

»Und was hab ich damit zu tun oder meine Behörde? Was wollen Sie eigentlich?«

Harry Albrecht lehnte sich im Sessel zurück und demonstrierte mit Stimme und Gesichtsausdruck, wie sehr er sich belästigt fühlte.

Er bekundet nicht einmal sein Beileid, dachte Annegret, er ist viel zu sehr damit beschäftigt, sich aufzublasen. Sie sah Gonschorek an, kühlte ihre hitzige Stimmung an seinen eisblauen Augen und wandte sich wieder Albrecht zu.

»Professor Dürrkamps arbeitete im Auftrag Ihrer Dienstherrin an einer Abfallverwertungsanlage, die die alten Müllverbrennungsanlagen überflüssig machen soll, das Konzept stellt die gängige Beseitigung von Müll und Sondermüll insgesamt in Frage.«

»Ja und!« Albrecht sah Annegret jetzt belustigt an, als lebe sie auf dem Mond, fernab jeglicher Realität.

Sie spürte, dass Gonschorek sprungbereit war, und entspannte ihren Körper.

»Die Ausrangierung von Müllverbrennungsanlagen unterbindet die lukrative Entsorgung von Müll, sie macht Abfall wieder zu dem, was er ist, zu einem Stoff, den man möglichst vermeiden sollte«, sagte er und trat neben Annegret.

Albrecht ignorierte Gonschoreks Vorstoß und schwieg. Annegret tauschte mit ihm einen kurzen Blick, und Gonschorek verstand unmittelbar ihre stumme Aufforderung.

»Herr Albrecht. Ihr Name taucht im Zusammenhang mit Korruptionsvorwürfen auf. Im Zusammenhang mit der Vorteilsnahme durch amtliche Gewalt. Konkret gesagt, mit der Bereitstellung von kommunalen Abfallverwertungsanlagen und Deponien für die illegale Entsorgung von hochgiftigem Sondermüll.«

Harry Albrecht wollte sich entrüsten, aber Gonschorek stoppte ihn mit erhobener Hand.

»Lassen Sie mich bitte aussprechen, Herr Albrecht. Der Punkt ist nämlich der, dass wir uns fragen, ob Professor Erik van Dürrkamps ermordet wurde, weil er einer der wenigen Köpfe in Deutschland war, die das komplexe fachmännische Wissen mitbringen, eine Abfallverwertungsanlage zu bauen, die die gesamte Abfallwirtschaft über kurz oder lang revolutioniert hätte. Und«, Gonschorek hob wieder seine Schweigen gebietende Hand, »wir fragen uns darüber hinaus, ob Professor Dürrkamps ermordet wurde, weil die Anlage, die er bauen sollte, langfristig jegliche Korruption außer Kraft gesetzt hätte, da die Entsorgung von Sondermüll unter anderem durch effektive und billig arbeitende Mikroorganismen erledigt worden wäre.«

»Träumen Sie weiter.« Harry Albrecht stand auf und wandte sich Annegret zu.

»Ihr Job scheint Sie langsam paranoid werden zu lassen. Sehen Sie, ich sage es Ihnen ganz ausdrücklich, ich gehöre zu denen, die Ihren Dreck vor der Tür abfahren lassen. Was zum Teufel unterstellen Sie mir! Meine Behörde hält die Hamburger Abfallwirtschaft in Schwung, und Sie wollen mir, mit Verlaub, an den Karren pinkeln! Sie scheinen den Durchblick zu verlieren. Ich geb Ihnen einen wohlmeinenden Rat. Suchen Sie den Mörder von Professor Dürrkamps nicht unter redlichen Bediensteten der Hamburger Umweltbehörde. Sie werden ihn dort nicht finden. Oder sind Sie bereits so verstiegen, dass Sie mich persönlich verdächtigen?«

Harry Albrecht lachte laut und höhnisch auf. »Was für eine abstruse Phantasie. Sie hören von mir. Guten Abend!«

Annegret zuckte kurz zusammen, als der davonschnaufende Albrecht die Tür etwas zu heftig ins Schloss zog.

»Wenigstens weiß er jetzt, dass es Menschen gibt, die ihn für kriminell halten. Hat er dich beeindruckt?« Gonschorek setzte sich auf einen der Rattansessel, streifte mit dem Haarreif seine wild abstehenden Locken aus dem Gesicht und schaute zu ihr hoch.

Annegret ließ sich, leicht schwindelig von ihrer eigenen Courage, ihm gegenüber in einen Sessel fallen.

»Schon«, antwortete sie. »Pilgenröther wird mir die Hölle heißmachen.«

»Dein Kollege ist doch ganz süß!«

Eddy sah, während er ein Bierglas polierte, Gonschorek hinterher, wie er auf die Eingangstür zuging. Annegret blickte kurz über die Schulter und drehte sich wieder zu Eddy um. Der Vorschlag war ihr ganz spontan über die Lippen gegangen. Ihr Nervenkostüm hatte nach Beruhigung verlangt, nach Essen und Alkohol. Und Gonschorek hatte Ja gesagt, Ja zum Bier, Ja zu einer Pizza, Ja zur Wahl des Lokals.

Annegret nippte am letzten Schluck ihres dritten Weißweins. Manche Probleme lösen sich von selbst, dachte sie. Er war witzig, ihr Kollege, und intelligent. Ein kleiner Macho war er auch, aber es nervte sie nicht mehr.

Eddy schenkte ihr nach. »Geht aufs Haus!«

Annegret hob das Glas. »Das ist mein letztes.« Sie schluckte, ihre Zunge wurde schon schwer.

»Was macht die Liebe, Schätzchen?« Eddy zündete sich ein dünnes Zigarillo an und lehnte sich über den Tresen.

»Eddy«, maulte Annegret, »ich hab endlich mal nicht an Josef gedacht!«

»Ich hab ja auch nach der Liebe gefragt und nicht nach Josef«, konterte Eddy.

»Verdeckt und verschleiert durch Sorge, Angst und Eifersucht!«

Annegret pustete den Rauch zurück zu Eddy und griente ihn abwehrend an.

Eddy wollte etwas erwidern, aber die Tür wurde aufgestoßen, und fünf bodygebuildete Kerle in engen weißen T-Shirts und ebenso engen Jeans betraten das Lokal. Er vergaß, was er sagen wollte, drückte das Zigarillo aus und streckte seinen gesamten Körper wie ein Erdmännchen. Annegret wurde unvermittelt traurig. Eddy beobachtete mit heißhungrigem Blick, wo sich die gestriegelten Männlichkeiten niederließen und wann der richtige Zeitpunkt war, nach ihren Wünschen zu fragen. Er sollte nicht so schauen, dachte sie, mit diesem hechelnden Hundeblick. Jeder kann sehen, wonach er verlangt.

Sie seufzte laut. Eddy sah sie an, ließ seine Rückenwirbel wieder in eine entspannte Haltung zurücksinken und versenkte seinen Blick in ihren. Er blinzelte kein einziges Mal, während seine Pupillen immer größer wurden und er mit seinen Augen förmlich zu sprechen begann.

»Wo ist das Problem?«, hörte Annegret ihn sagen. »Ich weiß, dass keiner von ihnen mich glücklich machen wird, aber deswegen muss ich doch nicht aufhören zu spielen.«

Sie senkte verschämt ihren Kopf. Ich kann die Leute einfach nicht lassen, dachte sie, ich hab immer etwas zu nörgeln, als wenn ich's besser wüsste!

»In zehn Minuten ist Besprechung. Mit Pilgenröther!«

Annegret zog ihren Kopf ein, um den Schall von Münzes aufgeregt vorgebrachter Ankündigung abzudämpfen. Heute früh hatte der Nordwestwind schon unangenehm genug an ihren Ohren gezerrt, als sie die Simon-von-Utrecht-Straße hochmarschiert war, um ihr Auto zu holen. Ich hätte rechtzeitig nach Hause gehen sollen, dachte sie wehleidig, ich hätte mich nicht von Leo überreden lassen sollen, bis in den Morgen hineinzutanzen wie ein junges Ding. Sie schloss die Bürotür, zog den Regenmantel aus, hängte ihn an die Garderobe und ließ sich auf ihren Schreibtischstuhl plumpsen. Als sie den Kopf drehte, weil die Tür aufging, verzog sie vor Übelkeit das Gesicht.

»Ist bei dir wohl gestern später geworden?« Gonschorek grinste breit übers braun gebrannte Gesicht. »Netter Schuppen, dein Stammlokal!«

Münze sah verwundert von Annegret zu Gonschorek.

»Dann können wir ja bald deinen noch ausstehenden Einstand feiern«, meinte er, legte einen der Aktenordner »Sondermüll« beiseite und ging zur Kaffeemaschine. »Stark und schwarz?«, fragte er in Annegrets Richtung.

Annegret schüttelte den Kopf und hielt sich die Hand vor den Mund.

»Lieber Wasser. Ein Glas Wasser«, nuschelte sie zwischen den Fingern hindurch.

Die Tür wurde aufgerissen, und Annegrets empfindlicher Magen schwappte erschreckt einen Schwall Magensäure hoch. Sie schluckte heftig dagegen an, während Pilgenröther ins Büro rauschte und in seinem Windschatten Fechner mit hineinwehte.

»Meine Zeit ist begrenzt«, posaunte er in Richtung Tisch und Stühle und wartete mit ausgestrecktem Arm wie ein antiquierter Schulmeister, bis alle Kollegen sich dort versammelt hatten.

»Geht es Ihnen nicht gut, Frau Pries?«

Annegrets Gesicht leuchtete wie ein silbrig blasser Neumond über den Tisch. Sie hielt das Glas Wasser fest umklammert und murmelte: »Ist gestern spät geworden«, bevor sie schnell mit ihrem Blick an dem von Gonschorek vorbeihuschte und hoffte, sich in der nächsten Zeit nicht übergeben zu müssen.

»Mhm.« Pilgenröther sammelte sich einen kurzen Moment, bevor er mit einem Handschlag auf den Tisch die Besprechung eröffnete. »Ich will es direkt auf den Punkt bringen. Ich bin heute hier, um Sie alle an die Einhaltung des Dienstweges zu erinnern.« Er verstummte, als lausche er einem verhallenden Paukenschlag nach, und räusperte sich, bevor er seine Stimme wieder erhob. »Ich habe gestern Abend einen Anruf von Oberstaatsanwältin Weihmann erhalten …« Pilgenröther machte eine erneute Sprechpause und fuhr mit anklagendem Blick an den Gesichtern seiner Mitarbeiter vorbei. »Der Bürgermeister persönlich hat sich bei ihr gegen die Unterstellungen verwahrt, die Sie gegen Mitarbeiter der Umweltbehörde vorgebracht haben. Frau Pries, ich untersage Ihnen und Ihren Kollegen hiermit aufs Schärfste, weitere Befragungen von Mitarbeitern der Umweltbehörde durchzuführen, geschweige denn von Senatorin Warner oder Amtsleiter Albrecht. Wissen Sie eigentlich, was Sie anrichten, wenn Ihre Vermutungen an die Öffentlichkeit gelangen? Nicht auszudenken!«

Pilgenröther hatte den letzten Ausruf kopfschüttelnd in sich selbst hineingemurmelt, und seinem Gesichtsausdruck nach schien es, als würde er in ein Inferno unbeschreiblichen Ausmaßes blicken.

Annegret und ihre Kollegen schwiegen. Aber es war kein betretenes Schweigen, eher ein abwartendes, wie das eines wilden Tieres, das trotz seiner körperlichen Überlegenheit weiß, dass es seinen Gegner fürchten muss.

Gonschorek räusperte sich, sah Pilgenröther direkt ins Gesicht und sagte betont tonlos: »Dann schlage ich vor, dass wir zur nächsten Besprechung die Kollegen von der Wirtschaftskriminalität einladen, zusammen mit denen von der Kommission gegen Korruption.«

Pilgenröther blähte seine Nasenflügel, bevor er zu Annegret sah und sie mit strenger Miene aufforderte, ihre Mitarbeiter unter Kontrolle zu halten.

»Ich schlage vor«, sagte Annegret ohne irgendeine Geste der Beschwichtigung, »dass wir die Fahndung abwarten. Der Mörder von Erik van Dürrkamps wird zeigen, wohin die Ermittlungen führen. Aber im Vorfeld könnten wir uns mit den Kollegen abstimmen. Falls die Korruptionsvorwürfe sich erhärten und Frau van Dürrkamps sich als unschuldig erweist, haben wir keine Zeit verloren und können unsere Spur wieder aufnehmen.«

Annegret sah ihren Chef herausfordernd an. Ihre Wangen schimmerten wie Kirschblüten. Ihr Tiefpunkt war überwunden.

Pilgenröther sah stumm in die Runde.

»Sollten sich Korruptionsvorwürfe im eben genannten Umfeld erhärten und sollten, ich sage *sollten*, Mitarbeiter der Umweltbehörde beschuldigt werden, an der Ermordung Erik van Dürrkamps' beteiligt gewesen zu sein, was ich für absurd halte, bin ich der Erste, der es erfährt. Und bevor Sie irgendwie in diese Richtung tätig werden, besprechen wir uns neu. So lange gilt ein Tabu für die Umweltbehörde. Es ist mein Kopf, der rollt, nicht Ihrer!«

Pilgenröther saß kerzengerade da und nahm mit vorwurfsvollem Gesicht einen Schnellhefter aus seiner Aktentasche. Annegret zog ihre schön geschwungenen Augenbrauen hoch. Gerade verklang in ihren Ohren das Phantom einer oft gehörten Plattitüde ihrer Mutter. »*Ich* bekomme Ärger mit Papa, nicht du!«

»Wollten Sie etwas sagen, Frau Pries?« Pilgenröther blätterte im Aktenordner und sah Annegret nicht an, als er seine als Frage getarnte Drohung ausstieß. Sie schnalzte mit der Zunge, und Pilgenröther nahm die Haltung eines Richters ein, der sein Schlussurteil vorzutragen gedachte.

»Mir liegt ein richterlicher Haftbefehl gegen Frau van Dürrkamps vor, sie bleibt bis auf Weiteres in Haft. Die nachgewiesenen Schmauchspuren an ihrer rechten Hand und ihre Fingerabdrücke auf der Waffe geben uns Anlass genug, uns auf sie zu konzentrieren und Verdunkelungsgefahr anzunehmen. Morgen früh ist Pressekonferenz. Frau Pries, ich möchte, dass Sie dabei sind!«

So läuft es, dachte Annegret bitter. Lieber einen Sündenbock in die Wüste jagen, als der Realität ins Auge zu schauen.

»Frau Pries, ich frag mich wirklich, wieso Chefermittler immer den Hang zur Aufsässigkeit entwickeln!«

Pilgenröther nahm sie gleich nach der Pressekonferenz beiseite und machte seinem brodelnden Ärger Luft. Annegret antwortete nicht, da Oberstaatsanwältin Weihmann sich sichtlich erregt von einer Journalistengruppe trennte und auf sie zuschoss. Sie war bekannt für ihre mutwillige Art, mit der sie die Rede anderer durchkreuzte, und dafür, dass sie sich wortgewaltig und mit gespitzter Zunge Gehör zu verschaffen wusste.

Wozu sollte sie also Pilgenröther Paroli bieten, wenn ihre Worte sowieso bereits so gut wie in der Luft zerfetzt waren?

»Frau Pries, war das denn wirklich nötig? Mussten Sie unbedingt die Umweltbehörde erwähnen? Es wäre uns doch allen damit gedient gewesen, wenn wieder Ruhe in diesen Fall eingekehrt wäre, wenn wir der Öffentlichkeit einvernehmlich eine Tatverdächtige präsentiert hätten.«

Staatsanwältin Weihmann tastete mit einem schnell hin und her zuckenden blaugrauen Blick Annegrets Mimik ab. Ihre Halsschlagader pochte deutlich sichtbar gegen ihren außergewöhnlich langen Hals und pulsierte ein süßlich blumiges Parfüm in die unmittelbare Umgebung.

Annegrets Nase kribbelte, und sie versuchte das Niesen erst gar nicht zu unterdrücken. Pilgenröther und Oberstaatsanwältin Weihmann traten einen Schritt zurück. Annegret war erleichtert und fingerte ein Papiertaschentuch aus ihrer Hosentasche, bevor sie antwortete.

»Ich habe Frau van Dürrkamps mehrmals befragt, und ich glaube einfach nicht, dass sie der Typ Frau ist, der planvoll und kaltblütig ihren Mann beseitigt. Wir haben auch keine Anhaltspunkte dafür gefunden. Sie ist vermögend, hat keinen heimlichen Geliebten. Keine Auffälligkeit im Freizeitverhalten und in den Kontakten. Nichts!«

»Sie glauben!« Pilgenröther schnappte empört nach Luft.

Annegret schnäuzte ihre Nase und freute sich über die wenigen Sekunden Ruhe, die herrschten, bevor die Weihmann anhob, Pilgenröthers Aufgebrachtheit spitzzüngig zu untermalen.

»Also hören Sie, Frau Pries. Charlotte van Dürrkamps hatte Schmauchspuren an den Händen. Ihre Fingerabdrücke sind an der Waffe, und sie kann, laut Ihres Vernehmungsprotokolls, mit Waffen umgehen.«

Oberstaatsanwältin Weihmann verengte ihren Blick und schlenkerte mit ihrem Hals wie ein missgestimmter Drache, dem nur noch ein Funken fehlte, um Feuer zu speien.

Annegret blieb gelassen. Sie kannte diese Drohgebärde von sich selbst. Sie will mich einschüchtern, dachte sie, aber bei mir ist diese Art von Magie wirkungslos.

»Ich finde es unverantwortlich, eine unbescholtene Frau aufgrund von Ungereimtheiten zu einer potenziellen Doppelmörderin zu erklären. Deshalb habe ich meine Vorbehalte erklärt und unser Ermittlungsspektrum dargelegt«, sagte sie mit fester Stimme und sah übertrieben freundlich auf Staatsanwältin Weihmann hinab.

In Situationen wie diesen war sie froh, eine groß gewachsene Frau zu sein.

»Ungereimtheiten.« Die Weihmann stieß das Wort heraus, als riefe sie gleichzeitig: »Jetzt reicht es mir aber!«

»Ja«, bestätigte Annegret ihre Sichtweise und ignorierte die Empörung, die sie bei ihren Vorgesetzten auslöste. »Sörensens Aufnahmen entsprechen Frau van Dürrkamps' Darstellung des Tathergangs. Sie könnte aber auch alles inszeniert haben und uns täuschen, das räume ich ein. Aber, wie gesagt, sie ist in meinen Augen nicht der Typ Frau dafür. Das nenne ich Ungereimtheiten.«

Du musst mir schon ins Gesicht sagen, dass ich tun soll, was du für richtig hältst, dachte sie und sah Oberstaatsanwältin Weihmann herausfordernd an.

Zwischen ihnen baute sich für Sekunden eine gefährliche Spannung auf, die aber in sich zusammenfiel, als zwei noch verbliebene Journalisten in grölendes Gelächter ausbrachen. Staatsanwältin Weihmann drehte demonstrativ langsam ihren Kopf zu Pilgenröther und tauschte mit ihm einen Blick, der ihrer beider Einvernehmen darüber bezeugte, dass sie es hier mit einem schwer erziehbaren Fall zu tun hatten.

Als sie ihr Gesicht wieder zu Annegret wandte, wusste sie, bevor sich die grellrot geschminkten Lippen der Oberstaatsanwältin öffneten und bevor auch nur ein Ton hörbar war, was sie vorbringen würde.

»Wie dem auch sei. Ich billige jedenfalls nicht, dass Sie eigenmächtig Wirtschaftskriminalität als Hintergrund für die Ermordung von Professor Dürrkamps ins öffentliche Gespräch bringen, solange es dafür keinen begründeten Verdacht gibt. Zukünftig werden Sie, Frau Pries, sich aufs Peinlichste genau an die Linie von Kriminaloberrat Pilgenröther halten. Und wenn Sie sich nicht im Klaren sind, wie sie verläuft, informieren Sie sich. Sie sind eine Staatsdienerin, ich möchte Sie nicht noch einmal daran erinnern müssen!«

Annegret verzog keine Miene, sie sagte auch nichts mehr, aber eins war ihr klar geworden. Sie würde niemals eine werden, die sogenannte Staatsinteressen über ihr eigenes Gewissen stellte.

Wer ist denn der Staat, dachte sie grimmig, gerissene und skrupellose Beamte wie Albrecht und autoritätshörige wie die Weihmann! Sie schüttelte innerlich den Kopf.

Der Staat! Das war doch nur ein Wort, das seine Bedeutung schon längst verloren hatte.

Korrupt

Er hörte sie unten mit dem Friesengeschirr klappern. Das Haus war hellhörig geblieben, trotz der Vollholztüren, die sie hatten einbauen lassen, und der dicken Teppiche. Die Wände, dachte Petersen, es sind die dünnen Wände.

Eine Möwe segelte hoch über seinen Garten hinweg. Er verfolgte sie mit seinem kurzsichtigen Blick, bis sie sich vor dem grauweißen Himmel auflöste. Die Sonne hatte sich nicht durchgesetzt, wie im Wetterbericht angekündigt, und die Elbe, die kurz hinter seinem Garten Wedel passierte, wälzte sich graubraun dahin. Knut Heinrich Petersen schwamm mit seinen Gedanken ein Stückchen elbabwärts, fing sich dann aber und kehrte zu seinem Schlafzimmerfenster zurück.

Es klang gar nicht gut, was Harry da eben auf dem Sonntagvormittags-Spaziergang durch den Jenischpark erzählt hatte. Das Landeskriminalamt für Wirtschaftskriminalität habe ihn im Visier und auch die Kommission gegen Korruption ermittle. »Sie« würden versuchen, es in den Griff zu bekommen.

Petersen starrte auf seine braun gebrannten, langfingrigen Hände. Es war nicht, was Harry gesagt hatte, sondern seine Wortwahl gewesen, die ihn hatte aufhorchen lassen. Versuchen. Er konnte sich nicht erinnern, dass Harry das Wort jemals benutzt hatte. Es passte ganz und gar nicht zu seinem Umgangston. Harry versuchte nicht, er machte.

Und noch eine Sache lief schief. Der Mord an Erik van Dürrkamps war gefilmt worden. Die Kriminalpolizei fahndete nach einem Mann, der sich während der Tat im Haus aufgehalten hatte.

»Das wird erledigt«, hatte Albrecht gesagt. »Die ermittelnden Kriminalbeamten der Mordkommission haben wir über die Oberstaatsanwältin im Griff. In der Wirtschaftskriminalität haben wir natürlich auch einen Staatsanwalt sitzen. Trotzdem kann es Probleme geben, wenn sich die Beamten nicht an die Weisungen halten! So weit sind wir schon«, hatte sich Harry plötzlich ereifert, »eigentlich müssten solche Leute sofort vom Dienst suspendiert werden!«

Petersen hatte genickt. Er nickte immer sein Einverständnis ab, wenn Albrecht redete, er konnte gar nicht anders.

»Wir werden ein wenig Druck machen. Das hat bisher immer geholfen. Ich bin mir sicher, dass die bei der Kripo bloß ordentlich Lärm schlagen, wie bei einer Treibjagd. Und warum?« Albrecht hatte ihn angesehen und gleich, ohne eine Antwort abzuwarten, weitergesprochen. »Weil sie nichts in der Hand haben. Die wissen nichts und versuchen, uns aufzuscheuchen, damit Fehler gemacht werden. Vermutlich ist das alles. Vermutlich! Wir wissen es nicht, das Kriminalamt Wirtschaft hat unseren Mann aufgespürt, aber der hält dicht. Also ruhig Blut bewahren. Wenn irgendjemand unruhig wird, sagst du ihm das.«

Petersen hatte »Klar« gesagt und getan, als sei er die Ruhe selbst, aber er hatte ein schlechtes Gefühl gehabt. Ein ganz schlechtes. Und wenn ihn sein Instinkt nicht täuschte, ahnte auch Harry, dass sich etwas zusammenbraute. Etwas Hochexplosives!

Petersen trat von einem Bein aufs andere, und in seine Augen schossen Tränen, weil er die unerträgliche und doch mögliche Vorstellung erwog, seine unverstellte Aussicht über die Wedeler Steilküste auf die Elbe gegen einen vergitterten Ausblick auf einen Gefängnishof tauschen zu müssen. Er schniefte und wischte sich schnell die Augen trocken, als er Marianne die Treppe hochkommen hörte. Er brauchte sich nicht umzudrehen, um zu wissen, dass seine Frau höchstens den Kopf durch den Türspalt schob und von dort aus lamentierte.

»Tante Lieschen kommt gleich. Du bist ja immer noch nicht umgezogen! Knut, der Tee steht schon auf dem Stövchen, also wirklich.«

»Ich komme gleich«, sagte er und sah sich kurz um. Das musste er tun, damit sie sich zurückzog und die Tür schloss.

Auf dem Nachtschränkchen lag die Nagelschere, er hatte sie mit hochgenommen, obwohl Marianne es hasste, wenn er sich im Schlafzimmer die Fußnägel schnitt. Er setzte sich auf die Bettkante, betrachtete das kleine spitze Werkzeug und begann, ohne dass er sich dessen bewusst war, ein Zwiegespräch, das er schon seit seiner Knabenzeit führte.

»Was«, fragte Knut, »wenn ich mir damit die Augen aussteche?« Er fragte das Heinrich, aber Heinrich antwortete niemals, er saß hinter einer dicken Holzbohlenwand und war unanfechtbar. Ich könnte auch die Fenster einschlagen oder den Schrank zertrümmern.

»Mach doch«, flüsterte Heinrich und blieb still sitzen. Knut, das wusste er, war ein Maulheld, ein armer Irrer, der sowieso nicht den Mumm hatte, etwas in die Tat umzusetzen. Jedenfalls nicht, solange er, Heinrich, still hinter seiner Holzbohlenwand sitzen blieb. Und was, dachte Knut Heinrich Petersen plötzlich, wenn wir auffliegen, wenn sie Harry am Schlafittchen kriegen? Der reißt alle mit rein!

Ihn fröstelte, und er griff nach den Socken, die Marianne für ihn bereitgelegt hatte. Albrecht hatte oft damit gedroht. Er schüttelte den Kopf, das durfte einfach nicht passieren.

»Das geht nicht«, flüsterte er, »dann denken doch alle, ich bin wie er, wie Albrecht. Aber das bin ich nicht!«

Eigentlich, dachte Knut Heinrich Petersen, habe ich mit dem Ganzen doch gar nichts zu tun. Was mach ich schon groß! Er zog die Socken über die Füße, stand auf und schwamm wieder mit dem Elbstrom, der keine fünfhundert Meter hinter seinem Garten floss, Richtung Westen.

Er resümierte die Lage, aber weniger in klar nachvollziehbaren Gedanken, eher in losen Worterscheinungen, die sich wie Schaumkronen aufbauten und sofort wieder in sich zusammenfielen. Verschleierung. Umgehung von Grenzwerten. Fälschung von Dokumenten. Beihilfe zur Täuschung. Aber es war immer Albrecht, der Amtsleiter, der ihn dazu angehalten hatte! Ich leite die Abteilung Bodenschutz, Altlasten. Das ist meine Aufgabe, das ist, was ich tue. Und als Aufsichtsräte der Stadtreinigung, was macht ihr da?

Heinrich saß wieder hinter seiner Holzbohlenwand. Es war Knut, der jetzt den Staatsanwalt mimte und schadenfroh hinausposaunte, was er wusste. Falschdeklaration von Mülltransporten. Insidergeschäfte. Duldung der Vortäuschung von Recycling! Korruption. Mord! Petersen hielt sich die Ohren zu.

»Jetzt reicht es aber!« Marianne stieß die Schlafzimmertür auf und begnügte sich nun nicht mehr damit, durch den Türspalt zu sprechen. Sie betrat das Schlafzimmer und entrüstete sich lautstark. »Ich rufe dich, und du hältst dir die Ohren zu! Knut! Was soll das? Also, ich will jetzt genau wissen, wann du unten bist.«

»In fünf Minuten.«

»Gut! Ich stell jetzt den Butterkuchen auf den Tisch.«

Selbst das hört sich bei ihr wie eine Drohung an, dachte Petersen und wünschte, dass sie ging. Sie hat was von einer Gefängniswärterin, flüsterte Knut Heinrich zu. Aber Heinrich reagierte nicht. Er hörte sich immer nur an, was Knut so über Marianne von sich gab, aber auf ihn reagieren tat er nie. Niemals.

Petersen setzte sich wie getroffen aufs Bett.

»Ist dir nicht gut?« Mariannes misstrauische Mimik stellte die Fürsorge in ihrer Stimme in Frage. Sie zeigte deutlich, dass sie überlegte, ob er sie täuschen wollte.

»Nein. Ich komme gleich. In fünf Minuten.«

»Ich lass nicht locker. Du weißt, wie Tante Lieschen sich freut, wenn sie dich trifft. Wir sind ihre einzigen Verwandten, Knut, vergiss das nicht.«

Er machte mit der Hand eine Geste des Einverständnisses, und sie zog sich endlich zurück. Sobald sie die Treppe hinabstieg, musste Knut noch einen draufhauen.

»Sie hätte auch sagen können, wir sind ihre einzigen Erben, oder?«

»Schnauze!«

Heinrich war es plötzlich egal, ob Knut ihn hören konnte oder nicht. Er war zu getroffen von der Einsicht, dass Knut eben doch nicht nur ein Maulheld war. Oder wer musste jetzt befürchten, ins Gefängnis zu kommen? Doch nicht er, Heinrich. Wie hat er das nur fertiggebracht?, dachte Petersen aufrichtig entsetzt. Wie hatte er nur all die Dinge tun können? Und wenn es herauskommt, würden sie denken, dass ich es war, dass ich ein Krimineller bin.

Petersen sackte kraftlos zusammen.

»Keiner wird mir glauben, dass ich in Wahrheit nicht korrupt bin, keiner«, murmelte er und stand auf. Wie bin ich da nur hineingeraten?, fragte er sich und schaute in den blassen Himmel.

An der Haustür wurde geläutet. Tante Lieschen.

Petersen griff sich den dunkelgrauen Kaschmirpullover und schlüpfte in seine teuren ledernen Hausschuhe.

»Und was machen wir, wenn es zum Äußersten kommt?«, fragte er vor dem großen ovalen Spiegel, der den antiken Kleiderschrank funktional schmückte.

»Erschießen!« Knut lauerte auf eine Antwort oder zumindest auf eine Reaktion.

Heinrich sagte nichts, er blieb stumm, aber beide nahmen sehr deutlich wahr, dass sie in der Stille saßen und sich gegenseitig spürten.

Konspirativ

Frühmorgens hatte es zu regnen begonnen. Schwerfällige große Tropfen waren durch die beinahe windstille Luft aufs Dach der Datscha geklatscht und hatten als Vorhut den wenig später einsetzenden rauschenden Regen angekündigt. Kein Wind peitschte die Tropfenschnüre, und Annegret und Josef waren beinahe gleichzeitig wach geworden und hatten dem stetig gleichmäßigen Regen gelauscht.

»Das Sterben des Sommers«, hatte Josef geflüstert, und sie hatte stumm zugestimmt.

Ja, der Sommer war vorbei und auch die Beziehung zu Josef, wie sie einmal war. Annegret drehte sich zu ihm und streichelte zärtlich sein Gesicht. Er wird langsam ein echter Krieger, er geht für sich selbst, wie Wolnyczak, dachte sie und drehte sich wieder auf den Rücken. Wie oft war sie genervt gewesen, wenn Josef laut überlegt hatte, was Wolnyczak an seiner Stelle wohl tun würde, wie er dieses oder jenes Problem angehen würde. Glücklicherweise hatte sie sich mit abfälligen Kommentaren zurückgehalten.

Annegret atmete erleichtert aus, und Josef griff nach ihrer Hand. Sie erwiderte seinen Händedruck und überließ sich weiter ihren Gedanken. Josef war ein anderer geworden, er war nicht mehr zu manipulieren, auch nicht von ihr! Er zog seine Hand aus ihrer und drehte sich auf die Seite. Annegret kuschelte sich an seinen Rücken und fühlte sich unglaublich befreit. Er wird sich auch nicht von Freda um den Finger wickeln lassen, dachte sie beinahe euphorisch.

Josef hat keine Vater-Sohn-Geschichte im Kopf. »Ich will endlich mein eigenes Leben leben, ich brauche keinen Sohn als Stellvertreter für unerfüllte Träume! Er kann sein, wer er ist.« Ja, nickte sie in Erinnerung an die letzten drei Abende und die Gespräche, die sie geführt hatten. Sie waren sich wie zwei Fremde begegnet. Allerdings wie zwei Fremde, die sich sehr zueinander hingezogen fühlten.

So ist es gut, lächelte sie in sich hinein, so halte ich es mit ihm aus, mit ihm und seinem Sohn und … Annegret ließ ihren Namen fallen, bevor er in ihr Gefühle wachrief, und grinste. Wolnyczak. Sie sah ihn mit der Axt in der Tür stehen.

An dem Abend, als sie überfallen worden waren, hatte sie den Mann kennengelernt, der Josef durch die schwerste Prüfung seines Lebens begleitet hatte. Und, ohne es zu wissen, lange darüber hinaus, dachte sie. Gott sei Dank.

Der Regen rauschte, und sie schlief, geborgen wie ein Vogel im Nest, wieder ein.

Als der Wecker klingelte, saß Josef am Tisch und schrieb.

»Kaffee ist noch heiß«, sagte er, strich einen Satz durch und machte eine nachdenkliche Miene.

Annegret zog sich an und nahm ein kleines Frühstück ein, während Josef weiter an seinem Text feilte. Als er den Stift beiseitelegte, um sich einen Kaffee nachzuschenken, langte sie nach dem Block, aber sie las die Zeilen erst, als er mit einem deutlichen Wimpernschlag sein Einverständnis gab.

»Abschied. Ich gehe und du fragst, / werden wir uns je wiedersehen? /Wie sollte das möglich sein, / denke ich, / im wandelnden Strom des Lebens!«

Ja, dachte Annegret, wie sollte das möglich sein? Schon wenn man seine Aufmerksamkeit auf etwas anderes richtet, ist man verändert. Ein Blick auf Fredas Ohrringe, und aus einer liebenden Frau wird eine eifersüchtige Rachegöttin! Sie lachte in sich hinein. Man kann auch nicht zweimal unter demselben Duschstrahl stehen, und trotzdem duscht man beinahe jeden Tag. Und ich werde Josef, sooft ich kann, treffen, sie lachte ihn jetzt offen an, und das wird aufregend sein, denn jedes Mal wird ein anderer Josef vor mir stehen.

»Wenn man es so sieht, kann man mit ein und demselben Kerl alt werden, oder?« Annegret fühlte sich vergnügt wie schon lange nicht mehr.

»Und mit ein und demselben Weibsbild auch. Sehe ich dich heute noch?« Josef hob seinen Becher Kaffee, als wolle er auf etwas anstoßen.

»Wahrscheinlich!« Sie stand auf, um ihn zu küssen. »Ich hoffe, du erkennst mich wieder!«

Annegret erschrak, weil sie bereits auf der B 5 fuhr und nicht wusste, wie sie ihr Cabriolet hierher gesteuert hatte. Sie packte das Lenkrad fester, kühlte ihre glückselige Stimmung hinunter, räusperte sich und konzentrierte sich auf den Verkehr.

»Weiter, weiter, nicht abbiegen«, murmelte sie, als müsse sie das Auto beschwören, damit es nicht in den Modus »Autopilot« umschaltete.

Annegret wusste nicht warum, aber sie musste sich wirklich geistig sammeln, um die B 5 immer geradeaus Richtung Kiez zu fahren, in die Simon, in die Simon-von-Utrecht-Straße, zu Eddy, anstatt in die City Nord, auf die sie beinahe wie ferngesteuert zufuhr.

In Eddys Stübchen fand ihre gemeinsame Besprechung mit den Kollegen aus der Wirtschaft und der Kommission gegen Korruption statt. Gonschorek hatte es vorgeschlagen und organisiert.

»Die Kollegen aus der Wirtschaft meinen, es sei besser, sich an einem neutralen Ort zu treffen. Und ich denke es auch!«

Annegret fand die Vorsichtsmaßnahme übertrieben, aber sie nahm Gonschoreks Meinung inzwischen ernst und hatte zugestimmt, obwohl sie den Grund für dieses konspirative Treffen nicht genau verstand.

»Und was für einen neutralen Ort schlägst du vor?«

»Eddys Stübchen?«

Sie hatte geschluckt und für einen Moment Abwehr gespürt, aber dann hatte sie gedacht: Warum eigentlich nicht?, und Eddy angerufen.

»Ein inoffizielles Treffen! Wunderbar, wie aufregend!« Eddy hatte zugesagt und würde heute, am Montagmorgen, um zehn Uhr da sein.

Sie umkurvte die Simon eine geschlagene halbe Stunde, bis sie in der Paul-Roosen-Straße endlich einen Parkplatz fand. Wenigstens regnet es nicht mehr, dachte sie, als sie im Eiltempo die Distanz von ungefähr einem Kilometer von ihrem Parkplatz bis zu Eddys Stübchen zurücklegte.

Um Viertel nach zehn stieß sie mit erhitzten Wangen die Tür zu ihrem Stammlokal auf und sah sich von acht männlichen Augenpaaren beäugt. Eddy schenkte gerade Kaffee in die rosa-, hellblau- und grasgrünen Becher, die auf dem dunklen, von Nikotin gebeizten Tisch wie exotische Blumen leuchteten.

»Die Herren frühstücken Spiegeleier mit Speck und Bohnen, für dich auch, Annegret?«

Eddy liebte die Rolle des fürsorglichen Kellners mit mütterlichem Touch und hatte die Kollegen schon in der Tasche.

»Für mich bitte mit Ketchup, Eddy, statt Tomatensoße.« Annegret kannte den Kollegen, der seinen Extrawunsch äußerte, nicht, aber er sah sympathisch aus. Graues, dichtes, welliges Haar. Beinahe schulterlang. Sehr gepflegt. Braun gebranntes Gesicht. Kleine Narbe am Kinn, große Zähne und eine aufgeschlossene Gesichtsmimik.

Annegret hängte ihren Regenmantel an die Garderobe und trat an den Tisch. Er stand auf und reichte ihr die Hand. Jürgen Speidel, Wirtschaftskriminalität. Sein Kollege, ein jüngerer Jahrgang, stand ebenfalls auf. Sein Händedruck war angenehm, auch sein zurückhaltender Blick.

»Markus Becker, dito.«

Bestimmt ein Kampfsportler, dachte sie. Er war, wie auch der Kollege aus der Kommission Korruption, sehr schlank, und beide trugen sie eine Glatze.

»Florian Redlich. Sag mal, Eddy, kann ich auch statt der Bohnen Toastbrot bekommen? Mit Butter!«

»Meine Herren. Ich erfülle jeden Wunsch, sofern ich dazu in der Lage bin!«

Er kann nicht anders. Annegret machte sich innerlich klar, dass sie für Eddys Gebaren nicht verantwortlich war, zwinkerte ihm zu und bestellte sich einen Pfefferminztee.

»Ich hab schon mit Josef gefrühstückt!«

Eddy sah sie durchtrieben an, und Annegret erkannte zu spät, wohin ihre Offenbarung führte. Eddy wollte sein Publikum beglücken, sie hätte es wissen müssen!

»Na, dann bist du wohl restlos befriedigt!«

Eddy warf seinen mit Rastazöpfen gespickten Kopf in den Nacken, drehte sich um und stakelte mit übertriebenem Hüftschwung in die Küche. Annegret verzog das Gesicht und war froh, dass sich ihre Kollegen damit begnügten, verhalten zu schmunzeln.

Münze zog die Akten »Sondermüll« aus einer überdimensional

großen Plastiktasche, bedankte sich bei den Kollegen, dass sie ihnen Einsicht in ihre Ermittlungen gewährten, und brachte das Gespräch zu Annegrets Erleichterung ins berufliche Fahrwasser. Er fasste in angenehmer Kürze den Stand ihrer Ermittlungen zusammen und überließ seiner vorgesetzten Kollegin das Wort, als er zu Pilgenröthers verhängtem Ermittlungstabu für die Umweltbehörde kam.

»Ich halte es für durchaus sinnvoll, die Zielfahndung nach unserem Unbekannten abzuwarten. Wie Kollege Münze schon erwähnte, haben wir inzwischen einen Peter-Alexander Neumann im Visier. Er scheint untergetaucht zu sein. Kollegen aus dem LKA 2 observieren seine Wohnung in der Neustadt, aber noch ist er dort nicht gesichtet worden. In seiner Wohnung selbst haben wir keine Hinweise gefunden, die ihn irgendwie mit Frau van Dürrkamps oder Erik van Dürrkamps in Verbindung bringen. Die Nachbarn sagen, er arbeite im Hafen, aber niemand weiß etwas Konkretes.«

Annegret sah nach diesem verbalen Einsatz kurz auf ihre Hände. Sie hatte mit Josef am Sonntag im Klostergarten gekrautet. Ihre Fingernägel hatten eine Maniküre nötig. Dann erzählte sie von ihrer Begegnung mit Oberstaatsanwältin Weihmann.

»Sollten wir es tatsächlich mit einem Mord mit wirtschaftskriminellem Hintergrund zu tun haben, kommen wir, selbst wenn es das Tabu nicht gäbe, ohne eine Kooperation nicht weiter.«

Annegret blickte in die Runde und schwieg. Jürgen Speidel warf einen langen, fragenden Blick zu Gonschorek, und als der nach einigen Sekunden bejahend zu nicken begann, ergriff er das Wort.

»Staatsanwältin Weihmann ist dafür bekannt, dass sie Ermittlungen im Bereich der Umweltbehörde vereitelt. Sie behindert unsere Arbeit bereits jahrelang massiv und ist mit dafür verantwortlich, dass wir Harry Albrecht bis heute nichts nachweisen können. Sie befürchtet ein Ende ihrer Karriere, wenn sie die politischen Weisungen ihrer Vorgesetzten nicht durchsetzt. Man kann mit Fug und Recht sagen, dass Harry Albrecht unter dem Schutz der Justiz steht. Und das, obwohl er eine Schlüsselfigur ist und seine Festsetzung zur Folge hätte, dass kriminelle Strukturen, in denen Giftmüll als millionenschwere Ware gehandelt wird, auffliegen. Harry Albrecht ist unserem Kenntnisstand nach in ein Geflecht aus Beratungs- und Consulting-Agenturen involviert und Mittelsmann einer bundesweit organisierten und operierenden Müllmafia, für die er die kommunalen sowie behördlichen Strukturen in Hamburg nutzbar macht. Er ist kein ganz großer Fisch, aber er dirigiert viele kleine, und wenn wir ihn schnappen, hängen auch ein paar richtig große Haie mit im Netz.«

Jürgen Speidel nahm einen Schluck Kaffee und sah Annegret direkt ins Gesicht, als er weitersprach. »Ihr habt da in einem Gewässer mit vielen gefährlichen Untiefen gestöbert. Wir halten es für durchaus möglich, dass in der Branche auch Morde in Auftrag gegeben werden. Es gibt Recyclinghöfe, die führen gleichzeitig Beerdigungsinstitute. Das ist kein Witz!«

Annegret sah zu Münze und fragte stumm, welche Abgründe sich im Laufe des Vormittags wohl noch auftun würden.

»Kollege Gonschorek hat übrigens die Abteilung gewechselt, weil wir uns nicht sicher waren, ob er ein Maulwurf ist.«

Münze setzte seinen Kaffeebecher mit einem Ruck ab.

Annegret verschluckte sich an ihrem inzwischen lauwarmen Tee, und Gonschorek selbst ploppte mit der Zunge seine Oberlippe vor.

»Er hat es aus eigener Initiative getan, und wir wissen jetzt, wer unsere Arbeit untergräbt.« Kriminalhauptkommissar Speidel zog seine buschigen Augenbrauen hoch und grinste Gonschorek an. »Jürgen war und ist es zur großen allgemeinen Erleichterung jedenfalls nicht. Und den fraglichen Kollegenverräter haben wir inzwischen ausgeschaltet.«

Eddy stieß die Schwingtüren der Küche auf und trug zwei große Teller in den Händen und zwei auf den Unterarmen. Sein Gesicht war rötlich geschwollen, und sein Gang hatte etwas zwischen einem schwankenden Matrosen und einem Supermodel, was die Kollegen Speidel und Becker veranlasste, eilig ihre Stühle zu rücken, um Eddy, oder besser ihrem duftenden Frühstück, zu Hilfe zu eilen.

Der Schreck, den Jürgen Speidels Offenbarung über den wahren Grund von Gonschoreks Versetzung hervorgerufen hatte, verflüchtigte sich in der speicheltreibenden Vorfreude der Männer auf ihr English Breakfast. Eddy hatte die Spiegeleier appetitlich mit frischer Petersilie und Tomatenstückchen belegt, und der kross gebratene dänische Speck wand sich köstlich duftend um die dampfenden Bohnen.

»Anne-Greta Garbo, bist du so lieb und holst schnell das Besteck und den Toast aus der Küche, damit ich mich um den fünften Teller kümmern kann?«

Annegret lächelte geschmeichelt. Eddy nannte sie immer so, wenn er fand, dass sie gut ausschaute. Aber ihr Magen knurrte, und sie hatte, trotz seines Komplimentes, keine Lust, seiner Aufforderung nachzukommen.

»Eddy, hast du frische Croissants?«

»Natürlich!« Eddy wischte sich mit dem Handrücken einige Zöpfchen aus dem Gesicht und rief: »Aber jetzt hopp, hopp ab in die Küche.«

»Wo finde ich Besteck und Toast?« Gonschorek war aufgesprungen, zur Küche gespurtet und schon im Begriff, die Schwingtüren aufzustoßen.

Eddy legte die Fingerspitzen seiner rechten Hand kurz an die Schläfe, zeigte Annegret mit wackelndem Kopf sein Missempfinden und rief, ihm hinterhereilend: »Auf dem Teewagen!«

Gonschorek und Eddy wären beinahe aufeinandergeprallt, als Gonschorek aus und Eddy in die Küche preschen wollte. Eddy kreischte entsetzt auf, und an dieser Reaktion war abzulesen, dass seine Nerven unter einer reißenden Spannung standen. Er brauchte dringend eine Pause.

»Beim nächsten konspirativen Treffen bin ich nur dabei, wenn es am späten Nachmittag stattfindet«, hielt er den Kommissaren vor und nahm Gonschorek das Besteck unsanft aus den Händen, um es an die Männer weiterzureichen.

»Ausgezeichnet, Eddy.«

»Die besten Spiegeleier der Welt.«

»Köstlich!« Annegret lief das Wasser im Mund zusammen, und Eddy rückte sich erhitzt und glücklich einen Stuhl an den Tisch und schaute den hungrigen Kriminalkommissaren begeistert dabei zu, wie sie Eier, Bohnen und Speck in sich hineinschaufelten.

»Eddy! Milchkaffee und Croissant. Bitte, bitte. Willst du nicht auch frühstücken? Du musst doch ausgehungert sein!«

Annegret flehte mit ihren Augen und vergaß beinahe, während sie die kurz vorm Verhungern Stehende spielte, dass sie nicht allein mit Eddy war.

»So sind die Frauen«, rief Eddy. »Extrawünsche, immer haben sie Extrawünsche!« Er wedelte mit dem Geschirrtuch und ging, um Anne-Greta Garbos Wünsche zu erfüllen. Jürgen Speidel legte das Besteck aus den Händen und wischte sich den Mund mit einer Serviette.

»In unserer Beweiserhebung fehlen noch Puzzleteile, um Harry Albrecht zu beschuldigen. Wir wissen, mit wem er sich trifft, wir kennen auch die Firmen, die er begünstigt. Aber wir haben keinen Zeugen oder Dokumente, die den Staatsanwalt zwingen, richterliche Bescheide für Durchsuchungen zu erwirken. Ehrlich gesagt, hoffen wir, dass der Unbekannte im Mordfall Dürrkamps auch uns weiterhilft. Eine Vernehmung durch unsere Kollegen wäre sehr hilfreich.«

»Ja.« Florian Redlich stimmte seinem Kollegen mit vollem Mund zu. »Jürgen spricht in diesem Fall auch für die Kommission Korruption. Wir arbeiten eng verzahnt. Wir lancieren derzeit das Gerücht, dass wir kurz vor diversen Festnahmen sind, mit der Hoffnung, dass jemand mit schwachen Nerven aufgibt und uns Informationen zuspielt.«

Er wischte mit einem Stückchen Toastbrot Eigelb auf seinem Teller zusammen und steckte es sich in den Mund.

Annegret sah in ihren leeren Teebecher und unterdrückte ihren Heißhunger auf ein warmes Croissant mit Butter. Ihre Stimme klang rau, als sie sich zu Wort meldete.

»Ohne gerichtsfeste Beweise, die belegen, dass Harry Albrecht Mittelsmann einer organisiert operierenden kriminellen Vereinigung ist, werden wir niemals einen möglichen Zusammenhang zwischen der Ermordung Erik van Dürrkamps' und Harry Albrecht darstellen können. Und solange wir das nicht können, werden wir keinen Staatsanwalt der Welt dazu bewegen, uns die Befugnis zu erteilen, gegen Albrecht Beweise zu erheben, um ihn des Mordes anklagen zu können.«

Gonschorek hatte aufmerksam zugehört und machte eine Geste, die sein Bedauern darüber ausdrückte, dass Annegret das Kind beim Namen nannte. Eddy kam mit einem vollgestellten Tablett durch die Schwingtüren, und Annegret schluckte in Vorfreude auf ihren Milchkaffee, bevor sie ihre Gedanken zu Ende führte.

»Erst wenn ihr ihn wegen Korruption drankriegt, können wir darlegen, dass die geplante Abfallanlage mit der Technologie effektiver Mikroorganismen den Preis von Sondermüll perspektivisch in den Keller getrieben hätte. Können wir darlegen, dass dies das Mordmotiv war. Effektive Mikroorganismen, die kostengünstig Sondermüll entsorgen, verderben das Geschäft mit dem Müll. Wir haben also jedes Interesse, mit euch zu kooperieren.«

Geständnis

Ich muss zum Friseur. Heute noch. Annegret stand vor dem wandeinnehmenden Spiegel in Eddys wenig frequentierter Damentoilette und seufzte genervt auf. Ihr Haar war zu lang. Fiel es länger als bis zu den Schultern, wirkte sie älter, als sie war, fand sie und band sich ihre Locken zu einem kleinen Dutt zusammen. Sie schnippelte schon seit Tagen morgens an ihren Haarspitzen herum und fasste, bevor sie das Klo verließ, spontan den Entschluss, ihre Mittagspause für einen Friseurbesuch zu nutzen. Sie würde noch schnell nach Ottensen reinfahren und schauen, bei welchem Haarschneider sie unterkam.

Als sie durch den Lessingtunnel fuhr, murmelte sie: »Scheiß der Hund drauf«, und entschied sich, gleich in das Parkhaus des Mercado zu fahren, um ihre kostbare Zeit nicht mit der Parkplatzsuche zu vergeuden. Die zwei Euro hab ich auch noch über, dachte sie, als sie die Auffahrt zum ersten Stockwerk hochfuhr und überlegte, bei welchem Friseur sie ihr Glück versuchen würde.

Beim »Friseur ohne Namen« wusste man nie, ob der Friseur, der einen bediente, sein Handwerk auch verstand, und beim türkischen Konkurrenten verlor man schnell mal zu viel Haar. Ich werde den nehmen, bei dem ich nicht lange warten muss, entschied sie und schaute, während sie mit der Rolltreppe hinunter ins Erdgeschoss des Einkaufszentrums fuhr, auf das Menschengewimmel zwischen den Marktständen. Sie verkniff sich den Wunsch, sofort etwas für ihren verödeten Kühlschrank einkaufen zu gehen, da sie nicht abschätzen konnte, wie viel Zeit ihr spontaner Friseurbesuch beanspruchen würde, und wenn sie sich beim Einkaufen verbummelte …

Annegret stockte in ihrer Überlegung und starrte auf zwei männliche Gestalten, die im Begriff waren, die gegenüberliegende Rolltreppe aufwärts zu nehmen. Sie hielten ihre Köpfe gerade, und Annegret konnte genau in ihre Gesichter sehen. Die beiden würden gleich ihre Höhe erreichen und an ihr vorbeifahren. Genau wie in der Nacht des Überfalls trugen diese ausgemergelten Typen dunkle Kapuzenjacken und Jogginghosen.

Annegret verwarf jeglichen Zweifel und war überzeugt, als sie aneinander vorbeifuhren, dass es die Junkies waren, die sie mit Messern bedroht hatten und ausrauben wollten. Ihre Beine kribbelten, als sie sich umdrehte, und der eine schien mit seinem sechsten Sinn gespürt zu haben, dass er beobachtet wurde. Er schaute sich um, sah ihr direkt ins Gesicht, erkannte sie, erschrak, stieß seinen Kumpel mit dem Ellenbogen an und hechtete die Rolltreppe hoch. Annegret schrie auf, sprang von der Rolltreppe und stürzte den beiden Flüchtenden hinterher.

Im ersten Stock hastete sie instinktiv zur Rolltreppe, die in den zweiten Stock führte, und erhaschte gerade noch einen Blick auf die beiden, wie sie in den Fahrstuhl schlüpften. Abwärts, dachte sie. Sie können nur abwärtsfahren.

Annegret flog geradezu die Treppen hinunter, und es kümmerte sie nicht die Bohne, dass sie dabei diverse Einkaufende anrempelte, ihnen in die Hacken trat und ihre Handtasche in die Rippen drückte. Der Fahrstuhl hielt im ersten Stock.

Eine junge Frau mit Kinderwagen wollte hinzusteigen, aber die beiden drängelten sie mit unkontrolliertem Geschrei zurück. Passanten wurden aufmerksam. Die Fahrstuhltür schob sich zu, und Annegret wusste, dass sie fast genauso schnell im Erdgeschoss sein würde wie die beiden Flüchtigen. Verdammt. Damit hatte sie nicht gerechnet. Der Fahrstuhl hielt nicht, sondern fuhr in das Untergeschoss. Annegret flitzte zur Treppe und nahm zwei Stufen gleichzeitig beim Hinabspringen.

Sie registrierte, als sie die letzten zwei Stufen nahm, nur noch einen schwarzen Kapuzenzipfel, der zwischen den aufgestellten Kleiderständern von H&M verschwand. Annegret hastete los, schaffte es auch, ihre Geschwindigkeit beizubehalten, als sie die erste Kurve nach links in einen anderen Abschnitt der Ladenräume nehmen musste. Sie ahnte, dass die beiden die Rolltreppe wieder aufwärtsfahren würden, und raste in einen Kleiderständer voll behängt mit T-Shirts, Kleidern, Blusen und Röcken, den eine Verkäuferin hinter einem anderen Ständer mit einem lauten »Achtung« schwungvoll hervorschob.

Annegret hatte das Gefühl, als würde sie mit dem Kopf in überdimensionale Spinnweben fallen. Sie wandte und drehte sich beim Fallen, griff blind um sich und federte ihren Sturz ab, indem sie zwei Kleider und ein Bündel T-Shirts mit sich zu Boden riss. Sie fuchtelte sich die Oberbekleidung aus dem Gesicht, tastete nach ihrer Handtasche und schaute in das Gesicht einer ratlosen jungen Einzelhandelskauffrau. Annegret reichte ihr wortlos die Hand, und die kräftige junge Frau half ihr auf die Beine.

»Sie bluten.«

Annegret nickte und wischte sich mit dem Handrücken über die Wange. Sie hatte den Haken des Bügels sehr wohl im Gesicht gespürt.

»Ich muss den Geschäftsführer rufen!«, platzte die mollige Schönheit hervor und schaute Annegret aus runden unschuldigen Kulleraugen an. Annegret nickte, immer noch benommen vom Sturz, und fragte, ob es im Laden eine Kundentoilette gebe. Die junge Verkäuferin schüttelte den Kopf.

»Nur für die Angestellten. Ich weiß nicht, ob Sie die benutzen dürfen.«

Du bist nicht die Eifersucht, also bist du auch nicht die Wut, dachte sie, die Zähne zusammenbeißend, als sie das fast unwiderstehliche Verlangen spürte, in ein wildes Geschrei auszubrechen.

»Ich brauch ein Glas Wasser und einen Stuhl, sofort, sonst passiert ein Unglück«, presste sie durch die Lippen und folgte der bleich gewordenen Verkäuferin zum Büro des Filialleiters.

Ich hätte doch noch einkaufen gehen sollen, überlegte Annegret unzufrieden, als sie mit ihrem Cabriolet auf den Parkplatz des Landeskriminalamtes fuhr und die Zündung ausschaltete. Den Friseurbesuch hatte sie sich nach ihrer wilden Verfolgungsjagd sowieso geschenkt und stattdessen in der Eisdiele in der Ottensener Hauptstraße zur Nervenberuhigung einen Erdbeer-Milchshake getrunken. Ihre rechte Schulter schmerzte ein wenig, und ihr linkes Knöchelgelenk war sehr wahrscheinlich verstaucht, aber das berührte sie nicht sonderlich.

Sie fasste nach dem Rückspiegel, bog ihn so zurecht, dass sie die Schramme in ihrem Gesicht beäugen konnte, und überlegte, was sie ihren Kollegen erzählen wollte. Münze und Gonschorek lachen sich kaputt, wenn sie von meiner Verfolgungsjagd erfahren, dachte sie, strich vorsichtig mit dem Zeigefinger die dünne Heilkruste der Schramme auf ihrer Wange entlang und musste selber darüber grinsen, in welch absurde Situation sie sich gebracht hatte. Ausgeschaltet. Mein Hirn war komplett ausgeschaltet, dachte sie.

Annegret lehnte sich im Sitz zurück, ließ für einen Moment ihre Erinnerung fahren und genoss den Frieden, den sie in sich fühlte. Schade, dachte sie, dass ich ausgebremst wurde. Sie kicherte laut auf und sah den Filialleiter vor sich, wie er irritiert und absolut überfordert ihrem Vortrag gelauscht hatte. Erst als sie ihm ihren Dienstausweis unter die Nase gehalten und ihre Karte über den Tisch geschoben hatte, war er geneigt gewesen, ihrer Geschichte Glauben zu schenken. Mal schauen, ob da noch etwas nachkommt, wahrscheinlich nicht.

Die Verkäuferin mit dem Babygesicht hatte, während sie sich mit dem Filialleiter herumschlug, die Oberbekleidung begutachtet, die Annegret niedergerissen hatte, und keinen Schaden gefunden. Annegret drehte den Spiegel wieder in seine Ausgangsposition und schaute auf die Uhr. Charlotte van Dürrkamps würde in einer halben Stunde zur Vernehmung vorgeführt werden. Ihr blieb also noch Zeit für einen kurzen Abstecher ins Büro.

Münze war nicht an seinem Platz gewesen, und Annegret wusste nicht, ob sie darüber enttäuscht oder erleichtert sein sollte. Sie öffnete gedankenversunken die Tür zu dem Vernehmungsraum, in dem Frau van Dürrkamps bereits saß, und erschrak, als sie sie sah.

Die Frau wirkte blass, fast durchscheinend, und der schlichte schwarze Pulli unterstrich ihre elende Verfassung.

Jetzt ist sie auf Grundeis gegangen, dachte Annegret, als sie sich einen Augenblick in das ungeschminkte Gesicht dieser Frau versenkte. Aber vielleicht ist sie auch auf Entzug, überlegte sie eine Sekunde später und nahm sich vor, mit dem zuständigen Beamten des Untersuchungsgefängnisses zu sprechen. Annegret schüttelte ihre Besorgnis ab und versuchte sich, trotz diverser Prellungsschmerzen, auf die bevorstehende Befragung zu konzentrieren.

»Frau van Dürrkamps, kennen Sie einen Peter-Alexander Neumann?«

»Nein.« Die Stimme, die aus Frau van Dürrkamps' zusammengesunkenem Körper tönte, klang kraftlos und leise.

»Er könnte der maskierte Unbekannte sein, der Ihren Mann

erschossen hat!« Annegret belauerte Frau van Dürrkamps genau, aber sie bemerkte keine noch so feine verräterische Regung.

»Er war es nicht!« Frau van Dürrkamps richtete sich auf, aber ihre Stimme klang immer noch mehr gehaucht als gesprochen.

»Wie bitte?« Annegret sah, dass ihr Gegenüber innerlich Anlauf nahm, um genügend Schwung für ein paar zusammenhängende Sätze zu sammeln, und wartete ungeduldig, was jetzt kommen würde.

»Ich möchte ein Geständnis ablegen.« Frau van Dürrkamps hob den Kopf und sah Annegret entschlossen an. Annegret runzelte die Stirn und wand sich innerlich wie ein Aal in der Reuse, obwohl sie den Grund für ihr Unbehagen noch nicht kannte. »Ich habe meinen Mann erschossen. Ich habe ganz alleine abgedrückt, bevor der andere, der … der Mörder, meine Finger gedrückt hat. Das ist die Wahrheit. Ich habe meinen Mann erschossen.«

»Nein!« Annegret richtete sich plötzlich, wie unter Strom gesetzt, sehr gerade auf. »Nein. Sie haben, wenn überhaupt, auf den Leichnam Ihres Mannes geschossen. Außerdem waren Sie traumatisiert. Ihr Mann wurde vor Ihren Augen von einem Unbekannten erschossen, Sie hatten Diazepam im Blut. Frau van Dürrkamps, ich rate Ihnen dringend, sich durch einen sehr guten Anwalt vertreten zu lassen! Sehr dringend, hören Sie!«

Frau van Dürrkamps schüttelte den Kopf.

»Ich habe meinen Mann getötet«, wiederholte sie, »und ich bleibe dabei.«

»Warum um Himmels willen wollen Sie plötzlich die Mörderin Ihres Mannes sein?« Annegret ließ ihre erhobenen Arme sinken, blieb aber in der aufgebrachten Pose sitzen.

»Ich will es nicht, ich bin es!«

»Und was macht Sie da so sicher, Frau van Dürrkamps? Unsere Ermittlungsergebnisse widersprechen Ihrer Selbstbezichtigung.«

»Ich habe ihn getötet. Und ich will nicht darüber sprechen!«

Frau van Dürrkamps faltete ihre Hände im Schoß und senkte den Kopf, als würde sie beten.

Annegret sank kraftlos im Stuhl zurück und seufzte schwer. Frau van Dürrkamps' Tonfall hatte in ihr jegliche Überzeugung erstickt, sie von ihrer Selbstbeschuldigung abbringen zu können. Sie bietet sich Pilgenröther und Oberstaatsanwältin Weihmann förmlich zum Fraß an und weiß es nicht. Die ganze Geschichte stinkt zum Himmel, dachte Annegret wütend, diese Frau will leiden und weiß nicht, was sie damit anrichtet.

Sie gab dem Beamten ein Zeichen und stand auf. Wenn wir nicht bald etwas in die Hand bekommen, stellte sie erregt fest, werden wir ohnmächtig mit anschauen müssen, wie Frau van Dürrkamps als Opferlamm für Albrecht und seinesgleichen zum richterlichen Altar geführt wird.

Er arbeitete nicht mit Hightech, er gehörte nicht zu der bequemen Sorte, die nur aktiv wurde, wenn irgendwelche Signale blinkten. Er war ein alter Knochen und erledigte seine Aufträge auf die altmodische Art. Das hatte Vor- und Nachteile, gestand er sich ein und zog seine dunkelblaue Pudelmütze etwas tiefer ins Gesicht. Dimitrij hatte immer weniger Aufträge für ihn, aber noch kam er klar.

Sein Instinkt gebot ihm, stehen zu bleiben und sich umzudrehen. Die beiden gut gekleideten Männer in Anzügen waren weg. Vielleicht, weil sie gesehen haben, dass das Café Strandperle geschlossen war, vielleicht waren sie auch einfach zu dünn gekleidet, überlegte er und sah auf das unruhige Wasser der Elbe. Er hatte sich schon vor Jahren unter falschem Namen eine Garage in Altona-Nord gemietet, und seinen Abendspaziergang am Övelgönner Strand ließ er sich von nichts und niemandem nehmen. Peter-Alexander drehte sich wieder um. Ihn beschlich schon seit Tagen ein ungutes Gefühl, obwohl Dimitrij ihm versichert hatte, dass er sich keine Sorgen machen müsse.

»Bleib in deinem Versteck, Piotre. Wir müssen einfach abwarten, bis sie diese Frau vom Ingenieur verurteilt haben. Läuft doch alles genial!« Aber konnte er Dimitrij vertrauen, auch wenn er schon seit Jahren sein Agent war und die Aufträge für ihn entgegennahm? Selbst Jesus war am Ende verraten worden!

Peter-Alexander entschied sich, noch ein kleines Stückchen die Elbe hochzulaufen, auch wenn der Wind ihm direkt ins Gesicht blies und seine Augen zum Tränen brachte. Kurz hinter der Strandperle setzte er sich auf die Steine, die das Ufer befestigten, und schaute auf den Mann im Strom. Die Skulptur da draußen auf einem befestigten Ponton, mitten auf der Elbe, bereitete ihm jedes Mal eine Gänsehaut. Er wusste, warum, aber er ließ auch heute nicht zu, dass sein Wissen sich zu denkbaren Sätzen formte. Ohne hinzuschauen, klaubte er einen der dicken schwarzen Steine auf und warf ihn in den Fluss.

»Diese verdammte Kamera. Dieser verdammte Detektiv«, flüsterte er und fischte aus der Seitentasche seiner ausgebeulten dunkelblauen Matrosenjacke Zigarettenschachtel und Feuerzeug. Der Wind pustete die Flamme dreimal aus, bevor es ihm gelang, sich eine Zigarette anzuzünden.

Er hatte seinen Fehler zugegeben. Es war ihm auch nichts anderes übrig geblieben. Früher oder später hätten sie es ohnehin herausbekommen. Piotre, wie Dimitrij ihn nannte, stöhnte laut auf und starrte auf die überdimensionalen Kräne von Bloom und Voss auf der anderen Seite des Elbufers.

Es ist immer die Dummheit und die Gier, die einen am Ende ins Unglück reißt, dachte er bitter. Deshalb war er Einzelgänger, er hatte es zu oft erlebt, aber offensichtlich hatte es am Ende nichts genutzt. Dieser Idiot. Der Detektiv hatte doch tatsächlich geglaubt, er hätte mit der Frau des Ingenieurs gemeinsame Sache gemacht.

»Selten blöder Idiot«, schimpfte er, bohrte die Kippe in den Sand und warf noch einen Stein in die Elbe. Dieser hirnverbrannte Trottel war doch tatsächlich so dreist gewesen und wollte mit ihm gemeinsam die Frau des Ingenieurs erpressen. Das Gesicht von Peter-Alexander verfinsterte sich, als er die Szene vor seinem inneren Auge sah.

»Fünfzigtausend. Fünfzigtausend für jeden. Ich fädel den Deal ein. Ich sag ihr, dass ich alles weiß, dass ich weiß, dass sie ihren Mann hat umbringen lassen. Wir machen halbe-halbe. Wir haben sie doch in der Hand. Die muss zahlen!«

Dem Detektiv war Speichel aus dem Mundwinkel gelaufen, als er hinter seinem Schreibtisch verschanzt um sein Leben gewimmert hatte. Als ihm endgültig klar wurde, dass kein Polizist und auch kein Mittäter, sondern sein persönlicher Todesbote vor ihm stand. Peter-Alexander spuckte angewidert aus.

Klar, dieser Sörensen hatte gewusst, dass die Aufnahme seine Lebensversicherung war, und hatte sie nicht herausgerückt. Aber es hatte ihm nichts genutzt, denn er hatte ja die Waffe mit den Fingerabdrücken der Frau. In der Presse wurde von einem Eifersuchtsdrama geredet, und selbst der Detektiv hatte geglaubt, dass er, Peter-Alexander, für sie gearbeitet hatte. Er war Schachspieler. Er plante seine Züge durch, bevor er eine Figur setzte.

Nach seiner Berechnung des Spielverlaufs musste Sörensen geopfert werden, damit die Frau endgültig beschuldigt wurde und seine Klienten aus dem Schneider waren.

Peter-Alexander verfolgte mit zusammengekniffenen Augen das vorbeiziehende Containerschiff. Das Wasser lief mit dem Sog des Schiffes ab. Bald würde es mit doppelter Wucht zurückkommen und, wenn er sitzen blieb, nicht nur seine Füße umspülen.

Er hob seinen Blick. Möwen.

Sie hatten ihn auf ihrem Rückzug ins Inland erspäht und kreischten, weil sie daran gewöhnt waren, an warmen Tagen von Besuchern der Strandperle Brotbrocken zugeworfen zu bekommen. Sie standen direkt über seinem Kopf im Wind und schrien, bevor eine kräftige Bö sie davontrug. Er besah sich den Himmel.

Über der Elbe und jenseits davon war er noch hell, aber aus Nordwest zog beinahe schwarzes Gewölk auf. Sie hatten es in den Nachrichten angekündigt. Nachts Sturmböen mit Windstärken von acht bis neun. Peter-Alexander stand auf und klopfte sich den Sand von der Hose.

Es war Zeit zurückzukehren, zurück in seine von einem Gasradiator warm gehaltene Garage. Es machte ihm nichts aus, dass er nicht in seine Wohnung konnte. In der Garage hatte er alles, was er brauchte. Seine Jerry-Cotton-Romane, einen Kocher, Wasserkanister und Schüssel, Feldbett und Steppdecke. Außerdem liebte er es, seine Waffen zu pflegen und dabei leise Radio zu hören. In der Garage war alles beisammen, was er zum Leben brauchte. Und wenn es eng werden sollte, würde er seine Polizeiuniform überziehen, die ihm schon so manches Mal Zutritt zu Räumen verschafft hatte, und sich einen anderen Unterschlupf suchen.

Der Schuss traf ihn in den Rücken, und als er in ihn einschlug, war ihm plötzlich bewusst, dass er ihn erwartet hatte. Auf der Uferpromenade, dachte er, bevor er hinfiel, sie sitzen hinter einem Gebüsch auf der Uferpromenade.

Seine Knie knickten ein, und er kippte mit dem Gesicht vornüber in den Sand. Er wunderte sich, denn ihm war, als könne er jedes Sandkorn einzeln auf der Haut fühlen.

Peter-Alexanders Mund schmeckte Blut, und sein sterbender Körper spürte, wie schwere Wassertropfen erst vereinzelt und dann tausendfach auf ihn niederprasselten. Er hörte eine Symphonie des Regens, ein berauschendes Konzert und löste sich in den Klängen auf.

Showdown

Der Wind kam aus allen Richtungen und trieb den feinen Nieselregen mal stromabwärts, dann wieder stromaufwärts oder wirbelte ihn kreisförmig herum. Nur hartgesottene Spaziergänger in nahtloser Regenbekleidung und Hundehalter spazierten an solchen Tagen den Övelgönner Sandstrand entlang.

Die Frau zitterte vor Nässe und Kälte am ganzen Körper, aber der vor Feuchtigkeit glänzende schwarze Labrador, den sie an der Leine hielt, beschnüffelte neugierig jeden hinzukommenden Polizisten. Annegret streichelte dem Labrador über den Kopf und überlegte kurz, ob Hunde wohl von urzeitlichen Seehunden abstammten, die in grauer Vorzeit das Meer verlassen und das Land erobert hatten.

Sie haben die gleichen schönen Augen, sinnierte sie und nickte bejahend, als die junge Frau fragte, ob sie endlich gehen dürfe.

»Peter-Alexander. Jede Wette«, knurrte Münze mit einem grimmigen Blick auf Fechner, der immer noch tropfnass am Strand bei der Leiche kniete. Er wischte sich mit klammer Hand über das nasse, müde Gesicht und schaute Annegret an. Sie erwiderte den resignierten Blick ihres Kollegen mit einem Gesichtsausdruck, der seine Befürchtung bestätigte.

»Besprechung in zwei Stunden im Büro. Wir sollten uns jetzt alle etwas Trockenes anziehen.«

Annegret seufzte laut auf und dachte an Frau van Dürrkamps und dass Pilgenröther nun endgültig Oberwasser gewinnen würde. Aber trotzdem musste er, um den Fall sauber abschließen zu können, beantworten, wer ein Interesse daran haben konnte, Peter-Alexander hinterrücks zu erschießen. Und das der van Dürrkamps unterzuschieben, knurrte sie nach innen, wird selbst Pilgenröther nicht so leicht gelingen.

Der Regen hatte ihr Haar weichgespült, und Annegrets letzter Blick in den Spiegel war erfreut ausgefallen. Heute, fand sie, sah man ihren Locken nicht an, dass sie einen Schnitt vertragen konnten. Ihre Armbanduhr zeigte drei Minuten nach elf Uhr, als sie vor ihrem Büro stand und die Tür mit derselben Energie und Spannkraft öffnete, die auch ihren Haaren einen guten Sitz verliehen.

Pilgenröther saß bereits mit Gonschorek und Münze am Besprechungstisch. Die Klimaanlage vermischte fleißig den Duft von frisch aufgebrühtem Kaffee, süßem Fettgebäck und Deodorant, und Annegret bedauerte wohl zum tausendsten Mal, dass die Fenster in ihrem Büro nur zum Hinausschauen und Putzen taugten.

Im selben Moment, in dem sie nach Fechner fragen wollte, öffnete sich die Tür. Ihr Kollege blieb im Rahmen stehen, verzog das Gesicht, nieste kräftig, schnäuzte sich die Nase und betrat den Raum.

»Ein Wetter zum Mäusemelken.«

Fechner rieb sich die Hände und griff heißhungrig nach einem warmen Berliner. Annegret winkte sowohl bei Kaffee als auch bei Kuchen ab. Die bevorstehende Auseinandersetzung mit Pilgenröther verdarb ihr den Appetit. Sie lehnte sich im Stuhl zurück, und ihr Vorgesetzter ergriff, wie gewohnt, ohne lange Vorrede das Wort.

»Frau Pries, ich habe Ihr Vernehmungsprotokoll mit großem Interesse gelesen. Und ich muss schon sagen, Ihre Ignoranz ist bemerkenswert.«

Pilgenröther hielt im Sprechen inne, als hätte ein unsichtbarer Wettkampfrichter »Touché« gerufen. Sein unverhohlen triumphierender Blick verriet, dass er sich einbildete, mit der Eröffnung seines Wortgefechts gleich einen Treffer gelandet zu haben.

Aber Annegret war vorbereitet. Sie hatte lange mit Josef telefoniert und sich mit ihm gründlich ausgetauscht. Soll er sich doch wie ein Affe gegen die Brust schlagen, dachte sie und griff betont gleichmütig nach einem Teelöffel, um damit herumzuspielen.

Pilgenröther hob übertrieben demonstrativ seine Augenbrauen, drohte mit seiner Mimik – »Sie haben es so gewollt« – und ließ seine Klinge blitzen. »Frau van Dürrkamps ist geständig, und Sie haben nichts Eiligeres zu tun, als ihr Geständnis anzuzweifeln. Wie kommen Sie dazu!«

Annegret beobachtete, wie ihr Vorgesetzter mit selbstgerechter Miene in einen Berliner biss, die Marmeladenfüllung herausquoll und an seinen Mundwinkeln herabtropfte, und erinnerte sich unterdessen, was Josef ihr gesagt hatte. »Eine von Pilgenröthers Spezialitäten ist, durch verkappte Fragen zu beleidigen. Du kannst ihn am besten austricksen, indem du sie als ehrlich gemeinte Aufforderung verstehst, seine Informationslücken zu füllen.«

Na gut, dann wollen wir mal, feuerte sie sich selber an und beugte sich vor.

»Ich kläre Sie gern auf, Herr Oberkriminalrat«, bot Annegret übertrieben diensteifrig an und wartete nicht ab, bis Pilgenröther den verschluckten Bissen Berliner wieder hochgewürgt hatte. Sie begann unbeirrt, die widersprüchlichen Ergebnisse ihrer Ermittlungen zusammenzufassen.

»Es gibt einfach zu viele Ungereimtheiten«, beendetet sie ihre Rede und forderte Pilgenröther auf, für den Fall, dass der Leichnam von heute Morgen ihr gesuchter Mann sei, zu erklären, welche Rolle er in einem angenommenen Eifersuchtsdrama gespielt hatte.

Pilgenröther, der seinen Berliner mit wenigen Happen verschlungen hatte und mit gefalteten Händen und umeinanderkreisenden Daumen wie die personifizierte Ungeduld dasaß, hielt in der Bewegung abrupt inne und forderte Fechner mit einem knappen »Bitte« auf, die kriminaltechnischen Daten darzulegen.

»In der Gesäßtasche des Leichnams befand sich eine Geldbörse mit einhundertfünfzig Euro und einem Personalausweis. Laut des Dokuments ist der Tote Peter-Alexander Neumann. Wir haben in der Hosentasche –«

Pilgenröther machte eine Gebärde, die Fechners gequält vorgebrachte Rede stoppte.

»Später«, sagte er und wandte sich Annegret zu. »Und nun zu Ihrer Frage, Frau Pries. Frau van Dürrkamps ermordete gemeinschaftlich mit Peter-Alexander Neumann ihren Ehegatten. Ihr Motiv: Eifersucht und grenzenloser Hass. Sein Motiv: Geldgier. Sörensen hat die Tat gefilmt, ist also Zeuge eines Mordes geworden und wurde von dem Täterpärchen beseitigt. So weit können Sie mir folgen, ja!«

Pilgenröther schaute in die Runde, schaute in ausdruckslose Gesichter, tat, als würde er auf Einwände warten, und konnte den gehässigen Tonfall in seiner Stimme kaum beherrschen, als er fortfuhr, sein Szenario zu beschreiben.

»Frau van Dürrkamps weiß, dass die Ermordung ihres Mannes gefilmt wurde und wir nach ihrem Komplizen fahnden. Sie kommt auf die geniale Idee, ein rührseliges Geständnis abzugeben. Und Sie, Frau Pries, fallen darauf herein. Frau van Dürrkamps arbeitet auf Schuldunfähigkeit hin, und Sie geben ihr noch gute Tipps!«

Annegret lehnte sich in ihrem Stuhl zurück. Pilgenröther war mit seiner Story noch nicht zu Ende, sie war gespannt, wie sein Showdown aussah.

»Nehmen wir an, Frau van Dürrkamps hat Peter-Alexander Neumann nur benutzt. Was sehr wahrscheinlich ist, da er ganz offensichtlich nicht in ihre gesellschaftlichen Kreise passte. Nehmen wir weiterhin an, Neumann ist seinerseits ebenfalls nicht an Frau van Dürrkamps interessiert, sondern nur an ihrem Geld, und hat es von Anfang an auf eine Erpressung angelegt. Er kann sie aber schlecht selber durchführen, denn schließlich ist er mit auf dem Film. Er beauftragt einen Kumpel. Der wittert seine Chance, das Lösegeld allein einzustreichen, kennt Peter-Alexanders Gewohnheiten – und bum.«

Pilgenröther zielte mit Daumen und Zeigefinger auf die Kaffeekanne und schürzte selbstgefällig seine Lippen.

Gonschorek lehnte sich vor und räusperte sich. »Der Kumpel von Neumann hat ein Gewehr und kann auf eine Distanz von zweihundert Metern zielgenau schießen, wie ein Profi!«

Pilgenröthers selbstgerechter Augenaufschlag verriet, dass er auch für diesen Tatbestand eine Antwort bereithielt.

»Frau van Dürrkamps ist Sportschützin. Ich denke, das legt nahe, dass wir in sämtlichen Schützenvereinen Hamburgs ermitteln sollten.«

Pilgenröther grinste, seiner Meinung nach hatte er den Ball, der übers Netz geflogen kam, mit aller Kraft zurückgeschlagen.

Aber Gonschorek gab sich noch nicht zufrieden. »Frau van Dürrkamps sitzt in Untersuchungshaft. Wie sollte sie da jemand erpressen?«

»Wenn Frau Pries ihr weiter unter die Arme greift, ist sie bald frei.«

Pilgenröther machte eine kleine Sprechpause und wartete frech grinsend die Reaktion auf seinen Seitenhieb ab. Da es keine gab, kaute er einige Male auf seiner Zunge herum und bemerkte lapidar, dass die Erpressung schon längst vor der Inhaftnahme gelaufen sein könne. Er holte ein Schriftstück aus seinen Unterlagen und schob es Annegret zu.

»Hier ist das richterliche Urteil, das uns erlaubt, Frau van Dürrkamps' Kontobewegungen nachzuvollziehen.« Pilgenröther machte ein angestrengtes Hausfrauengesicht und stöhnte.

Seine demonstrative »Wenn ich mich nicht um alles kümmern würde«-Haltung löste bei Annegret Kotzgefühle aus, und als sie sich verstohlen umschaute, sah sie, dass es ihren Kollegen ebenso erging. Aber Pilgenröther war immun, was gegen ihn gerichtete feindselige Stimmungen betraf. Im Gegenteil, Annegret hatte schon öfter beobachtet, dass ihm das richtig einzuheizen schien und ihn in Fahrt brachte.

Pilgenröther hob an, weiter zu dozieren, und sie warf sich unruhig im Stuhl zurück.

»Soweit wir wissen, war Neumann ein bedeutungsloser kleiner Hafenarbeiter. Wir sollten uns darauf konzentrieren herauszufinden, wie und wo die Dürrkamps ihn kennengelernt hat. Sie ist der intelligente Kopf, sie hat die Tat geplant. Ich bin gespannt, was sie sich ausdenkt, wenn sie von der Ermordung ihres Komplizen erfährt. Des Weiteren sollten wir in Neumanns Freundeskreis ermitteln. Wir suchen einen Sportschützen, jemanden, der Schulden hat, Geldprobleme oder aus sonstigen Gründen dringend Geld braucht.«

Pilgenröther griff nach seinem Schnellhefter, steckte ihn in seine Aktentasche und stand auf. Er hatte bezüglich seiner Fallanalyse das Schlusswort gesprochen und demonstrierte mit seinem Gehabe, dass er sich als unangefochtener Sieger verstand, dessen Autorität unbedingte Anerkennung verlangte.

»Wie Sie sehen, Frau Pries, meine Herren, der Fall liegt klar auf der Hand und damit auch die Zielrichtung unserer ermittlerischen Tätigkeit. Oberstaatsanwältin Weihmann erwartet eine lückenlose Kommunikation und ein ehrgeiziges Engagement bei der Beschaffung von zuverlässigen Beweismitteln zur Anklageerhebung.«

Annegret konnte Pilgenröther in den Mund schauen, als er Speichelfäden ziehend jedes Wort seines letzten Satzes betonte. Sie empfand Abscheu und war erleichtert, als er sich endlich zur Tür wandte. Sie merkte Fechner, Münze und Gonschorek an, dass sie ähnlich empfanden, und als Pilgenröther sich, bevor er die Tür öffnete, noch einmal umdrehte, sahen ihm vier mordlustige Kriminalisten entgegen, die nur noch mit großer Mühe ihre Gefühle verbargen.

»Ich sage es in aller Deutlichkeit zu jedem hier im Raum. Eine Überschreitung Ihrer Befugnisse wird nicht geduldet. Sie zieht disziplinarische Konsequenzen nach sich! Guten Tag.«

Verfolgt

»Ich verstehe jetzt, warum Josef den Dienst quittiert hat.«

Annegret atmete tief durch und starrte auf die Tür, die Pilgenröther vor wenigen Sekunden hinter sich geschlossen hatte. Sie war, wie ihre Kollegen, sprachlos angesichts des gewissenlosen und idiotenhaften Verhaltens ihres Chefs.

»Wir haben in der Hosentasche von diesem Peter-Alexander einen Schlüssel gefunden. Einen Sicherheitsschlüssel. Allerdings ohne Nummer. Bestimmt ein Fabrikat Marke Eigenbau. Er könnte uns weiterhelfen, wenn wir herausfinden, was er aufschließt und wo.« Fechner riss die Augen weit auf, zog die Schultern hoch und ließ sie sofort wieder fallen.

»Wir werden seine Wohnung noch einmal auf den Kopf stellen, vielleicht haben wir etwas übersehen.« Er bemühte sich, seiner Stimme einen optimistischen Klang zu verleihen, aber niemand stieg auf seinen Versuch ein, die Stimmung zu heben.

Kollege Fechner war berüchtigt für seine peinlich genaue Arbeit, niemand glaubte wirklich daran, dass er etwas übersehen haben könnte.

Die berühmte Nadel im Heuhaufen, dachte Annegret und lehnte sich resigniert in ihrem Stuhl zurück. Sie verstand plötzlich, was die jungen Menschen in Hamwarde dazu bewogen hatte, die Schweine zu befreien. Solange selbst die Justiz zwischen legalen und illegalen kriminellen Machenschaften unterschied und die einen deckte und die anderen verfolgte, war wohl kaum zu erwarten, dass Politiker und Beamte je ernsthafte Einsicht in ihr korruptes Verhalten zeigten. Wieso also seine Energie durch sinnlose Diskussionen vergeuden!

»Demokratie ist, wenn man sagen darf, was man denkt, sich aber kein Schwein drum kümmert«, stieß sie plötzlich aus und ging zu ihrem Schreibtisch.

»Die Staatsanwaltschaft ist verpflichtet, mit Hilfe ihrer Ermittler nicht nur nach Beweisen zur Belastung, sondern auch zur Entlastung von Beschuldigten zu suchen. Jedenfalls habe ich Pilgenröthers Aufforderung, Peter-Alexanders Leben zu durchleuchten, so verstanden.« Gonschorek streckte seine Beine und erhob sich. »Noch ist nicht aller Tage Abend. Ich geh jetzt und sprech mit den Kollegen aus dem LKA 2 und danach mit Seidel.«

»Ja«, Münze wirkte steif und müde, als er aufstand und die Kaffeetassen zusammensammelte, »so muss man das wohl sehen.«

Annegret hatte ihren PC hochgefahren. Sie hob ihren rechten Arm zu einer Geste des Abschieds.

»Hab noch einen Haufen Schreibkram zu erledigen«, brummte sie und verschanzte sich hinter ihrem Monitor. So verdirbt man motivierten Leuten den Spaß an der Arbeit, dachte sie und wischte sich verstohlen eine kleine Träne aus dem Augenwinkel.

Es hatte endlich aufgehört zu regnen, und jetzt am Abend blinzelte sogar die Sonne noch hinter dicken Wolkentürmen hervor. Alles ist möglich, dachte Annegret, verwundert über die unvorhergesehene Sonnenbestrahlung, und hoffte, dass der Herbst dieses Jahr seinen Auftakt mit einem milden, sonnigen Altweibersommer gab.

Sie hörte das Klopfen, als sie gerade mit ihrem Oberkörper unter ihren Schreibtisch abtauchte, um das Laufwerk auszuschalten. Es war Gonschorek, der seinen Kopf durch die Tür streckte und anfragte, ob sie Lust hätte, mit ihm bei Eddy ein Bierchen zu trinken.

Die Anfrage erreichte Annegret derart unerwartet, dass sie erschrocken mit dem Hinterkopf gegen die Unterseite ihres Schreibtisches schlug. Aufstöhnend fuhr sie mit gebeugter Haltung umständlich den Stuhl zurück und richtete sich mit aufgeplusterten Haaren und hochrotem Kopf auf.

»Zu Eddy!«, wiederholte sie und rieb ihren Hinterkopf.

Sie hatte noch nicht mit Josef gesprochen, er war bestimmt gespannt, wie das Gespräch mit Pilgenröther gelaufen war. Sechs Uhr. Es war noch früh. Annegret starrte einen kurzen Moment unentschlossen auf ihre Armbanduhr und nahm die Einladung ihres Kollegen an.

Sie hatten einen Parkplatz in der Gerritstraße gefunden, und Annegret führte Gonschorek durch die Paul-Roosen-Straße, die irgendwann zur Hein-Hoyer-Straße wurde, und blieb, als sie an ihrem Lieblingsdönerladen vorbeigingen, stehen.

»Immer schön alles sauber halten. Müslüm«, rezitierte sie das Schild, das der Besitzer über seiner Theke angebracht hatte, aber Gonschorek stand der Sinn mehr nach einem kühlen Bier als nach Anekdoten, also lotste sie ihn weiter bis zur Talstraße und bog dort ab.

Sie schloss ihre Führung durch die Seitenstraßen des Kiezes gerade mit den Worten, dass sie nun nur noch die Simon zu überqueren bräuchten und dann vor Eddys Laden stünden, als Gonschorek mit gequältem Gesichtsausdruck »Ich weiß nicht …« hervorstieß und plötzlich wie angewurzelt stehen blieb.

Er drehte sich um, und Annegret beschlich ein unbestimmtes, merkwürdiges Gefühl.

»Ich dachte …« Gonschorek beendete auch diesen Satz nicht, sondern ergriff Annegrets Hand und zog sie in einen Hauseingang. »Vielleicht bin ich paranoid«, flüsterte er, »aber ich habe schon die ganze Zeit den Eindruck, dass wir verfolgt werden.«

Annegret zuckte entnervt mit den Schultern. Sie war mit ihrer Rolle als Wegweiserin beschäftigt gewesen und hatte nicht darauf geachtet, was sich hinter ihrem Rücken abspielte.

Dieser verdammte Fall macht uns noch verrückt, dachte sie gereizt. Als aber tatsächlich zwei junge Männer mit kurzen Lederjacken und grauen Jogginghosen die Talstraße hinunterhasteten und ihren Lauf sofort bremsten, als sie an ihnen vorbei waren, fühlte sie sich in ihren Grundfesten erschüttert.

»Und du meinst wirklich, die verfolgen uns?« Annegret widerstrebte es, Gonschoreks Verfolgungsängsten Glauben zu schenken.

»Vielleicht, vielleicht auch nicht«, sagte er und trat aus dem Hauseingang auf den Gehweg.

Nicht auch noch das, bettelte sie innerlich und fühlte sich unvermittelt sehr einsam und verletzlich, als ihr klar wurde, dass Pilgenröther sich über sie und Gonschorek lustig machen würde, selbst wenn sich dieser Verdacht als wahr herausstellen sollte. Sie trat einige Schritte vor und schaute die Talstraße entlang. Von den beiden jungen Männern war nichts mehr zu sehen.

»Solche Typen treiben sich hier haufenweise herum.« Annegret atmete heftig aus und schritt, entschlossen, jegliche Beunruhigung zu missachten, auf die Simon zu.

»Wann öffnet Eddy eigentlich seine Küche?«

Gonschorek hielt den Türgriff zum Stübchen in der Hand und wollte ihn gerade herunterdrücken, als zwei männliche Schatten hinter ihnen auftauchten und Gonschorek und Annegret an ihren Jacken packten und auf den Bürgersteig zerrten.

»Wir haben eine Nachricht für euch«, zischte der eine Gonschorek ins Ohr, während der andere sie in den Polizeigriff nahm.

Das glaub ich nicht! Annegret weigerte sich, das, was ihr widerfuhr, als Realität anzuerkennen. Sie sah zu ihrem Kollegen, wurde aber abgelenkt, weil die Tür zu Eddys Stübchen von innen aufgerissen wurde und Manuel ungläubig staunend im Eingang stand.

»Annegret. Leos Annegret?«

Annegret nickte mit verzerrtem Gesicht und sah, dass sich Manuels Körper wie eine Sprungfeder zusammenzog. Er schoss im selben Moment, als die Tür hinter ihm wieder ins Schloss fiel, mit einem Satz an ihr vorbei, packte den Typen, der sie hielt, an den Haaren und riss ihn von ihr weg. Sie drehte sich betäubt um und beobachtete, dass Leos Freund ihrem Angreifer mit der Handkante kurz an den Hals schlug, hörte diesen erstickt aufschreien, bevor er umkippte, und registrierte entgeistert, wie Manuel seinen Springerstiefel auf die Kehle des Angreifers setzte.

Gonschorek nutzte unterdessen die Gunst der Verwirrung und befreite sich ebenfalls mit einem gezielten Stoß seines rechten Ellenbogens. Er drehte sich blitzschnell um und legte dem sich vor Schmerz krümmenden jungen Mann Handschellen an. Annegret fingerte unterdessen ihr Handy aus der Handtasche hervor und betrachtete es, als es in ihrer zitternden Hand lag, wie einen Fremdkörper.

Alles ist möglich, schoss ihr durchs Gehirn, als sie sich gegen die Wand lehnte und die Telefonliste ihres Handys öffnete. »Alles ist möglich«, flüsterte sie und rief die Kollegen der Davidswache.

»Sie werden sich herausreden. Irgendeine wahnwitzige Geschichte erzählen, und Pilgenröther wird ihnen glauben, weil er ihnen glauben will.«

Gonschorek schlug mit der Faust auf Annegrets Motorhaube, entschuldigte sich sofort für seinen gewalttätigen Ausbruch und streichelte reumütig das Metall. Annegret grinste. Gonschorek hatte einen über den Frust getrunken und redete sich schon seit einer halben Stunde immer wieder in Wut. Sie hatte darauf bestanden, ihn nach Hause zu fahren.

»Wo wohnst du eigentlich?«, fragte sie und steckte sich einen Pfefferminzbonbon in den Mund.

Gonschorek unterbrach sein unkontrolliertes Hantieren mit dem Sicherheitsgurt und stierte für einen Moment nachdenklich vor sich hin, bevor er antwortete.

»Uhlenhorst. Irgendwo zwischen Landwehr und Mundsburg.«

»Sehr gut!« Annegret zündete den Motor und bog in die Holstenstraße.

Gonschoreks Wohnort lag beinahe auf ihrem Weg zu Josef. Sie würde nur einen kleinen Umweg fahren müssen. Wenn sie vor Ort war, würde sie ihn nach der Straße fragen.

»Sie werden sich rausreden. Jede Wette, dass sie sich rausreden!«

»Ist möglich.«

Alles ist möglich, dachte Annegret und überlegte, wie sie ihrem Kollegen ihre neu gewonnene Einsicht erklären konnte, wie es kam, dass sie sich fröhlich fühlte, trotz der niederdrückenden Ereignisse der letzten Tage. Ja, dass sie es sogar für möglich hielt, Pilgenröther noch eins auswischen und Albrecht zu Fall zu bringen.

Sie warf einen Seitenblick zu Gonschorek, sein Kopf war auf seine Brust gesunken. Dann werde ich es eben Josef erzählen, dachte Annegret freudig lächelnd. Er wird mich verstehen.

Nelly baute an einem Gemüsegarten, an Blumenbeeten und einer Kräuterschnecke.

»Ich bereite es jetzt im Herbst vor, und im Frühjahr ist alles bereit, bepflanzt zu werden«, hatte sie ihm mit leuchtenden Augen erzählt.

Seit sie ihren Garten beackerte, war sie ein anderer Mensch geworden. Entspannter. Sie meckerte nicht mehr bei jeder Kleinigkeit. Armin Jerzembek lenkte den Abpumpwagen vom Kompostwerk und lachte entsetzt auf, als er sich vor Augen führte, was sie noch gesagt hatte.

»Du kannst uns doch Kompost vom Recyclinghof besorgen. Vielleicht bekommst du ihn sogar billiger.« Ihre Augen hatten gestrahlt, als wäre sie auf eine besonders schlaue Idee gekommen.

»Oh Mann, Mann, Mann«, stöhnte er laut, wenn die wüsste.

Sie hatte nicht die geringste Ahnung. Gemüse, das auf Komposterde vom Recyclinghof wuchs, war so ziemlich das Letzte, was er essen würde. Er stieg in die Bremsen. Zwei Rehe brachen aus dem Geäst, das die schmale Straße säumte, überquerten sie und verschwanden im Dickicht. Er kannte das schon.

Armin kuppelte aus und zündete sich eine Zigarette an. Er kam, wenn die anderen Feierabend machten, wenn das Wild seine Standorte wechselte. Die Straße führte zum Kompostwerk und wurde tagsüber nur von Müllwagen befahren, die den Abfall aus den Biotonnen brachten, aber die fuhren um diese Zeit nicht mehr. Der Mitarbeiter des Kompostwerkes, dem er in Matthiesens Auftrag einmal monatlich einen Umschlag übergab, würde in etwa zehn Minuten mit seinem Pkw kommen, aber dann hatte er schon längst aufgeraucht.

Die Sonne stand tief und umsäumt von rosafarbenen Wölkchen. Gutwetterwölkchen. Nelly kann weiter in der Erde wühlen und ihre Beete anlegen, dachte er und genoss das warme Licht im Gesicht, das seinem Teint einen bronzefarbenen Schimmer verlieh. Sein Blick verschwamm mit dem Horizont, zoomte zur Straße, fuhr sie entlang und mündete in Betrachtungen, die sich ihm schon seit geraumer Zeit aufdrängten, wenn er mit seinem Abpumpwagen unterwegs war.

Es war wie ein Fluch, seine Augen streiften über die Straßen, und er dachte an giftdurchsetzte Fahrbahnuntergründe. Fuhr er an Wiesen und Äckern vorbei, verortete sein Gehirn das nächste Industriezentrum, dachte er an Schlote, die mit hochtoxischen Ersatzbrennstoffen zum Rauchen gebracht wurden. Und verglich er seinen Vorgarten mit anderen, fragte er sich, wie viele Jahre lang Büsche, Sträucher und Blumen wohl mit giftdurchsetztem Dünger blühten.

Es gibt nichts, was nicht schon durchseucht ist, dachte er, schnippte die Zigarette durchs Fenster auf die Fahrbahn und legte den Gang ein. Seine Firma war ja nicht die einzige, die Sondermüll mit Abfällen, Klärschlämmen und Kompost vermischte, an andere Händler weitergab oder einfach verschwinden ließ.

Wir sind die Handlanger des Teufels, dachte Armin emotionslos und besah sich seine schmalen, kräftigen Hände, die das Lenkrad umfassten. Nein, widersprach er sich selbst an der nächsten roten Ampel, als er zwei junge Dinger beobachtete, die sich gegenseitig ihre iPhones unter die Nase hielten. Die Teufel sind wir, wir alle, wir, die alles haben wollen und niemals nach dem Preis fragen.

Er sah auf die Uhr im Armaturenbrett. Matthiesen hatte ihn gebeten, nach Feierabend bei ihm reinzuschauen. Armin war gespannt, was er wollte. Um halb acht Uhr würde er ungefähr auf dem Hof sein. Er langte aus der auf dem Hosenlatz aufgenähten Brusttasche nach seinem Handy und legte es auf den Beifahrersitz. An der nächsten roten Ampel würde er Nelly anrufen, damit sie mit dem Abendbrot nicht auf ihn wartete.

Beide Flügel des Frontfensters vom Chefcontainer standen weit offen. Armin schniefte seine Nase frei und öffnete die metallbeschlagene Eingangstür. Es roch nach kaltem Rauch. Marga ist bestimmt auf dem Klo, überlegte er, als er den leeren Empfangstresen in Augenschein nahm. Die Tür zu Matthiesens Büro stand einen Spaltbreit offen.

Armin spitzte die Ohren. Entweder hat er noch einen Kunden bei sich sitzen, oder er telefoniert. Er hatte gar nicht die Absicht zu lauschen, er verharrte still im Vorraum, weil er herausfinden wollte, ob da noch jemand war und ob er noch lange warten musste, bis er nach Hause konnte, zu Nelly, seinem Sofa und einem Schluck Whiskey.

»Und das wisst ihr erst seit heute!«

Armin duckte sich unwillkürlich. Matthiesen sprach plötzlich lauter, weil er anscheinend wütend wurde, trotzdem schwieg sein Chef nach diesen Ausbruch, und Armin hörte die Wanduhr ticken. Also doch Telefonat, dachte er und überlegte, mit einem Seitenblick zum Damenklo, ob er sich verdrücken sollte. Aber seine Beine bewegten sich nicht vom Fleck. Jede Zelle seines Körpers war gespannt, und sein ausgeprägter siebter Sinn sagte ihm sehr deutlich, dass da etwas in Gange war, von dem er lieber etwas wissen sollte.

»Und wie bald muss ich mit einer Razzia rechnen?«

Matthiesen klang, als könne er nicht aufgeben, an Entscheidungen zu rütteln, die längst gefällt waren. Armin kannte diesen Tonfall aus dem Knast, von Männern, die ihre vorzeitige Entlassung verspielt hatten und darüber spekulierten, wie lange sie noch sitzen mussten.

»Mensch, Harry! Ich hab hier noch einen Haufen Zeug zwischengelagert. Kannst du denn gar nichts machen?«

Die Stimme seines Chefs kam näher, seine Unruhe musste ihn vom Stuhl getrieben haben. Armin zog sich lautlos zurück, damit Matthiesen ihn nicht durch den Türspalt entdecken konnte.

»Die Ratten verlassen das sinkende Schiff, oder wie soll ich das einordnen?« Matthiesen knallte die Bürotür von innen zu.

Armin hörte die Klospülung rauschen und schlich auf Zehenspitzen zur Containertür. Marga, Matthiesens Frau und Chefsekretärin, hatte eine blau gestrichene Friesenbank unters Fenster neben den Eingang gestellt. Er setzte sich und hörte, wie sie kam, um es zu schließen.

Aber sie hielt in ihrem Vorhaben inne, weil Matthiesen die Bürotür aufriss und ihr zuschrie: »Bestell uns was beim Chinesen. Alarmstufe rot. Wir müssen heute Nachtschicht machen.«

Die Bürotür knallte wieder, und im Schatten des Geräuschs musste sie zum Fenster gegangen sein.

»Armin? Was machst du denn hier? Ich denk, ich guck nicht richtig, da qualmt was in meinem Büro?« Sie hielt die Fenstergriffe rechts und links in der Hand und schaute ihn nachdenklich an. »Wie lange sitzt du denn schon da?«

»'ne halbe Zigarettenlänge.« Armin hielt ihr seine Hand entgegen, ohne sich zu ihr umzuschauen. »Matthiesen wollte mich sprechen, ich bin grad erst auf den Hof gefahren und wollte 'ne Minute abspannen, bevor ich bei ihm anklopf.«

Ihr »Aha« klang gedehnt. »Na, dann komm man rin, ich glaub, es gibt Neuigkeiten«, sagte sie schließlich und schloss die Fenster.

Es war bereits stockdunkel, als Armin sehr nachdenklich über den schlecht beleuchteten Hof zum Mitarbeitercontainer schritt. Auch beim Ausziehen der Arbeitskluft hielt er sich das Gespräch mit seinem Chef immer wieder vor Augen, und je länger er darüber nachdachte, desto überzeugter war er, dass Matthiesen, wenn es nicht anders ging, seine Mitarbeiter über die Klinge springen lassen würde. Oder warum hatte er nichts von der Razzia gesagt?

Er wird versuchen, es uns anzuhängen, dachte Armin düster, er schiebt uns den Schwarzen Peter unter. Aber nicht mit mir, ich geh nicht mehr in den Knast!

Matthiesen hatte sich das Bad für seine Mitarbeiter etwas kosten lassen, und Armin genoss es normalerweise, nach Feierabend unter dem warmen, vollen Strahl des großen Duschkopfes zu stehen. Aber heute wäre er in der Duschwanne beinahe ausgerutscht, und überhaupt fehlte ihm angesichts der drohenden Vernichtung seiner Existenz die Geduld, sich von Kopf bis Fuß einzuseifen.

Zehn Minuten nachdem er das Bad verlassen hatte, schloss Armin mit gelfreien Haaren seinen zwei Jahre alten Van auf und resümierte zum letzten Mal das kurze Gespräch mit Matthiesen.

»Richte dich auf eine intensive Arbeitswoche ein«, hatte er gesagt. »Wir müssen den ganzen Mist, der hier lagert, wegbringen.«

»Und wohin?«

»Das sag ich dir dann. Du kommst morgen später. Sagen wir, gegen zehn Uhr. Dann ist dein aktueller Arbeitsplan fertig.«

»Ist was los?«

»Was soll denn los sein, Armin? Überlass das Denken mal mir.«

Ich werde mit Nelly sprechen, dachte Armin, als er vom Hof fuhr. Ich werde mit ihr besprechen, ob ich den Kronzeugen mach, ob ich gleich morgen vor der Arbeit zur Kripo geh.

»Harry, so kenn ich dich ja gar nicht! Ich freu mich. Weiß Maxi denn, dass wir kommen?«

Harry Albrecht rief ausdruckslos: »Ja«, und forderte seine Frau mit ausgestrecktem Arm unmissverständlich auf zu gehen. Er wartete, bis sie die Tür seines Arbeitszimmers von außen leise zugezogen hatte, und griff zum Telefonhörer. Die Flüge nach New York waren gebucht, morgen sehr früh hob der Flieger ab. Er musste nur noch Matthiesen anrufen, dann würde er zu Helen hochgehen und ihr sagen, was sie für ihn in den Koffer packen sollte.

Der Kontakt war auf dem nicht registrierten Handy gespeichert, er musste ihn nur anklicken. Er brauchte nicht lange zu warten. Matthiesen musste die Geheimverbindung gerade genutzt haben, denn er nahm gleich nach dem zweiten Freizeichen das Gespräch an.

»Alarmstufe rot.« Albrecht kam sich albern vor, als er den Code für »Razzia« benutzte, und Matthiesen schien es für einen Scherz zu halten. »Das ist kein Scherz«, versicherte er. »Oberstaatsanwältin Weihmann kann nichts mehr für uns tun.«

Matthiesen hatte einen cholerischen Charakter, deshalb hielt Albrecht das Handy präventiv einige Zentimeter vom Ohr weg.

»Und das wisst ihr erst seit heute«, brüllte es aus dem kleinen Telefon.

»Ja, ob du es nun glaubst oder nicht. Unser Mann ist aufgeflogen. Trotzdem wissen wir aus verlässlicher Quelle, dass die Abteilungen Wirtschafts- und Umweltkriminalität Razzien in Entsorgungsfirmen für Sondermüll in und um Hamburg planen. Das haben wir einem Querulanten namens Speidel zu verdanken, er hat die Staatsanwaltschaft umgangen und Senatorin Warner eingeschaltet.«

Albrecht hielt wieder das Handy vom Ohr weg und hörte Matthiesen quaken, wie bald er denn mit einer Razzia rechnen müsse.

»Sehr bald. Sie wirbeln überall mächtig Staub auf. Am besten, du beginnst gleich, deine Unterlagen zu säubern.«

Albrecht schüttelte entnervt den Kopf. Matthiesen schien endlich den Ernst der Lage zu begreifen.

»Wir haben getan, was wir tun konnten. Mehr geht nicht.« Albrecht schwieg und schob dann nach, dass er für sein Teil am Wochenende zu seiner Tochter nach New York fliege.

Er verzog sein Gesicht zu einer verächtlichen Miene, als Matthiesen von Ratten und sinkenden Schiffen palaverte.

»Sieh es, wie es dir passt«, schnitt er seinem Gesprächspartner das Wort ab, »aber denk daran, du stehst unter Schweigepflicht. Damit ist nicht zu scherzen!«

Albrecht drückte die Taste mit dem kleinen roten Telefon und überlegte, was er mit dem Handy machen sollte. Es in den Safe legen? Nein! Wenn es zum Schlimmsten kam, würden sie es finden. Ich nehme es mit nach Manhattan, entschied er, schaltete es aus und schob es in ein Seitenfach seines Handgepäcks.

Die Maschine war schon seit Stunden in der Luft, und er war aufgeschreckt, weil das Pferd in seinem Traum zusammengebrochen war. Ein rabenschwarzer Hengst in einem quittengelben Weizenfeld.

»Gleich gibt es etwas zu essen.«

Helen lächelte ihm aufmunternd zu, aber er fühlte sich zu erschöpft, um irgendwie darauf zu reagieren.

Albrecht schloss die Augen und sah die zuckenden Beine des Pferdes, seinen sich wälzenden Leib, der die umstehenden leuchtenden Ähren kreisförmig niederdrückte. Steh auf, rief Albrecht ihm lautlos zu, obwohl er wusste, dass es dazu nicht mehr in der Lage war. Er sah in die großen, panischen Augen des Hengstes und dachte an Petersen.

Seine Augen waren starr geworden, als er ihn vor der Razzia gewarnt hatte. Petersen. Der bricht zusammen, der hält dem Druck bestimmt nicht stand. Diesmal werden einige Köpfe rollen, dachte er und öffnete die Augen.

Helen hatte ihm zugeflüstert, dass das Essen gleich serviert werde. Er stellte die Lehne seines Sitzes senkrecht, klappte den Tisch herunter und starrte auf die leere Fläche. Helen hatte schon wieder dieses Dauerlächeln im Gesicht, das er hasste.

Er versuchte tief einzuatmen und nahm wahr, dass er sich gereizt fühlte. Aber seine schlechte Laune rührte nicht von den drohenden Razzien oder Petersens Angst.

Beileibe nicht, denn selbst wenn der ihn verriet, was er für unwahrscheinlich hielt, würden sie keine Beweise finden. Und selbst bei dem Gedanken, dass er etwas übersehen haben könnte, wurde ihm nicht bange. Kein Staatsanwalt würde wagen, ihn ernsthaft zu beschuldigen. Er hatte zu mächtige Freunde, sie würden die Sache mit einem Vergleich aus der Welt schaffen.

Albrecht spürte, dass seine Blase drückte, und außerdem bekam er den verdammten Atem nicht richtig in die Lungen gezogen. Er blickte sich um und sah ein, dass es zu spät war, um sich zur Toilette durchzuschlagen.

Die brünette Stewardess stellte ihm das Tablett auf das Tischchen und fragte nach seinem Getränkewunsch. Whiskey mit Soda.

Er brauchte Helen nicht anzuschauen, um zu wissen, dass ihr Gesicht einer verkniffenen Fratze glich. Sie war ihm dermaßen über, ihre vorwurfsvolle Maske, die sie aufsetzte, wenn er ihrer Meinung nach zu viel oder zur falschen Zeit Alkohol trank.

»Ihr Wunsch wird sofort erfüllt, Sir, der Steward mit dem Getränkewagen kommt sofort zu Ihnen.«

Albrecht zog seinen Mund breit und drückte so etwas wie ein Lächeln in seine speckigen Wangen, dann riss er ungeduldig die Folie von dem Schälchen. Königsberger Klopse, daneben im Schälchen Reis. Er konnte Reis nicht ausstehen, und außerdem wollte er mit dem Essen schnell fertig werden, damit er zur Toilette konnte, und später in Ruhe einen Brandy trinken.

Er versuchte, wieder Luft in seine Lungen zu ziehen, und spießte mit der Gabel einen Klops auf. Wieso er ihn nicht wenigstens mit einem Bissen zerteilt hatte, sondern ihn im Ganzen hinunterwürgte, wusste er selbst nicht. Aber als er sich darüber Gedanken machte, war es ohnehin zu spät. Der Klops drückte sich schmerzhaft ein kleines Stück die Speiseröhre hinunter und blieb vor dem Kehlkopf endgültig stecken, sodass er keine Luft mehr bekam.

Nichts ging mehr, weder den Klops hinunterzuwürgen noch ihn herauszuhusten. Er stand panisch auf, drückte dabei sein Tablett samt Tischchen in den Rücken seines Vordermannes, riss das Tischchen vor Helen mitsamt dem Essenstablett hoch und versuchte, sich an seiner aufkreischenden Frau vorbeizuquetschen.

»Harry!«

Er fiel rückwärts auf ihren Schoß, raffte sich auf, taumelte gegen den Steward, der ihm absurderweise den Whiskey Soda entgegenhielt, und brach auf dem Gang zusammen.

»Harry!« Helens Stimme klang entsetzt. Entsetzt, dachte er, nicht besorgt.

Albrecht sah an den hin und her huschenden Augen des Stewards, dass der aufgeregt überlegte, was zu tun sei, und hörte, wie jemand rief: »Der wird ja ganz blau.«

Albrecht stöhnte lautlos nach innen und gab auf.

»Ist hier ein Arzt, wir brauchen einen Arzt!« war die letzte hilflose Bemühung, die er akustisch mitbekam, dann wich alles wohltuend vor ihm zurück.

Der Steward, Helens Gesicht, die Wände des Flugzeugs. Ihm wurde leichter ums Herz, und auf seinem Gesicht verbreitete sich ein staunender Ausdruck, als er beobachtete, wie der Wind die ihn umstehenden Ähren anhielt, sich zu beugen.

Er lag da, wo zuvor der Hengst gelegen hatte. Er roch das Getreide, meinte, es beinahe schmecken zu können, und erinnerte sich an das selbst gebackene Brot, das er bei seinem Schulfreund Julius so gern gegessen hatte.

Lächelnd erhob er seinen Blick zum strahlend blauen Himmel über ihm und atmete erleichtert tief durch, obwohl der Klops immer noch in seinem Hals, vor seinem Kehlkopf, steckte. Eine hübsche weiße Wolke trieb hoch am Himmel in sein Gesichtsfeld, und eine aufkeimende, unerhörte Sehnsucht hob ihn auf und ließ ihn wie einen Ballon steigen.

Er sah das gelbe Feld und darin das sich wälzende Pferd, sah, wie es zu einem gelben quadratischen Fleck mit einem schwarzen Punkt wurde, und vergaß sich selbst endgültig.

Zerfledderte Hoffnung

Als die Fahrstuhltür aufrollte, wären sie beinahe frontal zusammengestoßen. Annegret war in Gedanken und schaute erst auf, als sie die Kabine verließ. Sie sah Pilgenröther herbeihasten und bremste sofort ihren Schritt. Er schien es außerordentlich eilig zu haben, oder er erwartete wie üblich, dass man sich seiner Bewegung unterordnete, jedenfalls war er im Begriff, Annegret umzurennen.

Sie wich erschrocken nach links aus, und Pilgenröther musste die Bewegung registriert haben, denn er machte ebenfalls einen Ausweichschritt nach rechts. Sie schaute ihn gequält an und sprang sofort nach rechts, aber Pilgenröther war wohl an diesem Morgen nicht ganz bei sich, er machte einen Seitenschritt nach links und stand wieder sehr nah vor Annegret.

»Frau Pries, jetzt bleiben Sie aber mal stehen«, rief er irritiert, schritt um sie herum, betrat die Kabine und drückte den Knopf, der den Fahrstuhl programmierte, ins Erdgeschoss zu fahren.

Annegret drehte sich verwundert nach ihm um. Pilgenröther schien schwer mit etwas beschäftigt. Die Tür schob sich zu, und Annegret sah, dass er ihre Begegnung schon vergessen hatte, denn durch den immer kleiner werdenden Spalt beobachtete sie, wie sich seine Lippen aufgeregt bewegten, als spräche er zu einer nicht anwesenden Person.

Irgendetwas ist im Busch, dachte sie und ging zunächst zur Damentoilette, um einen Blick in den Spiegel zu werfen. Sie hatte es endlich geschafft, zum Friseur zu gehen.

Samstag war Josefs Papa-Tag gewesen, und natürlich war Freda mit im Boot, solange der Kleine noch nicht mit seinem Erzeuger vertraut war. Auch wenn Freda für sie kein rotes Tuch mehr darstellte, hatte sie den Nachmittag doch lieber genutzt, um ihre Haarpracht und ihre ramponierten Fingernägel in einen ansehnlichen Zustand bringen zu lassen.

Annegret drückte die Tür zum Damenklo auf, stellte ihre Tasche auf den Waschbeckenrand und betrachtete sich.

»Ich helf dir mit Julian, wenn er so weit ist, dass er ohne seine Mutter auskommt«, hatte sie ihm gesagt.

Josef hatte sich über ihr Angebot gefreut, aber ihr wurde allein bei der Vorstellung mulmig, irgendwann vor diesem Kind zu sitzen. Was fängt man nur mit solch kleinen Menschen an?, fragte sie sich und zupfte an ihren Locken. Wie beinahe jedes Mal hatte die türkischstämmige Friseurin zu viel Haar abgeschnitten.

»Aber besser als zu lang«, redete sich Annegret das Ergebnis ihres Friseurbesuches schön. »Sie wachsen ja wieder.«

Mit diesem so positiven wie wahren Statement schloss sie ihre Selbstbetrachtung ab, langte nach der Tasche und verließ das öffentliche Örtchen.

Gonschorek stand bei Münze am Schreibtisch. Beide Kollegen machten einen entspannten Eindruck und erwiderten ihren Morgengruß mit strahlendem Lächeln. Ich hab's doch gewusst, dachte sie, irgendetwas ist am Kochen. Gespannt hängte sie ihre neue braune Lederjacke, die sie nach dem Friseurbesuch erworben hatte, an die Garderobe und gesellte sich zu ihren Kollegen, um zu erfahren, was den beiden so ausgesprochen gute Laune bereitete.

»Seit gut zwei Stunden laufen Razzien in Entsorgungsfirmen von Sondermüll in und um Hamburg.« Gonschorek untermalte seinen spannungsgeladenen Ausruf, indem er auf seine Armbanduhr schaute. »Auch die Büros der Angestellten und Beamten der Umweltbehörde werden untersucht. Sämtliche Akten der vergangenen zwölf Monate werden beschlagnahmt und die Festplatten der Computer kopiert.«

Münze sah Gonschorek an wie einen Boxchampion, auf den er gesetzt hatte und der seinen Gegner endlich nach der zwölften Runde verdient geschlagen hatte.

»Heute Morgen hat sich ein Mitarbeiter der Entsorgungsfirma Matthiesen als Zeuge gemeldet. Ein kleiner Fisch, aber er hat ausgesagt, dass er bezeugen kann, dass sein Chef mit Harry Albrecht im Kontakt steht.« Münze platzte beinahe vor Genugtuung. Das ist doch schon was, oder?, fragte seine Gesichtsmimik.

»Und Albrecht selbst?«, fragte Annegret beinahe kühl, um die brandheißen Informationen ihrer Kollegen verdauen zu können.

»Wir wissen noch nicht, wo er sich aufhält, aber weit kann er ja nicht sein«, antwortete Gonschorek und nahm selbstzufrieden einen Schluck Kaffee. »Wenn die Kollegen aus der Wirtschaftskriminalität ihn drankriegen, können wir schon froh sein. Warten wir ab, was die beschlagnahmten Unterlagen bringen. Albrecht wird letzten Endes selbst aufgefordert worden sein, Erik van Dürrkamps aus dem Weg zu räumen. Auf diese Art macht man wichtige Mittelsmänner abhängig und bindet sie an die kriminelle ›Familie‹.«

Gonschorek hatte seinen Kaffeebecher abgestellt und malte mit den Zeigefingern seiner Hände Tüttelchen in die Luft, als er das Wort »Familie« aussprach. Annegret und Münze stimmten ihm zu, indem sie vor sich hin nickten.

»Wer ist da letztendlich der Mörder?«, fragte Münze und zuckte, allgemeine Beurteilungsnot demonstrierend, mit den Schultern.

»Und was ist mit Frau van Dürrkamps?« Jetzt war es Annegret, die, wenn auch ganz ohne dramatische Absicht, auf ihre Armbanduhr schaute. »Weiß jemand, ob sie schon im Haus ist?«

Hastig griff sie, ohne eine Antwort abzuwarten, nach ihrer Tasche und eilte zur Tür. Die Klinke in der Hand haltend drehte sie sich unvermittelt um. Sie sah von einem zum anderen und tat, was eigentlich sonst nicht ihre Art war, und sprach einfach aus, wonach ihr der Sinn stand.

»Treffen wir uns in der Kantine? Gegen zwölf?«

»Wenn nichts dazwischenkommt«, murmelte Gonschorek mit überraschtem Gesichtsausdruck.

»Ja«, auch Münze schien das Angebot gleichermaßen zu verwundern wie zu freuen, »wenn nichts dazwischenkommt!«

Annegret rannte den Flur hinunter und entschied sich, durchs Treppenhaus in den ersten Stock hinunterzugaloppieren. Seit neun Uhr wartete Frau van Dürrkamps auf ihre Vernehmung. Sie hätte sie wegen der sich plötzlich überschlagenden Ereignisse beinahe vergessen.

Viertel nach neun. Annegret warf dem Aufsichtsbeamten einen um Verständnis werbenden Blick zu und betrat, immer noch kurzatmig, den Vernehmungsraum. Frau van Dürrkamps saß in ihrer eigenen Vorstellungswelt versunken auf dem Stuhl und schaute ohne sichtbare Regung dabei zu, wie Annegret Platz nahm.

Sie sieht verändert aus, dachte sie und betrachtete die aufrecht vor ihr sitzende, tapfer wirkende Gestalt. Annegret fühlte den dringenden Wusch, diese zarte und überaus traurig erscheinende Frau in den Arm zu nehmen, nahm aber von der Idee Abstand und setzte stattdessen eine professionelle Miene auf.

Um jedoch nicht gleich mit der Tür ins Haus zu fallen, fragte sie Frau van Dürrkamps zunächst, wie es ihr gehe und ob sie ihren bisher gemachten Aussagen noch etwas hinzuzufügen habe. Zu Annegrets Überraschung schwieg sie eine Weile nachdenklich, bevor sie antwortete.

»Die letzten Jahre meiner Ehe waren die reinste Hölle. Ich bin zur Alkoholikerin geworden und kann ohne Tabletten nicht mehr schlafen. Mein Leben bestand aus einem monotonen Wechsel von gähnender Langeweile zu kochender Wut. Aber jetzt geht es mir gut.« Sie lachte kurz und bitter auf. »Aber das kann ich nur behaupten, weil alles besser ist als das, was war.«

Frau van Dürrkamps sah Annegret prüfend an. Ihr Blick war eindringlich, und Annegret kam es vor, als versuche sie etwas aus ihr herauszulesen.

Ja, antwortete sie lautlos dem tastenden Blick, ich verstehe dich. Ich verstehe dich, weil ich auch schon am Leben verzweifelt bin, wenn auch nicht in dem Ausmaß wie du.

Frau van Dürrkamps lehnte sich im Stuhl zurück und sprach mit gesenktem Kopf leise weiter.

»Ich habe in meiner Wut oft gedacht, dass ich ihn umbringen werde. Ich war zu allem bereit, bloß um mir nicht eingestehen zu müssen, dass ich Angst vor dem Leben hatte. Lieber habe ich ihm die Schuld an meinem schleichenden Tod zugeschrieben. Aber ich war es selbst, die schon lange vor dem innerlichen Absterben kapituliert hatte. Wissen Sie, was mir hier im Gefängnis klar wurde?«

Frau van Dürrkamps sah Annegret plötzlich hellwach an. »Ich war immer ein braver Soldat meines Vaters. Ich war gewohnt, geführt zu werden, aber Erik war kein Führungsoffizier, jedenfalls nicht in der Rolle des Ehemannes. Und ich glaube, er hat eigentlich nie verstanden, was ich von ihm wollte.« Frau van Dürrkamps kicherte fassungslos. »Ich habe ihn erschossen, weil ich auf einmal eine Waffe in der Hand hatte. Aber eigentlich wollte ich meine längst zerfledderte Hoffnung töten, dass er jemals mein Verlangen erfüllt und in die Rolle meines Vaters schlüpft.«

Sie weinte jetzt, schluchzte immer wieder auf und gestand unter Tränen: »Ich verstehe inzwischen, dass ich mich befreien wollte. Befreien von diesem mörderischen Wunsch, der Soldat meines Mannes sein zu wollen.«

Annegret ließ Frau van Dürrkamps weinen. Sie stand auf, bat den Beamten im Nebenraum, Taschentücher und ein Glas Wasser zu besorgen, und setzte sich wieder still auf ihren Platz. Sie wartete, bis Frau van Dürrkamps nur noch aufschluchzte und ihr eigener Kopf wieder frei war für eine nüchterne Betrachtung der Lage.

»Es erleichtert mich, dass Sie Ihre Aussage in diesem Kontext wiederholt haben. Sie macht deutlich, was ich Ihnen bereits sagte, womit ein guter Anwalt Ihnen zur Seite stehen kann. Sie sind ohne Zweifel unter Drogeneinfluss in eine traumatische Situation geraten und haben unter enormem Stress gehandelt. Jeder Richter kann nur Ihre Schuldunfähigkeit feststellen, Frau van Dürrkamps, aber Sie müssen sich endlich anwaltlich vertreten lassen!«

Die Tür ging auf. Beide Frauen wandten sich dem Beamten zu und verfolgten mit ihren Blicken seine Handgriffe, sahen ihm dabei zu, wie er das Wasserglas auf den Tisch stellte, die Packung Papiertaschentücher danebenlegte und sich unaufdringlich, wie er gekommen war, wieder zurückzog.

Frau van Dürrkamps nutzte die unerwartete Bedenkzeit, schnäuzte sich die Nase, langte mit zittriger Hand nach dem Wasser, nahm ein Schlückchen, sah Annegret über den Glasrand hinweg an und nickte schließlich zustimmend.

»Ja«, murmelte sie leise, nachdem sie sich darauf konzentriert hatte, das Glas ohne allzu heftige Ausschläge ihres Armes zurückzustellen, »ich will einen Anwalt.«

Annegret nickte zufrieden und betrachtete still ihre manikürten Fingernägel. Sie hatte schon oft erlebt, dass Menschen irrwitzigerweise Tragödien brauchten, um wieder zu sich selbst zurückzufinden, aber so offensichtlich und nachhaltig wie bei Frau van Dürrkamps wirkten sie leider selten.

Eigentlich war für sie an diesem Punkt die Vernehmung beendet. Wenn es nach ihr ginge, würde sie ein Protokoll schreiben und Pilgenröther auffordern, Frau van Dürrkamps' Haftbefehl aufheben zu lassen. Aus ihrer Sicht lag kein Grund vor, weiterhin eine Verdunkelungsgefahr anzunehmen. Sörensen war tot, und der maskierte, wahrscheinlich beauftragte Mörder Erik van Dürrkamps' identifiziert und ebenfalls außer Gefecht gesetzt.

Jetzt galt es nur noch herauszufinden, wer den Auftrag zur Erschießung von van Dürrkamps gegeben hatte. Aber Pilgenröther liest meine Berichte mit Argusaugen, und ich werde ihm keinen Grund zur Klage geben, schloss Annegret ihren inneren Monolog ab und wandte sich wieder Frau van Dürrkamps zu.

»Der Mörder Ihres Mannes ist erschossen am Övelgönner Strand aufgefunden worden«, leitete sie schmucklos ihre Pflichtbefragung ein, »haben Sie inzwischen darüber nachgedacht, aus welchen Kreisen er kommen könnte?«

Annegret nahm Frau van Dürrkamps ins Visier, aber das Einzige, was sie sah, war eine sehr müde und erschöpfte Frau, deren Hände zitterten. Diese Frau, dachte sie, verbirgt nichts mehr vor sich selbst, sie kann nur noch sagen, was wir schon längst wissen. Frau van Dürrkamps hob die Hände.

»Der Entzug«, erklärte sie unnötigerweise.

Annegret verzog verständnisvoll das Gesicht und wartete.

»Wenn mein Mann tatsächlich keine Geliebte hatte und nicht mit Prostituierten verkehrte, kann der Mörder nur beauftragt worden sein, um seine Arbeit zu verhindern, sein Projekt, an dem er arbeitete. Mein Mann war Workaholic, so viel habe ich von ihm schon noch mitbekommen. In letzter Zeit hat er nur von seinem Projekt erzählt. Was es genau war, weiß ich nicht. Es hat mich nicht interessiert, und wenn er darüber sprechen wollte, hat es mich zur Weißglut getrieben. Ich habe seine Arbeit als Konkurrenz betrachtet, ich habe sie gehasst, weil sie ihm wichtiger war als ich.«

Ihr letzter Satz klang beinahe aggressiv. Es wird wohl noch dauern, bis sie um ihren Mann trauern kann, dachte Annegret und schaltete den Voice-Rekorder aus.

»Ich werde Ihre Haftentlassung beantragen.«

Sie rückte mit ihrem Stuhl zurück, drückte sich an den Armlehnen hoch und bat den Beamten, sich Frau van Dürrkamps' anzunehmen und dafür Sorge zu tragen, dass ihr ein Anwalt zur Seite gestellt wurde.

Alles ist möglich

Der Himmel war beinahe wolkenlos, und die wenigen Tupfer, die in seinem Blau hingen, wirkten in der windstillen Luft wie mottenzerfressene weißgraue Wolle.

Zerfledderte Hoffnungen, dachte Annegret und biss in ihr Marmeladenbrötchen. Die Woche über hatte sich die Luft Grad für Grad erwärmt, und obwohl die Blätter sich jetzt unübersehbar verfärbten und nach und nach zu Boden segelten, schien es, als wäre der Sommer, wenn auch kahlköpfig und schwach wie ein altes Weib, noch einmal zurückgekehrt.

Sie hatten lange geschlafen, und jetzt, kurz vor Mittag, schien die Sonne angenehm warm. Josef saß im kurzärmeligen T-Shirt am Terrassentisch, und Annegret zog erhitzt vom starken Kaffee und der gestauten Wärme ihre Strickjacke aus. Sie war froh, endlich wieder hier in Josefs kleinem Idyll zu sitzen und die Annehmlichkeit dieses unverhofften Wärmeeinbruchs genießen zu können.

Die vergangene Woche war derart arbeitsreich gewesen, dass sie abends froh gewesen war, wenn sie ins Bett fallen konnte. Sie hatte aus diesem Grund in ihrer Wohnung übernachtet und nur spät kurz mit ihrem Liebsten telefoniert. Jeden Tag waren neue Fakten zutage getreten, aber meistens war sie zu müde gewesen, um ausführlich über den Verlauf der Ermittlungen zu berichten. Josef hatte seine Neugierde darüber, wie sich sein ehemaliger Chef angesichts seiner zerbröckelnden Autorität verhielt, die gesamte Woche nicht befriedigen können, und Annegret musste grinsen, als Josef seine Ungeduld nicht länger zügelte und mit der Frage, die ihm auf den Nägeln brannte, herausplatzte.

»Hat Pilgenröther sich denn nun noch zum Verlauf des Falles geäußert?«

»Der!« Annegret verschluckte sich an ihrem Kaffee und prustete ihn tröpfchenweise über den Frühstückstisch.

Josef verdrehte die Augen, und Annegret tupfte mit gespielt bedauernder Geste den Käse, die Brötchen und die Butter mit Küchenpapier ab, bevor sie seine Frage beantwortete.

»Er ist am Freitagmorgen ins Büro geschneit und hatte wohl gedacht, mich und höchstens noch Münze anzutreffen. Dass Fechner, Speidel, Becker und Redlich auch da sein würden, hat ihn sichtlich schockiert, jedenfalls ist er nicht weiter als einen Schritt in den Raum getreten.«

»Speidel ist ein guter Mann«, warf Josef ein und rollte anerkennend seine Stirn in Falten.

Annegret öffnete im Gegenzug kurz ihre Hände, was so viel hieß wie »Das ist offensichtlich«, und nahm ihren Faden wieder auf.

»Jedenfalls hat Pilgenröther nur kurz seinen Glückwunsch zum Abschluss des Falles ausgedrückt und nebenbei mitgeteilt, dass die Haftentlassung von Frau van Dürrkamps beantragt sei. Danach hat er sich verpieselt.«

Josef warf sich ärgerlich in seinen Stuhl zurück, griff zur Zeitung und schüttelte enttäuscht den Kopf, obwohl er nicht wirklich etwas anderes erwartet hatte.

»Der Hund!«, sagte Annegret und sah Josef hinter halb zusammengepressten Lidern an, als sie sich vor Augen führte, dass Pilgenröther erst aufgegeben hatte, Frau van Dürrkamps zu beschuldigen, als sie in der Baubehörde einen Zeugen namens Petersen aufgetrieben hatten. Ein fast schon schizophrener Typ, der sich für die Unschuld vom Lande hielt und dennoch in der Lage war, Albrecht des Mordes zu bezichtigen.

Annegret presste die Backenzähne wütend aufeinander, als sie an ihren »Zeugen« dachte. Petersen hatte während der Vernehmung erklärt, dass er unter Eid aussagen würde, dass Harry Albrecht den Mordauftrag gegeben hatte, wenn ihm Straffreiheit gewährt würde.

Speidel, der bei der Befragung dabeigesessen hatte, hatte ihr geraten, Petersens Angebot nur anzunehmen, wenn sich herausstellte, dass er wirklich ein kleiner Mitläufer sei.

»Aber das war, bevor bekannt wurde, dass Harry Albrecht ins Gras gebissen hat!«

Annegret hatte den letzten Satz laut herausposaunt, und Josef ließ die Zeitung sinken und fragte belustigt: »Wie meinen?«

»Wir haben erst am Donnerstag erfahren, dass Albrecht auf dem Flug nach New York zu seiner Tochter an Herzstillstand verstorben ist. Bolustod. Er hat sich an einem zu großen Bissen verschluckt, der Gierhals. Irgendwie ein Tod, der zu ihm passt«, meinte Annegret und grinste Josef schadenfreudig an.

»Welcher Tod würde denn zu dir passen?«, fragte Josef, ohne zu verbergen, dass er die Frage eigentlich für sich selbst beantworten wollte.

»Wenn ich bedenke, was mir in letzter Zeit widerfahren ist, habe ich wohl Chancen, durch das Messer umzukommen«, sinnierte Annegret. »Aber«, rief sie fast ein wenig übermütig, »ich finde, ich bin viel sanftmütiger geworden, so gesehen habe ich gute Aussichten, friedlich im Bett zu sterben.«

»Ja, mein Täubchen. Eines Nachts geht der Holzofen aus, und eine neue Eiszeit bricht über uns herein. Und niemand ist da, der uns tot auffinden wird.«

Annegret hatte das Bild sofort vor Augen und zog fröstelnd die Schultern zusammen, als sie sich und Josef steif gefroren und mit Raureif überdeckt daliegen sah.

Josef lehnte sich im Stuhl zurück und hielt sein Gesicht in die Sonne.

Mehr gibt es auch nicht zu berichten, dachte Annegret. Frau van Dürrkamps wird davonkommen, und ihr Team hatte einen Zeugen in der Mordsache van Dürrkamps ermittelt. Speidel hatte Petersen klargemacht, dass er, wenn er Harry Albrecht beschuldigte, was er bereits getan hätte, sich logischerweise wegen Mitwisserschaft verantworten müsse und ihm deshalb nur Strafmilderung in Aussicht gestellt werden könne. Vorausgesetzt, der Richter würde mitspielen. Es sei denn, hatte Speidel eingeräumt, Petersen würde tatkräftig dabei helfen, die Korruption in der Umweltbehörde aufzudecken.

Als Petersen deutlich wurde, dass die Schlinge um seinen Hals keinen Spielraum mehr hergab, standen diesem gewieften Umweltverbrecher tatsächlich die Augen unter Wasser.

Was geht nur in den Köpfen solcher Leute vor?, dachte Annegret und bemerkte, dass Josef unter der Woche die Lavendelsträucher entholzt hatte. Der Kräutergarten sah jetzt im Frühherbst wie eine Herberge für vertrocknete Stängel und Samenstände aus. Brauntöne und schmutziges Grün beherrschten seine Farbenwelt, und wenn die sterbenden Kräuter den langen Winter über unter Schnee und Eis lagen, würden sie im nächsten Frühjahr als schlammig braune, aufgeweichte Pflanzenfasern den wiederauferstehenden Trieben Kälteschutz und Nahrung zugleich sein. Das ist Recycling vom Feinsten, dachte Annegret, nichts wird zu Müll, alles ist nur Übergang in etwas Neues.

Sie hob ihren Blick, ließ ihn schweifen, und dabei fiel ihr auf, dass Josef auch die Tonne geputzt hatte. Sie glänzte hinten im Schatten der Mauer silbermetallen wie schon lange nicht mehr.

Der junge Fuchs war nur zwei-, dreimal gekommen und dann weggeblieben, wahrscheinlich hatte Josef sie deshalb vernachlässigt. Annegret sah zu ihm, er war kurz vorm Einschlafen. Sie überlegte, ob ihm kalt werden könne und sie ihn lieber zudecken sollte, aber bevor sie ihre Fürsorge in die Tat umsetzen konnte, war ihre Aufmerksamkeit bereits wieder zur metallenen Komposttonne gewandert.

Mülltonne, grübelte sie und hatte sie plötzlich zu fassen, die Erinnerung an ihren Traum der vergangenen Nacht. Sie war unterwegs gewesen, als Müllsammlerin, irgendwann und irgendwo in einer grauen Stadt.

Josef schnarchte laut auf und wurde wach.

»Wie spät ist es denn?«

Annegret beantwortete seine Frage mit einem Achselzucken und fragte, einem Einfall folgend, ob sie heute nicht einfach losfahren wollten und schauen, ob Wolnyczak da sei.

»Meinetwegen«, stimmte Josef zu, »und wenn er nicht da ist, machen wir einen Spaziergang über den Ohlsdorfer Friedhof.«

Annegret spürte es schon an der Tür, der Summer gab keinen Mucks von sich, nicht ein Sirren oder Surren, die Spalten des Lautsprechers gähnten stumm wie ein verlassener Bienenstock. Sie wechselte einen »Pech gehabt«-Blick mit Josef und trat einen Schritt zurück.

»Lass uns über den Bahnhof gehen«, schlug Josef vor, »ich brauch eine Cola, bevor wir spazieren gehen.«

Annegret verzog skeptisch den Mund.

»Der Bahnhof sieht zwar einladend aus«, meinte sie, »aber wenn du deine Cola nicht im Stehen trinken willst, müssen wir uns wohl ein anderes Plätzchen suchen.«

»Dann lass uns ein Stück die Fuhle runterlaufen«, schlug er vor,

»von dort aus kommen wir auf den Friedhof und laufen nicht sinnlos durch die Straßen.«

»Wer sagt denn so etwas? Café und Restaurant Heinz.«

Annegret blieb vor der etwas altbackenen Fassade der Restauration stehen und sah Josef fragend an.

»Meinetwegen«, brummte er müde und auch ein wenig missgestimmt, weil er sich auf diesen blödsinnigen Ausflug eingelassen hatte.

Die Innenräume des Lokals wirkten ein wenig dunkel und altdeutsch, aber die Düfte, die sie durchzogen, regten sofort Annegrets Appetit an, obwohl sie vom ausgiebigen Frühstück noch satt war. Sie schaute sich angeregt nach einem freien Platz um und entdeckte zu ihrer großen Überraschung Wolnyczak in der Nische am Fenster sitzend. Er musste sie beide schon bemerkt haben, denn er schaute ihnen grinsend entgegen.

»Setzt euch«, lachte er, und Annegret verstand durchaus, was ihn belustigte. Sie und Josef mussten ziemlich dämlich aus der Wäsche gucken.

»Was machst du denn hier?«, fragte Annegret, immer noch bemüht, die Überraschung zu verarbeiten.

»Speisen«, gluckste Wolnyczak und deutete auf seinen Teller. »Hier gibt es das beste Rehgulasch der Stadt.«

Ja, dachte Annegret, und mich sollte es nicht wundern, wenn Wolnyczak es selbst gewildert, ausgeweidet und angeliefert hat.

Der Kellner kam. Annegret und Josef setzten sich auf die zwei freien Stühle und verneinten höflich das Angebot der Servicekraft, ihnen die Speisekarte zu bringen. Annegret fragte nach einer kleinen Portion Pommes mit Mayonnaise und Ketchup. Der Kellner nahm die Bestellung auf, wenn auch nicht gerade begeistert. Josef orderte seine Cola, und als der Kellner sich zurückgezogen hatte, sahen beide Wolnyczak beim Essen zu.

Josef räusperte sich und erzählte, dass sie gekommen seien, um ihn zu besuchen, ihn aber in seiner Wohnung leider nicht angetroffen hätten. Wolnyczak sagte nichts dazu, sondern tunkte ein Gulaschstückchen nach dem anderen in die braune Soße und kaute es gründlich. Zwischendurch knirschte er auf einer Gabelfuhre Rotkohl herum und schaute verschmitzt in die Runde.

Annegret fühlte sich zunehmend unwohl und vollkommen deplatziert. Was habe ich mir auch eingebildet, rügte sie sich selber, dass er mir meinen Traum erklärt und mich intelligent unterhält? Was ist nur an dem Mann dran, dachte Annegret unzufrieden, und dann fiel ihr Frau van Dürrkamps ein.

Wir leben wie die Kinder, durchfuhr es sie plötzlich, und als sie den Gedanken weiterverfolgte, mündete er in der Erkenntnis, dass auch sie immer wieder jemanden suchte, der Papa oder Mama für sie spielen sollte.

Nach dieser Einsicht fiel es ihr nicht mehr schwer zu schweigen. Und als der Kellner mit zuvorkommender Höflichkeit ihre Pommes frites, nett dekoriert mit Krautsalat und Gurkenstücken, hingestellt hatte, griff sie mit den Fingern nach einem frittierten Kartoffelstreifen und schaufelte damit so viel Mayonnaise und Ketchup auf, wie sie konnte. Sie aß auf die Weise, wie sie es als Kind geliebt hatte, und fühlte sich ausgesprochen wohl.

»Ich lege in einer Dreiviertelstunde Hand auf«, bemerkte Wolnyczak in die Stille hinein, »ich könnte heute Abend zu Josefs Datscha herausfahren. Wäre eine gute Gelegenheit, um mein neues Fahrrad auszuprobieren.«

»Hast du noch ein paar Schweine zu befreien?«, fragte Josef scherzhaft.

Wolnyczak stand auf und griente.

»Nee«, konterte er, »ich riskier doch nicht, dass die felllosen Viecher im Wald erfrieren.«

Alles ist möglich, dachte Annegret und staunte, wie ungeahnt schnell und überraschend sich das Blatt mal wieder gewendet hatte. Sie sah vergnügt zu Josef, blickte zu Wolnyczak und sagte: »Ich freue mich!«